MÁS QUE MI VIDA

Más que mi vida. Libro 2 de la serie Revenants.

Título original: *Until I Die. Revenants 2.*

© Amy Plum, 2012
© de la traducción: Irene Prat Soto

© de esta edición: Libros de Seda, S.L.
Paseo de Gracia 118, principal
08008 Barcelona
www.librosdeseda.com
www.facebook.com/librosdeseda
@librosdeseda
info@librosdeseda.com

Diseño de cubierta y maquetación: Germán Algarra
Imágenes de la cubierta: ©Dmitry Zheltikov/Depositphotos;
©Sergey Zuyagin/Depositphotos

Primera edición: junio de 2014   *6061 6041*
                                    17/15

Depósito legal: B. 5181-2014
ISBN: 978-84-15854-22-7

Impreso en España – Printed in Spain

AMY PLUM

MÁS QUE MI VIDA

Libros de
seda

Para Laurent. Eres mi fortaleza.

«Oh, alma mía, no aspires a la vida inmortal,
pero agota el campo de lo posible.»

PÍNDARO; *Pítica III,* hacia el año 474 a.C.

Capítulo 1

Salté, con las rodillas dobladas, y la pica de dos metros se destrozó contra la baldosa en la que había estado medio segundo antes. Aterricé agazapada, brinqué hacia arriba de nuevo, gruñendo por el esfuerzo, y blandí mi única arma por encima de la cabeza. El sudor, que me perlaba la frente, me alcanzó un ojo, lo que me cegó durante un segundo irritante; mis reflejos tomaron control de la situación y me obligué a moverme.

Un rayo de luz, procedente de una ventana que se encontraba por encima de mi cabeza, iluminó la pica de roble mientras la hacía descender en un arco hacia las piernas de mi enemigo. Este me esquivó con un paso al lado y el arma salió volando por los aires. Se estrelló contra una pared que se encontraba detrás de mí provocando un gran estruendo.

Indefensa, me lancé hacia una espada que yacía en el suelo, a pocos metros de distancia. Pero, antes de que la alcanzara, un par de brazos fuertes me levantaron del suelo y me aplastaron contra el pecho de mi enemigo. Este me mantuvo a pocos centímetros del suelo, mientras yo daba patadas al aire y me revolvía, con la adrenalina corriéndome por las venas.

—No seas tan mala perdedora, Kate —me amonestó Vincent. Inclinó la cabeza y me dio un beso en los labios.

El hecho de que no llevara camiseta estaba erosionando rápidamente la concentración que tanto me había costado ganar. El calor de su pecho desnudo estaba convirtiendo mis músculos, que un momento antes estaban tensos por la batalla, en mantequilla derretida.

—Eso es trampa —protesté, haciendo un esfuerzo por mantener la compostura. Conseguí liberar una mano y le di un puñetazo en el hombro—. Ya puedes soltarme.

—Si prometes no dar patadas ni morder —dijo riendo, y me dejó en el suelo. Los ojos azules como el mar de Vincent brillaban con buen humor desde detrás de las ondas de pelo negro que caían sobre su cara.

Sonrió con descaro y me acarició la mejilla; por su expresión, parecía que fuera la primera vez que me veía. Como si no pudiera creer que estaba allí, de pie, humana y en tres dimensiones. Por su cara entendí que él se creía el más afortunado de los dos.

Cambié mi sonrisa por mi mejor mirada de odio.

—No prometo nada —dije, apartándome de los ojos el pelo que se me había escapado de la coleta—. Te mereces un mordisco por haber vuelto a derrotarme.

—Has mejorado mucho, Kate —dijo una voz a mis espaldas. Gaspard me devolvió la pica que había perdido—. Pero tienes que ser un poco más flexible al asir las armas. Cuando él golpee tu pica, tienes que dejar que el movimiento fluya —explicó, mientras me hacía una demostración con la pica de Vincent—. Si estás agarrotada, tu pica saldrá volando.

Repasamos los movimientos a cámara lenta. Cuando conseguí dominar la secuencia, mi profesor se irguió.

—Bueno, ya podemos dar por terminada la sesión de espadas y picas por hoy. ¿Quieres que pasemos a algo un poco más relajado? ¿Algo de *shuriken*, quizá?

Levanté las manos en gesto de rendición, todavía jadeando por el esfuerzo físico.

—Ya he tenido suficiente entrenamiento por hoy, gracias.

—Como quieras, querida —repuso Gaspard. Se soltó la goma elástica del pelo y liberó su melena de puercoespín, que inmediatamente volvió a su desaliñado estado natural—. Está claro que tienes un talento natural para todo esto, viendo cuánto has mejorado con unas pocas clases —continuó, mientras colgaba las armas de sus ganchos, en las paredes del gimnasio-arsenal subterráneo—. Pero necesitas mejorar la resistencia.

—Ya. Supongo que estar todo el día tumbada leyendo libros me hace un flaco favor en ese aspecto —dije, inclinada con las manos en las rodillas, intentando recuperar el aliento.

—Talento natural —se jactó Vincent, abrazando mi sudoroso cuerpo y paseándome por la habitación, como si fuera un trofeo—. ¡Pues claro que mi novia tiene talento natural! ¡Montones de talento natural! ¿Cómo sino podría haber ajusticiado a un malvado zombi gigantesco? ¡Ella sola salvó mi cuerpo no-muerto!

Me eché a reír y Vincent me devolvió al suelo, delante de la cabina de madera que albergaba la ducha, junto a la sauna.

—No me importa llevarme todo el mérito, pero creo que el hecho de que tu espíritu volante me poseyera pudo tener algo que ver.

—Aquí tienes —dijo Vincent, entregándome una toalla. Me dio un beso en la frente—. Y que conste que creo que estar empapada de sudor te da un aspecto estupendo —susurró, con un guiño travieso. Sentí mariposas en el estómago; últimamente las sentía tan a menudo que ya las consideraba inquilinas permanentes.

—Mientras tanto, terminaré lo que has dejado a medias y acabaré con este problemático experto en armas del siglo XIX. ¡*En garde*! —gritó Vincent, agarrando una espada de la pared y dándose la vuelta.

Gaspard le estaba esperando con una maza cubierta de pinchos.

—Más vale que busques algo mejor que esa raquítica hoja de metal si pretendes derrotarme —bromeó. Le hizo a Vincent un gesto con dos dedos para que se acercara.

Cerré la puerta de la ducha, giré el pomo y contemplé los chorros de agua a presión que surgían de la alcachofa, levantando una nube de vapor a mi alrededor. El cansancio y el dolor se evaporaron bajo la presión del agua caliente.

«Increíble», pensé por enésima vez al considerar este mundo paralelo en el que me había acomodado. A pocas manzanas de distancia, en la misma ciudad, llevaba una vida completamente normal con mis abuelos y mi hermana. Y aquí estaba, batiéndome en duelo con tipos muertos —de acuerdo, *revenants*, así que no estaban muertos del todo—. Desde que me había trasladado a París, aquél era el único lugar en el que me sentía una más.

Escuché los ruidos de la pelea que provenían del exterior de mi paraíso de madera y medité acerca de el motivo por el que estaba allí. Vincent.

Le había conocido el verano pasado y me había prendado de él con todas las de la ley. Pero, tras descubrir lo que era y averiguar que su naturaleza le forzaba a morir una y otra vez, me había apartado de él. Mis padres habían muerto el año anterior y, después de eso, estar sola parecía más fácil que vivir con un recordatorio constante de aquel dolor.

Pero Vincent me hizo una oferta que no pude rechazar. Me prometió no morir; o, por lo menos, no dejarse matar a propósito, que era algo que iba contra cada fibra de su cuerpo no-muerto. La compulsión de los *revenants* por sacrificarse para salvar a sus adorados «rescatados» es más tentadora y fuerte que una adicción a las drogas. Sin embargo, él cree que podrá soportarlo. Por mí.

Y yo, desde luego, espero que sea así. No quiero causarle más dolor, pero conozco mis límites. Antes que llorar su muerte una y otra vez, me iría. Me alejaría. Los dos lo sabemos. Y, aunque Vincent está técnicamente muerto, me atrevería a decir que esta es la única solución con la que los dos podemos vivir.

Capítulo 2

—¡Me subo! —grité.

—Enseguida te sigo —contestó Vincent, mirando brevemente hacia las escaleras, donde me encontraba. Gaspard aprovechó la oportunidad para quitarle la espada de las manos de un golpe y mandar el arma al suelo en medio de un gran estrépito. Vincent levantó las manos en gesto de derrota.

—Nunca...

—Apartes la mirada de tu enemigo —dijo Vincent, terminando la frase de Gaspard—. Ya lo sé, ya. Pero tienes que admitir que Kate es una distracción de lo más tentadora.

Gaspard le dedicó una sonrisa sardónica.

—Por lo menos, para mí —aclaró Vincent.

—Procura que esa fascinación que sientes por ella no te distraiga justo en el momento en que le estés salvando la vida —respondió Gaspard. Deslizó el dedo gordo del pie bajo la empuñadura de la espada que acababa de arrebatarle y, con un movimiento ágil, la hizo saltar hacia Vincent.

—Estamos en el siglo XXI, Gaspard —rió Vincent, agarrándola al vuelo con la mano derecha—. Con tu entrenamiento, pronto será capaz de salvarme la vida a mí —dijo. Me miró con una sonrisa pícara, levantando una ceja. Me eché a reír.

—Estoy de acuerdo —admitió Gaspard—. Pero solo si es capaz de ponerse al día con tu medio siglo de experiencia en la lucha.

—Estoy trabajando en ello —intervine antes de cerrar la puerta detrás de mí. Dejé de oír el estruendo metálico que anunciaba que seguían con el entrenamiento.

Empujé la puerta doble, que daba acceso a la espaciosa cocina, e inhalé el aroma de los hojaldres recién sacados del horno. Jeanne estaba inclinada sobre una de las encimeras grises de granito. Aunque técnicamente era la cocinera y se encargaba de la limpieza, en realidad representaba una figura materna para todos los habitantes de la casa. Siguiendo el ejemplo de su madre y su abuela, Jeanne llevaba décadas cuidando de los *revenants*. Estaba dándole el último toque a un pastel de chocolate y los hombros le temblaban ligeramente. Le puse la mano en un brazo y se volvió hacia mí; hizo un esfuerzo por disimular, pero vi que tenía los ojos llenos de lágrimas.

—Jeanne, ¿estás bien? —susurré, sabiendo que no era así.

—Charlotte y Charles son como mis propios hijos —dijo con la voz quebrada.

—Ya lo sé —dije, abrazándola por la ancha cintura y apoyando la cabeza en su hombro—. Pero no se van para siempre. Jean-Baptiste dijo que es solo hasta que Charles se aclare las ideas. No tardará mucho, ¿no?

Jeanne se irguió y nuestras miradas se cruzaron, las dos estábamos pensando lo mismo: «Podría tardar mucho, si es que lo consigue algún día». El joven tenía problemas graves.

Yo misma no sabía qué pensar de él. Siempre se había mostrado antipático conmigo, pero desde que Charlotte me había explicado el porqué, no podía evitar que me diera pena.

Como si me hubiera leído el pensamiento, Jeanne se apresuró a defenderle.

—No es que sea culpa suya. No pretendía poner la casa en peligro, ¿sabes?

—Ya lo sé.

—Es que es más sensible que los demás —continuó. Se volvió a inclinar sobre el pastel y se concentró en colocar una flor de azúcar—. Es el estilo de vida que llevan. Eso de morir una y otra vez por humanos con los que luego no pueden seguir en contacto... les desgasta. Solo tiene quince años, por el amor de Dios.

—Jeanne, tiene ochenta años —dije, con una sonrisa triste.

—*Peu importe* —replicó ella, haciendo un gesto con la mano como si estuviera lanzando una pelota por encima del hombro—. Creo que es más difícil para los que mueren tan jóvenes. Mi abuela me contó que uno de sus semejantes de España hizo lo mismo, también tenía quince años. Acudió a los numa para que le destruyeran, igual que Charles; pero en aquella ocasión, el pobre muchacho consiguió lo que quería.

Me estremecí ante la mención de los viejos enemigos de los *revenants*, y Jeanne se dio cuenta. Aunque estábamos solas en la cocina, bajó la voz.

—En mi opinión, es mejor eso que el otro extremo. Algunos, muy pocos debo decir, acaban tan hastiados del papel que desempeñan en la vida y la muerte de los humanos que, para ellos, los rescates se convierten en poco más que una manera de sobrevivir. No les importan los humanos a los que salvan, solo quieren aliviar sus impulsos. Prefiero que Charles sea demasiado sensible a que se convierta en un robot impasible.

—Por eso creo que alejarse de aquí le vendrá bien —le aseguré—. Le ayudará a distanciarse de París y de la gente a la que ha salvado. «Y de los que no ha salvado», pensé, acordándome del mortal accidente de barco que había espoleado la depresión de Charles. No consiguió salvar la vida de una niña pequeña y, tras aquello, empezó a actuar de manera extraña. Acabó intentando suicidarse y, sin querer, sus acciones permitieron que los numa nos atacaran—. Jean-Baptiste ha dicho que pueden venir de visita. Seguro que volveremos a verles pronto.

Jeanne asintió, aceptando mis palabras con cautela.

—Es un pastel precioso —dije, cambiando de tema. Repasé el plato con un dedo y me lo llevé a la boca para probar el glaseado—. ¡Oh! ¡Y además está buenísimo!

Jeanne me apartó con la espátula, contenta de recuperar su papel de gallina clueca.

—Y tú lo vas a estropear si continuas quitándole glaseado de los lados —dijo, riendo—. Ahora, ve a ver si Charlotte necesita ayuda.

—¡Eh, vosotros, que esto no es un funeral! ¡Es fin de año! Y la fiesta de despedida de los gemelos, así que venga, ¡a celebrarlo! —dijo Ambrose con su voz de barítono, que resonó por la sala de baile artesonada en madera gris perla. Los asistentes, vestidos de gala, rieron ante su comentario. Un centenar de velas brillaban entre los prismas de cristal de los candelabros, mandando destellos de luz por toda la habitación mejor que cualquier bola de discoteca.

A lo largo de las paredes había mesas cubiertas con mil delicias; diminutos petisús de chocolate y *toffee,* macarrones de todos los colores que se deshacían en la boca, montañas de trufas de chocolate. Tras el vasto festín que acabábamos de devorar, no me quedaba ni un poco de espacio para esas obras maestras de la pastelería francesa. Lo cual resultaba un fastidio porque, de haber sabido que el postre estaba por llegar, habría atacado el pan con menos energía y me habría saltado la tabla de quesos.

Al otro lado de la sala, Ambrose estaba trasteando con un iPod conectado a un sistema de sonido de tamaño considerable. Sonreí cuando el *jazz* empezó a surgir de los altavoces. Aunque el nativo de Misisipi escuchaba música contemporánea en sus ratos libres, sentía debilidad por la música de su juventud. La voz cavernosa de Louis Amstrong hechizó a los que estaban bailando; Ambrose agarró a Charlotte y se puso a bailar con ella por toda la sala. La piel cremosa de Charlotte y su pelo corto y rubio eran como una imagen en negativo de Ambrose, con la piel oscura y el pelo negro rapado.

Hacían una pareja sensacional. O la harían, si fueran pareja; cosa que, según me había confesado Charlotte, era algo que ella anhelaba. Ambrose no opinaba lo mismo, por motivos que yo —y quizás él también— desconocía. Pero el cariño fraternal que le tenía resultaba tan obvio como la sonrisa de adoración que lucía en la cara mientras la hacía dar vueltas.

—Parece divertido. Vamos a probar nosotros también —susurró una voz junto a mi oreja. Me di la vuelta y vi que Jules estaba de pie detrás de mí—. ¿Cómo tienes el carné de baile?

—Te has equivocado de siglo, Jules —le recordé—. Ya no hay carnés de baile. —El hombre se encogió de hombros y me dedicó una sonrisa pícara—. Y si los hubiera, ¿acaso el primer baile no debería ser con mi novio? —dije para provocarle.

—No si me batiera en duelo por tener el honor del primer baile —bromeó él, echando una mirada al otro lado de la sala, donde Vincent nos observaba con media sonrisa. Mi novio me guiñó un ojo y volvió a su conversación con Geneviève, una *revenant* increíblemente atractiva. La primera vez que la había visto me había dado un ataque de celos, pero entonces había descubierto que llevaba muchos años felizmente casada.

Aquella noche habían acudido a la fiesta varias docenas de *revenants* que no eran miembros de La Maison (nadie se refería a la casa por su nombre oficial, Hôtel Grimod de la Reynière; «hôtel», en este caso, significaba «mansión ridículamente grande y extravagante»). El palacete de Jean-Baptiste servía de hogar al venerable anfitrión, así como a Gaspard, Jules, Ambrose, Vincent y, hasta el día siguiente, Charles y Charlotte. Cuando se mudaran a la casa que Jean-Baptiste tenía en Cannes, dos recién llegados ocuparían su lugar.

—De acuerdo. Para evitar la tercera guerra mundial, supongo que puedo concederte a ti el primer baile. Pero si Vincent quiere intervenir, ya puedes ir sacando la espada.

Jules se dio unas palmaditas en la cadera, donde estaría la espada si llevara una. Entonces me envolvió en sus brazos y me llevó al centro de la sala, junto a Ambrose y Charlotte.

—Kate, querida, ¡te favorece tanto la luz de las velas! —murmuró.

Me sonrojé a mi pesar, tanto por la manera descarada en que su mejilla rozó la mía al susurrar, como por los halagos, que me llenaban de regocijo aunque no me cupiera duda de que Vincent era el hombre de mi vida. Sabía que flirtear con Jules era totalmente inofensivo, porque nunca me tomaba lo que decía como algo personal. Cada vez que le veía salir de noche llevaba a una mujer distinta del brazo, y siempre una atractiva.

Me acercó a él hasta que estuvimos pegados. Entre risas, le aparté.

—¡Jules! ¡Bribón incorregible! —le regañé, echando mano de mi repertorio de insultos pasados de moda.

—A su servicio —dijo, e hizo una pronunciada reverencia antes de volver a sujetarme y continuar con el baile—. Vincent no es un tipo celoso, ¿sabes? —dijo, con una sonrisa taimada, mientras me sostenía—. No tiene motivos para serlo. No solo es el más guapo de los *revenants* de por aquí, o eso me dicen todas las chicas, sino que es el segundo de Jean-Baptiste —dijo. Calló un momento mientras me hacía descender y volvía a levantarme— y, además ha conquistado el corazón de la bella Kate. No hay quién se enfrente al Paladín.

Aunque no pude evitar sonreír ante aquello de «la bella Kate», me concentré en esa nueva información.

—¿Vincent es el segundo de Jean-Baptiste? ¿Qué significa eso?

—Significa que si le pasara algo a Jean-Baptiste... —Jules dudó, parecía incómodo, así que rellené el espacio mentalmente: «si Jean-Baptiste es destruido»—. O si decidiera retirarse y dejar de liderar a los *revenants* de Francia, Vincent ocuparía su lugar.

Me llevé una sorpresa.

—¿Por qué nunca me lo ha mencionado?

—Seguramente por culpa de otra de sus grandes virtudes, la humildad.

Tardé un par de segundos en asimilar todo aquello de que Vincent era el segundo de alguien.

—¿Qué has querido decir con lo de «Paladín»? —pregunté, mirando a Jules a los ojos.

—¿Tampoco te ha hablado de eso? —contestó él, asombrado.

—No.

—Bueno, pues yo no voy a contarte todos sus secretos en una sola noche. Tendrás que preguntarle a él.

Archivé aquella información en la cabeza.

—Así que si Jean-Baptiste se jubila, ¿Vincent será tu jefe? —dije, intentando provocarle, a ver si me revelaba algo más, pero me quedé callada cuando vi cómo cambiaba su expresión; Jules pasó de su actitud desenfadada y frívola habitual a una de lealtad feroz.

—Vincent nació para esto, Kate, o más bien renació. No me gustaría cargar con la responsabilidad que le caerá encima algún día. Pero cuando llegue el momento, haré lo que me pida. De hecho, ya haría lo que fuera por él, y ni siquiera es mi jefe todavía.

—Ya lo sé —dije, con sinceridad—. Se te nota. Tiene suerte de poder contar contigo.

—No Kate, la suerte que tiene es la de tenerte a ti.

Jules me hizo descender una vez más y me di cuenta de que, con la excusa del baile, me había llevado junto a Vincent. Me soltó las manos, me guiñó un ojo con arrepentimiento y me dejó, con galantería, entre los brazos de mi novio.

—¿Sigues de una sola pieza? —bromeó Vincent, abrazándome con fuerza y dándome un beso.

—¿Después de bailar con Jules? No estoy segura —contesté.

—Es inofensivo —comentó Geneviève.

—¡Me ofendes! —exclamó Jules desde el otro lado de la mesa, donde se estaba sirviendo una copa de champán—. Yo me considero muy peligroso, que no os quepa duda.

Nos saludó a los tres levantando la copa y se escabulló en dirección a una guapa *revenant* que había al otro lado de la sala.

—¿Te he dicho ya lo guapa que estás? —susurró Vincent, entregándome una copa.

—Solo doce veces aproximadamente —repuse con coquetería, pasando la mano ostentosamente por la falda del vestido largo de color gris plomo que Georgia me había ayudado a elegir.

—Perfecto, porque el trece es mi número de la suerte —dijo, y me miró de arriba abajo con expresión seria—. Pero guapa no te hace justicia. Quizá... ¿deslumbrante? ¿Despampanante? ¿Arrebatadora? Sí, creo que esa es la palabra. Estás arrebatadora, Kate.

—¡Anda, calla! —reí— ¡Lo estás haciendo a propósito para que me sonroje! ¡Pues no te saldrás con la tuya!

Vincent sonrió con aire victorioso y me acarició la mejilla con un dedo.

—Demasiado tarde.

Puse los ojos en blanco. Entonces, el tintineo de una cucharilla golpeando una copa nos hizo callar a todos. Ambrose apagó la música y los asistentes se volvieron hacia Jean-Baptiste, que estaba de pie ante sus invitados con ese aire suyo de nobleza del que le gustaba presumir. En los retratos de Jean-Baptiste, uno podía ver cómo su ropa y su estilismo habían cambiado a lo largo de los últimos doscientos cuarenta años, pero su conducta aristocrática no se había alterado en lo más mínimo.

—Bienvenidos, mis queridos semejantes, apreciados *revenants* de París —anunció a los cuarenta y pico invitados que llenaban la sala—. Gracias por acompañarme esta noche en mi humilde morada —dijo. Hubo una oleada de movimiento y risitas entre los asistentes. Jean-Baptiste sonrió con sutileza.

»Me gustaría dedicar un brindis a nuestros queridos amigos que nos dejan por una temporada, Charles y Charlotte —continuó Jean-Baptiste—. Os echaremos de menos, todos esperamos vuestro regreso con ansias.

Todos los presentes siguieron el ejemplo de Jean-Baptiste, levantaron la copa y exclamaron «¡*Santé*!» a coro.

—Es una manera muy diplomática de decirlo, ¡teniendo en cuenta que les ha echado de La Maison! —le murmuré a Vincent. Eché un vistazo hacia Charles; estaba posado incómodamente en un diván tapizado, a un lado de la sala. Desde el día en que había puesto en peligro a los demás *revenants* situándose en manos de los numa, su perpetua expresión hosca y agria había sido sustituida por una de fatalidad y depresión. Gaspard estaba sentado a su lado, ofreciendo apoyo emocional.

—No me cabe duda de que a todos nos gustaría irnos con los gemelos al soleado sur, pero estamos más que ocupados aquí, en París —continuó Jean-Baptiste—. Como ya sabéis, desde que nuestra amiga humana, Kate, —dijo, señalando con la copa en mi dirección y asintiendo con educación—, se deshizo efectivamente del líder de nuestros enemigos, Lucien, hace menos de un mes, los numa se han mantenido en el más absoluto silencio. Aunque seguimos en guardia, no ha habido ningún intento de vengar a Lucien. Ningún contraataque.

»Y, lo que es más preocupante, los nuestros no han observado movimiento entre los numa. No han abandonado París, pero el hecho de que nos eviten con tanto ahínco es tan impropio de nuestros viejos enemigos que solo podemos suponer que tienen un plan. Y eso no significa más que una cosa: que ya deben de contar con un nuevo líder.

Menuda revelación para los *revenants*. Sus caras de paciencia pasaron a la consternación y algunos empezaron a cuchichear entre ellos. Vincent siguió con la mirada clavada en nuestro anfitrión, lo que me hizo comprender que él ya estaba al día de la situación. «El segundo de Jean-Baptiste», pensé, con una mezcla de admiración y desasosiego. Me moría de ganas de estar a solas con él para poder preguntárselo.

Jean-Baptiste silenció la sala golpeando de nuevo la copa con una cucharilla.

—Amigos, por favor —dijo. De nuevo, la sala se sumió en silencio—. Todos sabemos que Nicolas era la mano derecha de Lucien.

Pero teniendo en cuenta su carácter irascible y su devoción por los gestos ostentosos, no nos cabe duda de que si él hubiera asumido el control, a estas alturas ya lo sabríamos. El silencio es lo que nos indica que alguien distinto lo ha hecho. Y si no sabemos a quién nos enfrentamos, o cuándo y desde dónde atacarán, ¿cómo podemos preparar nuestras defensas? —continuó. Hubo más murmullos, pero esta vez Jean-Baptiste levantó la voz para silenciar a la multitud.

»POR ESO... ante una situación potencialmente crítica, nos honra contar con la ayuda de una persona que sabe más sobre nuestra historia y la de los numa que cualquiera de los presentes. Alguien considerado el mayor experto entre nuestros semejantes de Francia, y una figura influyente en nuestro Consorcio Internacional. Se ha ofrecido a ayudarnos a investigar el problema que se nos presenta y a planear una estrategia de defensa o, si es necesario, un ataque preventivo.

»Sin mayor demora, os presento a aquellos que no han tenido la ocasión de conocerla, a Violette de Montauban y su acompañante, Arthur Poincaré. Nos honra que se unan a nuestra pequeña familia en ausencia de Charlotte y Charles.

Una pareja que no había visto nunca apareció de detrás de Jean-Baptiste. La piel blanquísima de la muchacha contrastaba con el pelo negro, que se había apartado de la cara y había decorado con varias flores de color violeta intenso. Era diminuta y tenía un aspecto delicado, como un gorrión. Aunque parecía más joven que yo, sabía que para un *revenant* aquello no significaba nada.

El joven se movía con un estilo claramente pasado de moda; se plantó junto a la muchacha y extendió el brazo, para que ella se agarrara suavemente con las yemas de los dedos. Tendría unos veinte años y, si no se hubiera recogido el pelo rubio veteado en una coleta ni se hubiera afeitado tan bien, sería igualito a Kurt Cobain. Cobain con un ataque grave de sangre azul, claro.

Se inclinaron formalmente ante Jean-Baptiste y se volvieron hacia la sala, haciendo un gesto solemne de cabeza para aceptar la entusiasta bienvenida. La mirada de ella se detuvo un momento sobre mí y continuó hacia Vincent, que estaba de pie, a mis espaldas, con la mano en mi cadera. Violette entornó los ojos ligeramente y siguió observando a la muchedumbre; entonces, al ver a alguien que conocía, se mezcló con los invitados para charlar. Jean-Baptiste siguió su ejemplo y se puso a hablar con una mujer que tenía al lado.

El discurso parecía haber terminado, así que busqué a Charlotte para ver cómo había reaccionado ante la presentación de sus sustitutos. Anunciar su llegada en la fiesta de los gemelos debió de haber sido una decisión de última hora.

Estaba al fondo de la sala con Ambrose, que tenía el brazo apoyado sobre sus hombros. Supuse que le estaba ofreciendo apoyo físico y moral. Aunque Charlotte no parecía sorprendida, daba la impresión que le estaba costando mantener la sonrisa.

—Voy a hablar con Charlotte —le murmuré a Vincent.

—Buena idea —dijo, mirándola con preocupación—. Yo iré a ver cómo lo está llevando Charles.

Vincent me dio un beso en la frente, se irguió, y se alejó. Yo me acerqué a Charlotte.

—¿Te apetece salir a tomar un poco el aire? —le pregunté.

—Me encantaría —dijo. Me agarró la mano y pasó de la custodia de Ambrose a la mía. Me pregunté por enésima vez cómo aguantaría en el sur de Francia, a nueve horas por carretera de su sistema de apoyo. Charlotte siempre había sido un hombro sólido sobre el que llorar, pero, ahora que necesitaba a sus amigos más que nunca, se veía obligada a dejarlos atrás.

Nos pusimos los abrigos de camino a la calle y salimos para disfrutar del aire fresco de diciembre. La luna brillaba sobre el patio e iluminaba la enorme fuente de mármol, en la que se veía una estatua a tamaño real de un ángel sosteniendo a una mujer entre los brazos. Aquella imagen siempre me hacía pensar en mi relación con Vincent. Para mí, el simbolismo que le había otorgado a la estatua era tan sólido como la piedra en la que estaba tallada.

Charlotte y yo nos sentamos al borde de la fuente vacía y nos acurrucamos la una junto a la otra para darnos calor. La rodeé con un brazo y la atraje hacia mi. Acercarme a ella me había ayudado a no hacer caso del sentimiento de culpa que me reconcomía por haberme aislado de mis amigos de Nueva York. Cuando estaba sumida en el dolor más profundo por la muerte de mis padres, había eliminado mi cuenta de correo electrónico y no había vuelto a ponerme en contacto con ellos.

—¿Sabías que...? —empecé a preguntar, pero me quedé callada un momento para no decir algo tan horrible como «vuestros sustitutos»—. ¿Sabías que Violette y Arthur llegaban hoy?

—Jean-Baptiste me avisó ayer —contestó Charlotte, asintiendo—. Dijo que no quería que pensara que tenía prisa por sustituirnos, pero que Violette se había ofrecido a venir y su ayuda sería inestimable. Aun así, no puedo evitar que me duela. Hace que me sienta... ya sabes, rechazada. Como si todo esto fuera un castigo.

—Aunque te lo parezca, y Jean-Baptiste nos ha asegurado a todos que no lo es, no eres tú la que debe irse. Fue Charles el que lo fastidió todo, por mucho que lo hiciera sin querer —dije. Le apreté el brazo en un gesto de apoyo—. La lógica de Jean-Baptiste es impecable; si los numa están planeando algo gordo, no es el mejor momento para tener a Charles en medio del berenjenal, indeciso y lleno de dudas. Además, Jean-Baptiste dijo que podrías quedarte si quisieras.

—No puedo vivir sin Charles —se lamentó Charlotte—. Es mi hermano gemelo.

Asentí; la comprendía perfectamente. Charlotte y yo teníamos muchas cosas en común, si exceptuábamos el asunto de la inmortalidad; ambas habíamos pasado por la muerte de nuestros padres y ambas nos habíamos quedado sin nada más que un hermano que nos conectara a nuestra vida anterior. Yo tenía a mis abuelos, claro, pero me sentía como si Georgia fuera el último cabo que me ataba a la realidad. Aunque el significado de la palabra «realidad», para mí, había cambiado radicalmente en los últimos meses.

—¿Conoces a los nuevos? —pregunté.

—Sí. Es decir, no los había visto en persona, pero todo el mundo ha oído hablar de ellos. Son de la vieja guardia; si te parece que Jean-Baptiste es mayor, esos dos son antediluvianos. Y tan aristocráticos como él.

—Ya, salta a la vista —dije, riendo—. Por su aspecto, Violette debió de morir muy joven.

—A los catorce —contestó Charlotte, sonriendo—. Su padre era un marqués, o algo parecido, y Violette era dama de compañía de Ana de Bretaña. Murió para salvar la vida de la joven reina durante un intento de secuestro.

—¿La reina Ana? ¡Eso significa que Violette es casi una reliquia medieval! —me sorprendí. Me devané los sesos para recordar los nombres y las fechas aprendidos en mis clases de historia de Francia, pero Charlotte se me adelantó.

—Murió alrededor del año 1500.

—Madre mía. ¡Lleva más de medio milenio viva!

Charlotte asintió, pensativa.

—¿Y Arthur?

—Es de la misma época; de hecho, ya se conocían cuando eran humanos. Arthur era uno de los consejeros del padre de Violette, creo recordar. En cualquier caso, los dos apestan a corte real. Viven en un castillo, en el valle del Loira, y no me cabe duda de que allí se sienten como en casa —dijo Charlotte. Percibí cierta amargura en su voz, como si deseara que aquellos dos volvieran a su *château* y nos dejaran en paz.

»Que vengan a vivir aquí es un sueño hecho realidad para JB. Llevan tanto tiempo rondando en el mundo que son como enciclopedias vivientes, como Gaspard multiplicado por diez. Y Violette es mundialmente famosa por ser la mayor experta de historia de los *revenants* y también sabe más sobre los numa que nadie. Así que es la candidata perfecta para ayudar a JB a crear una estrategia —terminó. Se encogió de hombros, como si la conclusión fuera obvia.

El chirrido de la puerta principal interrumpió la charla. Nos dimos la vuelta y vimos a la protagonista de nuestra conversación; los aires aristocráticos de Violette resultaban tan tangibles que parecía una nube de perfume caro flotando en el aire invernal.

—Hola —dijo Violette. En su voz se mezclaba el tono agudo de una niña pequeña y la confianza de una mujer adulta, pero esa discrepancia tan espeluznante desapareció cuando sus labios rosados se curvaron en una sonrisa amable y tan contagiosa que no pude evitar devolverle el gesto.

Se nos acercó, nos dio los dos besos de rigor, y se enderezó.

—Desearía presentarme. Violette de Montauban.

—Sí, ya lo sabemos —dijo Charlotte. Mantuvo la mirada fija en sus zapatos, como si los tacones con cintas guardaran la respuesta a la incógnita de cómo se creó el universo y fueran a revelarla si se concentraba lo suficiente.

—Vos debéis de ser Charlotte —dijo Violette, haciendo como si no se hubiera dado cuenta del tono que utilizaba mi amiga—. Y vos... —Se volvió hacia mí—, vos debéis de ser la humana de Vincent.

Emití un sonido a medio camino entre un balbuceo y una carcajada.

—No te lo vas a creer, pero tengo nombre. Soy Kate.

—Por supuesto, que torpe por mi parte. Kate —contestó. Volvió a dirigir su atención hacia Charlotte, que seguía sin mirarla a la cara—. Lamento que nuestra súbita comparecencia os haya resultado dolorosa —dijo Violette, interpretando el lenguaje corporal de Charlotte de manera impecable—. Ya me temía que el gesto pudiera parecer excesivamente desconsiderado, pero, cuando le ofrecí nuestros servicios, Jean-Baptiste insistió en que Arthur y yo acudiéramos con la mayor premura.

—¿Con la mayor premura? No salís mucho por ahí, ¿no? —comentó Charlotte, en tono descarado.

—¡Charlotte! —la regañé, dándole un codazo.

—No os angustiéis —rió Violette—. No, Arthur y yo llevamos una vida retirada. Suelo pasar la mayor parte del tiempo sumida en la lectura. Y, como custodios residentes del Castillo de Langeais, es cierto que no «salimos por ahí», como lo llamáis. Me temo que todo esto queda patente en mi forma de hablar.

—Si nunca te mezclas con humanos, ¿cómo consigues integrarte para salvarles? —preguntó Charlotte, intentando claramente disimular su amargura.

—Como no me cabe duda que sabéis, cuanto más tiempo pasamos como *revenants*, menos sentimos el apremio por morir. Rondaba los sesenta cuando hablé con Jean-Baptiste, dos semanas atrás. Desde entonces, me las he ingeniado para salvar a unos chiquillos gitanos que retozaban junto a las vías del tren y Arthur ha rescatado a un cazador de una manada de jabalíes. Así que ya nos hemos recuperado y estamos listos para llevar a cabo la labor que tenemos por delante. Todo esto me resulta de lo más emocionante —Violette calló un momento para sonreír— que hemos vivido en décadas.

Me estremecí, no de frío, sino al pensar que esta adolescente había aparentado la edad de su abuela recientemente (o así sería si su abuela no estuviera ya más que momificada en algún rincón de Francia). Y ahora allí estaba, aparentando ser más joven que yo. Aunque ya tendría que haberme acostumbrado, todavía me costaba hacerme a la idea de que los *revenants* volvían a la vida con la misma edad que habían tenido cuando murieron por primera vez.

Violette examinó la expresión de Charlotte durante un segundo y, entonces, apoyó un dedo con elegancia en su brazo.

—Si no lo deseáis, no es necesario que me acomode en vuestros aposentos. Jean-Baptiste me ha ofrecido la posibilidad de instalarme en la habitación de invitados, si así lo prefiero. Vuestro gusto en cuanto a decoración me resulta, sin duda, mucho más agradable que la inclinación de Jean-Baptiste por los tapizados de cuero negro y los candelabros de astas de ciervo.

Charlotte no pudo contener la risa. Alargó la mano para tomar la de Violette y se levantó para hablar cara a cara con aquella adolescente que, sin embargo, tenía un montón de años.

—Lo siento. Son tiempos difíciles para Charles y para mí. Considero que mis semejantes son mi familia y tener que abandonarlos en medio de esta situación tan tensa me está matando, la verdad.

Reprimí una sonrisa, pero Charlotte se dio cuenta.

—De acuerdo, quizá no me esté matando literalmente —dijo, con expresión traviesa—. Pero ya sabéis a qué me refiero.

Violette se acercó a Charlotte, abrió los brazos de par en par y le dio un abrazo con elegancia.

—Todo saldrá bien. Arthur y yo velaremos por todos ellos en vuestra ausencia y las dificultades presentes se desvanecerán antes de que os deis cuenta.

Charlotte le devolvió el gesto, aunque con ciertas dificultades, ya que Violette estaba erguida como si llevara un corsé puesto. Pero parecía ser que habían hecho las paces. No pude evitar preguntarme si a Charles le estarían yendo tan bien las cosas.

Capítulo 3

Una de las ventanas de la sala de baile se abrió y Vincent se asomó vistiendo el esmoquin negro que le hacía parecer una estrella del Hollywood clásico.

—¡Señoritas, es casi media noche! Y yo, por lo menos, albergo la esperanza de no tener que recurrir a darle un beso a Gaspard cuando den las doce.

Vincent sonrió con picardía y miró por encima del hombro hacia el aludido, que puso los ojos en blanco y sacudió la cabeza con exasperación.

Violette, Charlotte y yo llegamos a la sala justo cuando los demás invitados empezaban, todos a una, con la cuenta atrás. La emoción que los embargaba se notaba en el aire. Teniendo en cuenta las muchas veces que algunos de los presentes habían celebrado el Año Nuevo, me sorprendía en sobremanera que no se hubieran cansado ya de hacerlo. Los humanos lo veíamos como el principio de un año sin estrenar; solo doce meses de los pocos que el destino nos permite vivir. Pero con el número ilimitado de nuevos comienzos que experimentan los *revenants*, resultaba curioso que la nochevieja les hiciera tanta ilusión.

Vincent, que me esperaba junto a la puerta, me envolvió en sus brazos mientras la cuenta atrás continuaba.

—¿Qué opinas de nuestra primera nochevieja juntos? —preguntó, mirándome como si yo fuera su milagro personal; curiosamente, eso mismo era lo que yo pensaba de él.

—He tenido tantas primeras veces en los últimos tiempos que me da la sensación de haber cambiado mi vida antigua por una nueva —contesté.

—¿Eso es bueno?

A modo de respuesta, a la vez que la cuenta atrás llegaba a su fin, acerqué la cabeza a la suya y él me atrajo hacia sí. Nuestros labios se encontraron y, al besarnos, algo en mi interior se despertó y empezó a alborotarse, hasta que me dio la sensación de que me iba a estallar el corazón.

—Kate —susurró Vincent, con media sonrisa y los ojos entornados—. Eres lo mejor que me ha ocurrido.

—Bueno, si sigo aquí es gracias a ti —contesté, en voz baja. Vincent me miró con la pregunta en los ojos—. Me salvaste de mis momentos más oscuros.

Me pregunté, y no por primera vez, qué habría sido de mí si no le hubiera conocido ni hubiera escapado de la cárcel de dolor que me incapacitaba para cualquier cosa y en la que había estado encerrada desde el accidente que se llevó la vida de mis padres. Seguramente seguiría encogida en posición fetal, en mi cama en casa de mis abuelos, si Vincent no hubiera aparecido y me hubiera mostrado que había una excelente razón para seguir viviendo, que la vida podía volver a ser bella.

—Te salvaste tú sola —murmuró—. Yo solo te eché una mano.

Me apretó de nuevo en un abrazo eterno. Cerré los ojos y dejé que su afecto me empapara, como si fuera miel.

Cuando al final le solté, le acaricié la mano, apoyé la cabeza en su hombro y contemplé la situación a nuestro alrededor. Bajo la titilante luz de las velas, Jean-Baptiste y Gaspard seguían de pie orgullosamente el uno junto al otro, ante la sala; su postura, codo con codo, comunicaba «sí, este fantástico acontecimiento lo hemos organizado nosotros». Gaspard se inclinó para susurrar algo con cara de complicidad y Jean-Baptiste respondió con una carcajada. La tensión que su discurso había generado se había esfumado gracias al aire romántico de aquella velada encantadora.

Ambrose había abrazado a Charlotte, que aceptaba el gesto gustosa, y la sostenía como si fuera una muñequita de trapo, medio metro por encima del suelo y diminuta entre sus fuertes brazos. Jules estaba cerca de la barra, observándonos a Vincent y a mí. Cuando nuestras miradas se cruzaron, frunció los labios y me dedicó un beso sarcástico desde la distancia antes de volverse hacia la voluptuosa *revenant* que charlaba con él. Violette seguía junto a Arthur y apoyaba la cabeza en el brazo de él, en un gesto cariñoso, mientras ambos contemplaban la sala. Otras parejas de entre los *revenants* se abrazaban o se besaban.

«Algunos de ellos sí que encuentran el amor», pensé.

Charlotte me había dicho que Ambrose y Jules iban de flor en flor, saliendo con una y con otra sin llegar jamás a establecer una relación seria. Jean-Baptiste no les animaba a tener parejas humanas, precisamente; había prohibido la entrada en la casa a los «amantes humanos», como él los llamaba. Aparte de un puñado de agentes de policía y conductores de ambulancia que los *revenants* controlaban (y algunos otros empleados humanos, como Jeanne, cuya familia había trabajado para Jean-Baptiste durante varias generaciones), yo era la única extraña a la que aceptaban en su círculo y en su casa.

Puesto que la necesidad de mantener su naturaleza en secreto eliminaba la posibilidad de vivir una historia romántica con un humano, la única opción para los *revenants* era encontrar el amor entre ellos. Y, como Charlotte me había dicho, no había mucho entre lo que escoger.

Una hora más tarde, los asistentes empezaban a marcharse, así que le dije a Vincent que ya estaba lista para irme a casa.

—Tenemos que esperar a Ambrose —contestó, pasándome un brazo por los hombros. Me desanimé un poco; me estaba muriendo de ganas de preguntarle por aquello de ser el segundo de Jean-Bap-tiste y el Paladín, pero tendría que esperar, puesto que dudaba que quisiera hablar de ese asunto delante de Ambrose. Jules no se equivocaba al hablar de la modestia de Vincent, no le gustaba presumir.

—¿Necesito dos guardaespaldas? —bromeé, mientras nos dirigíamos hacia la puerta.

—Tres —corrigió Ambrose—. Tenemos a Henri, un antiguo amigo de Gaspard, haciendo de guardaespaldas fantasma.

—Ah, caramba. *Bonjour*, Henri —dije en voz alta, pensando en lo raro que resultaba todo aquello.

Tres meses antes había descubierto que los *revenants* volvían a estar muertos durante tres días al mes; ellos lo llamaban «estado inerte». Durante el primero, están muertos en todos los sentidos, pero durante las siguientes cuarenta y ocho horas sus mentes se despiertan y pueden desplazarse. A eso lo llaman estar «volante», y en este estado son capaces de ver el futuro con algunos minutos de antelación. Cuando salen en busca de humanos a los que salvar, los *revenants* van de tres en tres: dos *revenants* en estado normal y uno en forma volante que les avisa de si va a ocurrir algo.

—¿Toda esta seguridad para mí? —dije, sonriendo y tomando del brazo a mis dos escoltas con forma física—. Y eso que Gaspard ha dicho que estoy mejorando con la espada.

—Ambrose y Henri vienen tanto por mi seguridad como por la tuya —me aseguró Vincent—. Esta noche podría ser la primera en que los numa regresaran. Sería un plan con una estrategia sólida, podrían aprovechar que la mayoría de nosotros estamos reunidos en un mismo edificio. Pero, aunque no ataquen, en nochevieja hay suficientes borrachuzos por la calle como para evitar que nos aburramos —dijo Vincent. Me dedicó una sonrisa torcida y pulsó el botón que había junto a la verja.

Las luces automáticas se encendieron, miré hacia arriba y saludé hacia la cámara de seguridad. Si alguien se molestaba en revisar la cinta, me verían con un vestido de noche que no desentonaría en la ceremonia de los Oscar, acompañada por dos hombres atractivos vestidos de esmoquin. «No está mal —pensé—, ¡sobre todo para alguien que no había tenido una cita de verdad hasta un par de meses atrás!»

La luna resplandecía como un foco, iluminando con plata líquida los viejos árboles de las calles de París. Parejas, con lujosos vestidos y trajes, iban de camino a casa tras abandonar sus respectivas celebraciones, lo que confería a la ciudad un aire festivo y alegre. Un olor delicioso de pastas horneándose llegaba desde una pastelería; el propietario había tenido la disciplina de mantener los horarios de trabajo incluso en nochevieja. Apreté el brazo de Vincent, lo último en lo que yo pensaba era en la amenaza de los numa.

Pero un par de calles antes de llegar a mi casa, mis acompañantes cambiaron de actitud. Miré a mi alrededor y no vi nada preocupante, pero ambos se mantenían alerta.

—¿Qué pasa? —pregunté, viendo que a Vincent se le endurecía la expresión.

—Henri no está seguro. Si fueran numa vendrían directos a por nosotros, pero estos tipos están actuando de manera extraña —dijo, intercambiando una mirada con Ambrose. Inmediatamente, ambos empezaron a andar más deprisa. Cruzamos una avenida a paso rápido; los tacones hacían que caminara con mucha más torpeza que con mis zapatillas deportivas de siempre. Al enfilar una callejuela en dirección al edificio de mis abuelos, me pregunté qué ocurriría si los enemigos de los *revenants* nos atacaran.

—Los numa no harían nada en público, ¿verdad? —pregunté sin aliento. Aun así, recordaba que un par de ellos habían apuñalado a Ambrose delante de un restaurante pocos meses atrás.

—Nunca luchamos delante de humanos... si lo podemos evitar —contestó Ambrose—. Los numa tampoco. Nuestra existencia secreta dejaría de serlo si empezáramos a blandir hachas medievales delante de testigos mortales.

—Pero ¿por qué? Los humanos no intentarían destruiros.

—No solo pretendemos ocultarnos de los humanos —continuó. Por cada paso de Ambrose yo tenía que dar dos—. Como he dicho, hay otros, y no, no voy a entrar en una discusión sobre qué seres sobrenaturales existen más allá de las novelas de fantasía. Tenemos nuestro propio código de honor, ¿sabes?

—Henri dice que, sean quienes sean, vienen hacia aquí —dijo Vincent. Su tono de voz eliminó todas las preguntas que flotaban por mi cabeza.

Recorrimos los últimos metros hasta mi casa corriendo, e introduje el código de seguridad a toda velocidad, como si nuestras vidas dependieran de lo rápido que podía teclearlo. Vincent y Ambrose me guardaban las espaldas, como un par de vigilantes demasiado bien aviados para la ocasión. Tenían las manos posadas sobre las empuñaduras de sus armas, fueran cuales fuesen.

El código de seguridad desactivó el cierre y empujé la puerta de entrada. Justo entonces, el ruido de un vehículo acelerando llegó desde la avenida. Los focos iluminaron la calle oscura y los tres nos dimos la vuelta para enfrentarnos a él.

Con la radio a todo volumen, un Audi lleno de adolescentes se detuvo delante de nosotros. La puerta se abrió y una pareja cayó del asiento del copiloto. Los cuatro jóvenes del asiento de atrás estallaron en gritos de alegría cuando mi hermana se levantó de la acera y les dedicó una reverencia teatral.

—Buenas noches a todos —exclamó, con su mejor acento sureño.

El chico sobre el que había estado sentada se levantó, se sacudió la ropa y le dio un beso.

—Servicio puerta a puerta. Para Georgia, todo es poco —dijo, y subió al vehículo de un salto.

—¡*Bonne année*! ¡Feliz año nuevo! —exclamaron a coro los pasajeros del automóvil mientras se alejaban.

Ambrose y Vincent dejaron que los chaquetones cubrieran sus armas de nuevo, así que Georgia no se dio cuenta de lo nerviosos que habíamos estado.

—¡Hola, Vincent! Y hola, Ambrose, tan guapo como siempre —le piropeó, acercándose hacia nosotros con su corto vestido de encaje. Tenía el pelo rubio y corto arreglado con un peinado muy dramático, de manera que enmarcaba su piel pecosa—. Pero qué bien os sientan los trajes. Si los bailarines de *striptease* que contratamos para la fiesta hubieran sido tan guapos como vosotros, quizá no habría sido un desastre.

Georgia echó un vistazo al reloj y ahogó un grito, horrorizada.

—¡No son ni la una y media de la madrugada y ya estoy en casa! ¡Qué humillación! Nunca entenderé por qué la policía cree que puede clausurar una fiesta por hacer demasiado ruido, ¡en nochevieja! ¡Ha sido la noche más lamentable de mi vida! —exclamó. Me miró y me di cuenta de que seguía medio escondida detrás de la puerta—. Kate, por el amor de Dios, ¿qué estás haciendo ahí?

Sin esperar a que respondiera, dedicó a los chicos su sonrisa más encantadora y, tras apretarme el brazo con cariño, entró en el edificio.

—¿Me lo parece a mí, o Georgia es más Georgia de lo habitual? —bromeó Vincent.

—Está recuperando el tiempo perdido tras cinco semanas de portarse bien —respondí, recordando que mi hermana había jurado no relacionarse con más hombres después de que su novio de entonces, Lucien, líder de los numa, casi nos matara a todos.

—Bueno, no hay duda de que podríamos contratarla como seguridad extra. Georgia y su séquito podrían asustar a todos los tipos raros del barrio —dijo Ambrose con una sonrisa traviesa.

Lo cual me recordó....

—¿Qué ha pasado con los que nos seguían?

—Han huido ante la perspectiva de una fiesta de nochevieja portátil —respondió Ambrose.

—Escucha, Kate —dijo Vincent, observando la calle oscura con cautela—. Jean-Baptiste tenía razón cuando ha dicho que no sabemos cuándo atacarán los numa. Y, con lo que fuera que nos estaba siguiendo ahora mismo, creo que no estaría de más que llevaras una carabina de vez en cuando. JB me ha pedido que me ocupe de algunos proyectos —dijo, e intercambió una mirada misteriosa con Ambrose—, así que no podré estar contigo todo el rato.

—¿Una carabina? —exclamé. Esta vez sentía otro tipo de alarma.

—¿Qué tiene de malo tener un ángel de la guarda? ¿O dos? —preguntó Ambrose—. Estás saliendo con un *revenant*, Mary Kate, ya puedes ir haciéndote a la idea de que te van a seguir.

—Bueno, pero si no estoy con vosotros, panda de blancos móviles, los numa no deberían interesarse por mí, ¿no? —repliqué. Una cosa era que mi novio me acompañara a mi casa, pero que un montón de *revenants* me siguieran por todo París no me hacía ninguna gracia. Sacudí la cabeza— ¿Me vas a dar un beso de buenas noches? ¿O acaso eso interferiría con tus deberes de carabina?

Levanté la cabeza y Vincent no tuvo más remedio que dármelo. Fue un beso largo y dulce que hizo que mi cuerpo se convirtiera en merengue.

—Adiós, Mary Kate —dijo Ambrose. Se despidió con una mano y se volvió para irse.

—Adiós —exclamé, mientras los dos *revenants* se alejaban del portal y se sumían en las sombras moteadas por la luz de la luna. Cuando desaparecieron de mi vista, seguí los pasos de mi hermana y subí al apartamento de mis abuelos.

Para cuando llegué a su habitación, Georgia ya se había quitado el vestido y lo había cambiado por una camiseta gigantesca.

—¿A qué venía la doble escolta? —preguntó.

—Triple —respondí—. Había un *revenant* llamado Henri flotando sobre nosotros. Vincent se ha vuelto un poco paranoico con la idea de que un zombi malvado me salte encima. Ahora que se han quedado sin líder, los numa han desaparecido y los *revenants* están a la espera de un ataque sorpresa.

—Que los numa desaparezcan no parece tan terrible —dijo Georgia. Se inclinó hacia el espejo y se limpió el pintalabios con un pañuelo—. Personalmente, me alegro de no haberme encontrado con un asesino despiadado desde que... bueno, desde que decapitaste a mi ex novio con una espada.

Aunque mi hermana parecía alegre, la sombra del miedo todavía se ocultaba tras su muy ensayada actitud desenfadada.

—Vincent dice que me buscará un guardaespaldas para cuando él no esté.

—¡Caramba! —dijo Georgia, con los ojos abiertos de par en par.

—*Nyet*, nada de caramba —respondí—. No quiero tener a alguien siguiéndome a todas partes. Me parece demasiado... raro.

—No lo llames «siguiéndote», llámalo «acompañándote». Además, ¿en qué va a cambiar tu vida? Ya pasas la mayor parte del tiempo con Vincent y sus amigos.

Observé su expresión con detenimiento; Georgia no pretendía criticarme, para mi súper sociable hermana, era normal —e incluso preferible— estar rodeada de gente las veinticuatro horas del día.

—¿Se te ha olvidado con quién estás hablando, Georgia? Soy yo, tú única hermana, la que no es reina absoluta de la noche parisina y a la que le gusta pasar algunas de las horas del día a solas.

—Bueno, pues entonces solo tienes que decirle a Vincent que no quieres un canguro. Tu novio te venera, tus palabras deberían ser órdenes para él.

Puse los ojos en blanco. Ojalá fuera verdad.

—¿Sabes que ha usado la palabra «carabina»?

—Uf, Vincent resulta tan *sexy* cuando habla como un abuelito —bromeó Georgia—. Como te descuides, le preguntará a Papy si puede empezar a cortejarte, y de ahí solo puede ir a peor. Dentaduras postizas, calzoncillos que hacen bolsas...

—¡Puaj! —exclamé visualizando la situación. Le di un golpe cariñoso en el brazo.

En las profundidades recónditas del bolso de Georgia, su teléfono móvil empezó a vibrar. Mi hermana se hizo con él y empezó a mandar mensajes de texto; entonces, me miró.

—Por cierto, Mary Kate, estás guapísima con ese vestido.

Me incliné y abracé a mi glamurosa e híper extrovertida herma-na. Entonces la dejé tranquila para que continuara manteniendo su vida social a flote en nochevieja.

Capítulo 4

Al ser el día de Año Nuevo, la estación de trenes de París-Lyon estaba prácticamente desierta. Varias palomas suicidas planeaban siguiendo excéntricos planos de vuelo llenos de curvas bajo el gigantesco techo de cristal y acero. Nuestro pequeño grupo de seis personas parecía diminuto en aquel espacio tan amplio, mientras contemplábamos a Charles y Charlotte preparándose para subir al tren súper moderno de alta velocidad que los llevaría de París a Niza en menos de seis horas. Ambrose estaba cargando una pequeña montaña de maletas en el rincón para el equipaje del vagón que les correspondía, mientras los gemelos recibían abrazos de Jules, Vincent y de mi misma, y dos besos formales de Jean-Baptiste y Gaspard.

Una voz femenina digital anunció la partida inminente del tren. Charles se apartó del abrazo de oso de Ambrose y subió al tren sin mirar atrás. Charlotte se volvió, secándose las lágrimas.

—Regresaréis pronto —dijo Jean-Baptiste, con la voz cargada de emoción, algo poco habitual en él. Charlotte asintió en silencio, daba la sensación de que se estaba esforzando por no estallar en sollozos.

—¡Mándanos correos electrónicos y llámanos! —le recordé—. Estaremos en contacto, ¡te lo prometo!

Le mandé un beso con las dos manos y ella subió al vagón desapareciendo tras los cristales oscuros del tren. Vincent me pasó un brazo por los hombros, proporcionándome apoyo emocional. Volví la cara para que los gemelos no me vieran llorar.

Charlotte era la única amiga que había hecho desde que me había mudado a París, casi un año antes. Era culpa mía, no había intentado conocer a nadie. Me había pasado la mitad del tiempo recluida en casa. Entonces Vincent irrumpió en mi vida, y fue como si viniera con un paquete de amigos bajo el brazo. No se me escapaba el hecho de que prefería pasar mis ratos libres con los no-muertos que con los vivos. Intentaba no pensar en lo que aquello decía sobre mí.

El silbido del revisor atravesó el aire glacial. El tren se estremeció y empezó su marcha. Nuestro peculiar grupo despidió los vagones con las manos antes de volver sin prisa hacia la entrada, en silencio. Cada uno estaba sumido en sus propios pensamientos cuando el teléfono móvil de Vincent empezó a sonar. Este echó un vistazo a la pantalla y contestó.

—*Bonjour*, Geneviève —dijo. Escuchó durante un momento y se detuvo de golpe, pálido—. Oh, no. No.

Al percibir la preocupación de su voz, todos nos quedamos helados, observándole y esperando.

—No te muevas. Llegaremos enseguida —añadió. Colgó y se dirigió a nosotros—. El marido de Geneviève ha muerto esta mañana. Se acostó anoche y ya no se ha despertado.

Mis acompañantes tomaron aire casi al unísono, perplejos.

—Oh, mi pobre Geneviève —dijo Gaspard al fin, rompiendo el silencio.

—¿Ha notificado...? —empezó a preguntar Jean-Baptiste.

—El médico ya ha certificado la muerte de Philippe, el forense se ha llevado el cuerpo. Geneviève quería llamar antes, pero temía que Charlotte, al enterarse, se negara a subir al tren.

Jean-Baptiste asintió.

Aunque Geneviève vivía al otro lado de la ciudad y no solía visitar La Maison, Charlotte y ella eran amigas desde hacía décadas. Charlotte me había confesado una vez que le resultaba difícil estar siempre rodeada de hombres. Antes de que llegara yo, Geneviève era su única amiga del género femenino, y Charlotte solía acudir a ella cada vez que tenía una pelea fraternal con Charles.

—Se preguntaba si alguien podría acercarse a su casa para ayudarla con los detalles del funeral. Kate, ¿te gustaría venir conmigo? —preguntó Vincent. Asentí.

—Me apunto —dijeron Jules y Ambrose a la vez.

—Ambrose, tenía la esperanza de que prestaras tus servicios para ayudar a Violette y a Arthur a instalarse en sus habitaciones —dijo Gaspard—. Pero, por supuesto... —Se interrumpió y levantó un dedo tembloroso, como si dudara que fuera justo pedirle aquello.

Ambrose titubeó, dividido, y al final se rindió.

—No, tienes razón, Gaspard. Os seguiré hasta casa. Dadle un abrazo a Geneviève de mi parte y comunicadle que me pasaré luego a verla —nos dijo. Cambió el casco de la motocicleta a la otra mano y le dio una palmada en la espalda a Vincent. Se alejó de nosotros, con Jean-Baptiste y Gaspard tras él.

Jules, Vincent y yo nos montamos en uno de los taxis que esperaba a la salida de la estación y, en menos de quince minutos, llegamos al hogar de Geneviève, en una callejuela de la zona de la Mouzaia, en el barrio de Belleville.

Al salir del vehículo miré a mi alrededor, atónita. Aunque seguíamos estando en París, las calles estaban flanqueadas por casitas de ladrillo de dos pisos, con pequeños jardines delanteros, en vez de los típicos edificios de apartamentos parisinos. Cruzamos una cerca de madera blanca, atravesamos el jardincito, a la sombra de los árboles, y llegamos al porche. Allí estaba Geneviève esperándonos, apoyada contra el marco de la puerta, como si no pudiera sostenerse en pie por sí misma. Cuando Jules y Vincent se acercaron, ella se dejó caer en sus brazos.

—Ha muerto mientras dormía. Estaba leyendo cuando se ha ido, ni siquiera me he dado cuenta —confesó, aturdida. Tenía los ojos azules llenos de lágrimas y se la veía muy cansada.

—Todo irá bien —la consoló Vincent, dejándola entre los brazos de Jules. Les seguimos a través del recibidor y llegamos a un salón amplio y luminoso. Jules la ayudó a sentarse en un sofá blanco, tan cuidadosamente como si fuera una figurita de cristal, y luego se acomodó a su lado. Geneviève se acurrucó contra él y se enjugó los ojos hinchados con un pañuelo. Vincent y yo nos sentamos en el suelo, a sus pies.

—¿Qué queda pendiente? —preguntó Vincent con suavidad.

—¿Legalmente? Nada. Philippe y yo llevábamos un tiempo preparándonos para cuando llegara el momento. La casa y el dinero son míos, ya te ocupaste de eso hace un tiempo —dijo, asintiendo entre lágrimas mientras hablaba a Vincent.

—Los títulos en derecho son bastante prácticos cuando uno debe registrar bienes inmuebles y cuentas bancarias a nombre de una mujer difunta —dijo, con una sonrisa triste.

—Philippe ya había decidido cómo quería el funeral. Nada de iglesias ni esquelas, solo una sencilla ceremonia en el cementerio de Père Lachaise.

«Solo es el campo santo más famoso de París», pensé asombrada. Mi madre y yo habíamos asistido a una visita guiada por el lugar, que albergaba las tumbas de Victor Hugo, Oscar Wilde, Gertrude Stein y Jim Morrison, entre otros. Philippe o, más probablemente, Geneviève debía de tener una serie de contactos impresionantes si había conseguido que le enterraran allí.

—Una taza de té me vendría bien —dijo Geneviève, a nadie en particular.

—Ya voy yo —me ofrecí levantándome, agradecida por tener algo que hacer—. Tú solo dime dónde está la cocina.

Una vez allí, encendí el fogón bajo un cazo con agua y rebusqué por los armarios hasta encontrar una tetera, un juego de tazas y una caja con bolsitas de té. En las paredes había varias fotografías enmarcadas, que observé mientras esperaba a que el agua empezara a hervir.

La primera era una fotografía antigua, en blanco y negro, que mostraba a un hombre trajeado cruzando el umbral de aquella casa con ella vestida de novia, en brazos. El vestido de Geneviève y su pelo rizado indicaban que la imagen era de la época de la Segunda Guerra Mundial. Ambos reían, parecían una pareja normal y corriente el día de su boda.

La siguiente fotografía mostraba al mismo hombre, delante de un garaje, vestido con un mono de trabajo cubierto de manchas de grasa. Estaba apoyado contra un automóvil, con una llave inglesa en una mano y el pulgar levantado en la otra. La cara parecía la misma que en el retrato de la boda, así que suponía que se trataba de otra imagen de los años cuarenta o cincuenta.

Pasé a la fotografía que había al lado, que debía ser de la década de los sesenta, cosa que deducía por el peinado estilo Jacqueline Kennedy de Geneviève. Ella estaba idéntica en todas las fotografías, pero su marido empezaba a tener canas y aparentaba unos cuarenta años. Aun así, podrían haber pasado por un hombre de mediana edad con su esposa joven.

La ilusión se rompía en las demás imágenes. Los retratos a todo color hacían que la diferencia de edad resultara cada vez más obvia. Me acerqué para leer algo que había escrito al pie de la fotografía más reciente: «Sesenta años con la llegada del nuevo siglo. Mi amor por ti durará para siempre. Philippe». La fotografía mostraba a un hombre sentado en un butacón, con un andador ortopédico al lado. Geneviève estaba posada sobre el brazo del butacón, inclinada para darle un beso en la mejilla, mientras él sonreía ampliamente para la cámara. Philippe parecía un anciano, ella aparentaba veinte años. Se les veía tan enamorados como en el día de su boda.

Me sobresalté cuando el agua que había puesto al fuego empezó a hervir a mis espaldas. Se me había olvidado donde estaba al sumergirme en su historia; una historia llena de amor y felicidad, sin duda, pero que había terminado como una tragedia digna de Homero.

Cuando volví al salón, con la tetera y las tazas en una bandeja, Jules estaba andando por la habitación con el teléfono móvil pegado a la oreja, comunicando la noticia a sus conocidos. Geneviève permanecía sentada en el sofá, con la cabeza apoyada en el hombro de Vincent y la mirada perdida.

Mi novio me observó mientras cruzaba la habitación y dejaba la bandeja en la mesa de centro con los ojos llenos de oscuridad. No podía disimular el dolor en su rostro, y supe que estábamos pensando lo mismo; la historia de Geneviève y su marido humano podría ser la nuestra, algún día.

Capítulo 5

Estábamos de pie en el cementerio, entre las lápidas, cuarenta y pico personas muertas y yo. Algunos de los asistentes incluso habían pasado cierto tiempo en sus propios ataúdes, reposando varios metros bajo tierra, antes de ser desenterrados por Jean-Baptiste, u otro *revenant* que tuviera esa «vista».

Tal y como Vincent me había explicado, un *revenant* recién muerto emite una luz, como un faro enfocado hacia el cielo, que solo es visible para algunos *revenants* que tienen la habilidad de ver auras. Si el que les ve alcanza el cadáver antes de que se despierte, pasados tres días de la muerte, y proporciona alimento, agua y cobijo al nuevo *revenant*, nace un inmortal más. Si no llega a tiempo... polvo eres y en polvo te convertirás.

Aunque Philippe no había cumplido con el requisito de morir en lugar de otro humano, Geneviève no había querido arriesgarse y había esperado hasta el cuarto día de su muerte para darle sepultura. Y ahora estaba arrodillada junto a la tumba, vestida de crepé negro, depositando puñados de florecillas blancas sobre el ataúd.

—Mi único amor —susurró una voz de niña a mis espaldas. Vincent me había dejado sola para acudir junto a ella, lanzar un puñado de tierra sobre las flores y ceder su sitio a otro doliente. Me di la vuelta y vi que Violette se encontraba junto a mí.

—¿Qué has dicho? —pregunté.

—Las pequeñas flores que Geneviève está lanzando, son de madroño —dijo. Vio que no entendía nada y se explicó—: Se me olvida que hoy en día no se instruye a las señoritas en el lenguaje de las flores. Solía ser una parte fundamental de la educación para una dama en mi época. Cada flor tiene un significado, y la de madroño simboliza al «único amor». Geneviève lo sabe, sin duda, pues las ha elegido para su amado esposo.

Asentí, sin saber qué decir.

—Un acontecimiento infausto —continuó Violette, con su extraño y anticuado modo de hablar. Me costaba entender todo lo que decía; a veces sonaba como si estuviera recitando a Shakespeare, pero en francés antiguo—. Por qué motivo querría nadie someterse a tal tormento es algo que no logro comprender. ¿Acaso no sabía que permanecer junto a un humano no le acarrearía más que desdicha?

Pronunció aquellas palabras con ligereza y, entonces, Violette se volvió hacia mí con la boca en forma de o y los ojos abiertos de par en par.

—¡Kate! ¡Lo lamento tanto! Te has integrado con tanta naturalidad entre los *revenants* presentes que había olvidado por completo que no eras uno de los nuestros. Y con Vincent y tú... —Violette parecía no saber qué decir

—Juntos —sugerí, sin rodeos.

—Sí, por supuesto. Juntos. Bueno, a mi juicio es algo que causa un deleite tal... Por favor, olvida lo que he dicho.

Parecía tan abochornada que creí que le faltaba poco para echarse a llorar. Le puse una mano en el hombro.

—No te preocupes, en serio. A veces a mí también me cuesta recordar que Vincent y yo no somos iguales —mentí, ya que nuestras diferencias siempre estaban presentes en mis pensamientos. Pero aquello pareció apaciguarla; Violette asintió, agradecida, pasó al frente y se agachó para lanzar su propio puñado de tierra.

Hubo movimiento entre los asistentes cuando Vincent alzó una mano para hacer callar a los presentes.

—Disculpad, amigos —proclamó—. Hay algo que Geneviève quería leeros en persona, pero me ha pedido que lo haga yo en su lugar. Es un pasaje del libro *Vida y opiniones del caballero Tristram Shandy*, uno de los favoritos de Philippe y Geneviève. Dice que les ayudaba a tomarse las cosas como venían.

Vincent se aclaró la garganta y empezó a leer.

—«El tiempo se desvanece con demasiada rapidez... sus días y sus horas... vuelan por encima de nuestras cabezas como nubes ligeras de un día ventoso, para nunca más volver. Todo se precipita: mientras tú juegas con ese rizo, ¡mira!, se hace gris...» —Vincent levantó la vista y nuestras miradas se cruzaron, entonces, con aspecto turbado, volvió a concentrarse en la página y continuó—: «Y cada vez que te beso la mano para decirte adiós, y cada ausencia que sigue, son preludios de esa separación eterna que pronto habremos de padecer.»

Mi corazón pareció saltar dentro del pecho. No solo simbólicamente, me causaba un dolor físico. Aquél pasaje parecía haber sido escrito para Vincent y para mí. Mi mayor miedo sobre nuestro futuro acababa de ser descrito en las frases poéticas que leía como si fueran un canto fúnebre.

«Cualquiera diría que nos lo han dedicado», volví a pensar. Pasara lo que pasase, nuestra relación estaba condenada por el destino. Aunque Vincent soportara la agonía que le produciría resistirse a la muerte y envejecer a mi lado, algún día sería como Geneviève, un atractivo adolescente de pie junto a la tumba de su anciana amante.

«¿Y por qué diablos estoy pensando en envejecer con alguien a mi lado? —protestó la voz de la razón en mi interior, lo cual me hizo sentir como una boba cursi— ¡No soy más que una adolescente! No sé qué querré dentro de cinco años, ¡ni mucho menos dentro de sesenta!». Sin embargo, no podía evitarlo. La tragedia tenía un carácter de inmediatez evidente y era una realidad ineludible, así que no podía desoír ninguna de esas dos cosas a base de argumentos lógicos.

Un dolor irracional y prematuro me oprimía el corazón, llenándome los ojos de lágrimas. Tenía que alejarme de allí. Necesitaba escapar de aquel devastador recordatorio de lo que sería el resultado final de la mortalidad. Retrocedí lentamente hasta apartarme del grupo, con la esperanza de que nadie se diera cuenta de mi huida.

Una vez distanciada de la reunión, me alejé con largas zancadas y solo me detuve para echar un breve vistazo por encima del hombro. Todos los asistentes observaban a Vincent, que ahora estaba escondido tras un mar de trajes negros. Yo misma desaparecí por un instante entre una marea de turistas que sujetaban mapas en los que se indicaba dónde se encontraban las tumbas de los famosos.

—Edith Piaf, dos calles a la derecha y luego de frente —exclamó un guía que encabezaba un grupo de adolescentes estadounidenses.

«Un año atrás, habría podido ser una de ellos», pensé mientras observaba a una chica de mi edad, despreocupada y sonriente. Dejé que me arrastraran hasta que estuve a una distancia prudente del funeral.

Sin que me importara en qué dirección iba, me adentré más entre las hectáreas de tumbas. Una lluvia fría empezó a caer, golpeándome como carámbanos afilados, y me metí en una pequeña estructura de piedra de estilo gótico.

El techo solo estaba sostenido por cuatro columnas, con lo que me resguardaba de la lluvia pero quedaba a merced del viento gélido. Me encorvé junto a un sepulcro de piedra; había dos estatuas tumbadas una junto a la otra sobre el sepulcro, con las manos juntas en una plegaria eterna sobre su lecho de mármol. Tras concentrarme en mis recuerdos un momento, recordé donde estaba; esta tumba había sido una de las paradas de la visita guiada a la que había asistido con mi madre. Se trataba del sarcófago de Abelard y Héloïse. «Qué oportuno —pensé—, que precisamente hoy acabe delante de la tumba de los amantes trágicos más famosos de Francia.»

Me senté con las rodillas apretadas contra el pecho a los pies del monumento y me rodeé las piernas con el abrigo para protegerme de los elementos. Hacía meses que no me sentía tan sola. Me enjugué la cara con la manga, respiré hondo un par de veces e intenté analizar la situación de manera racional.

Tenía que concentrarme en el momento presente. ¿A qué le tenía tanto miedo?

Elegí una piedrecita negra y brillante de la base del sepulcro y la hice rodar sobre la palma de la mano hasta que se calentó. Entonces, la dejé en el suelo, junto a mi pie, para que marcara el primer elemento en mi lista de miedos: aunque Vincent fuera capaz de resistirse a morir, eso significaría décadas de dolor emocional y físico para él. Resultaba cruel y egoísta por mi parte esperar que soportara aquello solo porque yo no tenía fuerzas para verle morir.

Elegí otra piedra y la coloqué junto a la primera. Si, por el contrario, Vincent no era capaz de resistir, tendría que enfrentarme al espectro constante de su cadáver destrozado cada vez que muriera para salvar a alguien.

Fruncí el ceño y coloqué la piedra número tres junto a las otras dos: si, a pesar de sus muertes, conseguía quedarme a su lado y me resignaba a vivir con el trauma de sus defunciones, Vincent se vería obligado a contemplar mi vejez. Y, tarde o temprano, mi muerte.

Las tres piedrecitas negras parecían puntos suspensivos, a la espera de algo que continuara después. Bueno, podía añadir a mi lista de miedos uno de los gajes del oficio de los *revenants*: otro numa vengativo como Lucien podría venir a por Vincent para destruirle... y conseguirlo. Entonces sería yo la que se quedaría sola.

«Basta ya, Kate», me ordené. La vejez y la muerte todavía me quedaban lejos, me preocuparía por todo aquello cuando llegara el momento. Si seguíamos juntos tras tanto tiempo, claro; si lo miraba de forma realista, no era certero en absoluto, por mucho que no me gustara pensarlo. A las parejas mortales también les cuesta conseguir que sus relaciones funcionen.

En cuanto a los demás miedos, de nada servía intentar adivinar el futuro. Si dejaba de proyectar mis temores sobre aquel porvenir desconocido, sería capaz de enfrentarme al presente. Lo había sido hasta ahora... pero en la última hora se me había ido de las manos. «Mantente en el presente», pensé. En el presente, Vincent y yo estábamos bien. Y, en ese momento, solo quería irme a casa. Tomar aquella sencilla decisión me hizo sentir que llevaba las riendas de mi vida. Me apoyé contra la piedra fría para ponerme de pie y empecé a escribirle un mensaje de texto a mi novio para decirle que me había ido, por si estaba buscándome.

Acababa de buscar su nombre en la agenda cuando oí un crujido de hojas. Tensa, miré a mi alrededor, pero no vi más que lápidas grises y monumentos funerarios.

Un movimiento repentino atrajo mi atención. Vi que una figura envuelta en una capa aparecía de detrás de una tumba, a pocos metros de distancia, y un pánico irracional se apoderó de mí. No le veía la cara, pero tenía el pelo ondulado, castaño oscuro con toques de blanco, y era tan alto como yo. Absorbí esta información en un segundo y me preparé automáticamente para una pelea, calculando cual sería la mejor manera de defenderme contra alguien de su peso y estatura.

Pero, sin siquiera mirarme, se dio la vuelta y se alejó entre las tumbas. Suspiré, aliviada, mientras mi cerebro registraba que no se trataba más que de un hombre. Uno vestido con un largo abrigo de piel que se alejaba de mí. Que no venía a por mí. «Un hombre, no un monstruo», pensé, regañándome a mí misma por haberme asustado por tan poca cosa.

Mientras observaba cómo la figura desaparecía entre las lápidas, abandoné la postura defensiva que había adoptado sin darme cuenta. Cuando volví a concentrarme en el teléfono móvil para terminar de escribir el mensaje, una mano me agarró del hombro con fuerza.

Grité y, al darme la vuelta, me encontré con un par de ojos de color azul oscuro muy enfadados.

—¡Kate! ¿Qué crees que estás haciendo? —dijo Vincent, sonando como si tuviera un nudo en la garganta.

—¿Qué estoy haciendo yo? ¡Casi me da un ataque al corazón por el susto que me has dado! ¿Por qué te has acercado a hurtadillas? —exclamé, llevándome una mano al pecho como si aquel gesto fuera a calmar mi pulso acelerado.

—No me he acercado a hurtadillas —replicó Vincent fríamente—. Ni siquiera sabría dónde encontrarte si no fuera porque Gaspard está volante y te ha seguido hasta aquí. Me ha dicho dónde estabas. Ha sido una tontería que te alejaras, podrías haberte puesto en grave peligro.

Aunque Vincent no podía saber cuánto me había perturbado ver al hombre del abrigo un momento atrás, mi miedo se convirtió en rabia en un segundo.

—¿Peligro? ¿Aquí? ¿A plena luz del día? ¿De dónde podría venir ese peligro? ¿De fans de Jim Morrison psicóticos? ¿De estas viejas lápidas?

—Los numa.

—Oh, por favor, Vincent. Estamos en medio de un sitio turístico famosísimo. Père Lachaise es casi como un Disneylandia para los difuntos. No estamos en un decorado de *Buffy* donde los vampiros surjan del suelo cada vez que alguien se da la vuelta.

—Kate, estamos en alerta máxima. Nadie sabe dónde están los numa, ni a qué se están dedicando. Una ceremonia funeraria sería para ellos el mejor momento de atacar. ¿Docenas de *revenants* concentrados en el mismo sitio? Es su mayor sueño hecho realidad, por eso todos venimos armados —explicó. Se apartó el chaquetón para mostrarme que llevaba una espada a la cintura y varios puñales alrededor del muslo.

Eso me hizo callar.

—¿Por qué te has alejado del grupo? —preguntó. Ya no había miedo en su voz, su expresión había cambiado a una de dulce e inquieta confusión.

Le miré durante un momento y, entonces, eché un vistazo a la estatua que teníamos al lado; los desgraciados amantes, uno junto al otro. Vincent se volvió para ver qué estaba observando y percibí la comprensión en su cara. Cerró los ojos, como para olvidar la imagen.

—Tenía que irme del funeral, no podía soportarlo... —empecé a decir, pero el dolor, la lluvia, el frío y el miedo parecieron atacarme de repente, y las palabras se perdieron en mi garganta.

—Lo comprendo —dijo Vincent, pasándome un brazo por los hombros y apartándome del sepulcro. Me obligó a mirarle—. Hace un frío terrible y estás empapada. Vámonos de aquí.

No pude evitar mirar hacia atrás cuando nos alejamos. No había ni rastro del hombre del abrigo, ya debía de estar lejos, pero, ahora que mi novio había mencionado a los numa, me preguntaba por qué había reaccionado de manera tan extrema ante la presencia de aquel hombre. ¿Acaso los numa habían estado siguiéndome por el cementerio?

Decidí que ya no importaba, puesto que mencionarlo solo serviría para poner a Vincent de los nervios. Aparté aquella idea de mi mente y me acerqué más a él.

Capítulo 6

Antes de conocer a Vincent, mis días parecían pasar como en una de aquellas escenas que pretenden ser metáforas visuales sobre el paso del tiempo, en las que se muestran las páginas cayendo de un calendario. Pero, últimamente, cada día parecía importante: cuando Vincent conoció a mis abuelos; nuestra primera película juntos (*Los caballeros de la mesa cuadrada*, en la que se ganó mi admiración al recitar las mejores frases en inglés conmigo); nuestra primera nochevieja.

Aquel era mi último día de libertad total antes de volver al instituto tras el parón de las vacaciones navideñas, lo que significaba que me quedaba exactamente un año y un semestre para completar mi educación secundaria. Así que empezaba otro día significativo. Por supuesto, había planeado pasarlo dedicada por completo a mi actividad favorita.

Bajé corriendo por las escaleras de nuestro edificio, que siempre crujían, con una sensación de júbilo que animaba mis pasos. El día se presentaba ante mí, como un nuevo país que explorar. Con la mejor compañía con la que podía hacerlo.

Le vi nada más salir a la calle. Sacudiendo la cabeza con incredulidad, me apresuré hacia el parque que se encontraba al otro lado de la calle y crucé la verja metálica.

—¿Qué estás haciendo? Pensaba que saldríamos a desayunar —dije riéndome, señalando la manta de picnic sobre la que estaba tumbado, con una cesta de mimbre y un termo a su lado.

—Pues «salir», eso es lo que hacemos. No se puede ir más afuera —respondió Vincent, con los ojos escondidos tras unas gafas de sol reflectantes.

Su sonrisa lánguida tuvo el efecto habitual en mí: como si una mano invisible me agarrara por dentro y apretara con fuerza. Me ocurría siempre, hacía que deseara poder detener el tiempo en aquel momento y quedarme allí, disfrutando de aquel delicioso sentimiento durante el resto de mi vida.

«Inspira y espira», me recordé a mí misma. Aparté la mirada de su cara y me di cuenta de que estaba envuelto en un cálido abrigo, una bufanda de lana y un gorro de punto, con el pelo oscuro asomando por debajo. Estaba apoyado sobre los codos, tumbado en la manta que había sobre la hierba helada.

—A ver si lo he entendido bien. ¿Vamos de picnic, en enero, con un tiempo gélido? —pregunté. Mi aliento apareció como una nube de condensación mientras estaba allí de pie, con las manos en las caderas.

Vincent se quitó las gafas y su alegre mirada me caldeó mucho más que si allí hubiera habido una hoguera.

—Se me ha ocurrido que hoy podríamos dedicarnos a hacer cosas que no hemos hecho nunca antes. Nunca he salido de picnic en enero. ¿Y tú?

Sacudí la cabeza y, perpleja, me senté en la manta a junto a él.

—Perfecto —concluyó—. Puesto que tiene que ser algo que ninguno de los dos haya hecho, esto cuenta, sin duda.

Me fijé en las personas que pasaban por la calle: la mayoría eran gente de negocios, maletín en mano, y turistas con mochilas que querían empezar a visitar la ciudad temprano. Nos miraban como si el parque fuera un circo y nosotros el número estrella de la carpa de los monstruos; algunos incluso se echaron a reír al vernos.

—Espero que no te importe tener público —dijo Vincent. Se inclinó, me puso las manos a ambos lados de la cara y me dio un beso.

—Creo que podré soportarlo —contesté, sonriendo con picardía. Me estremecí cuando me soltó.

—Será un picnic rapidito —prometió, quitándose la bufanda y envolviéndola sobre la mía.

Saboreamos los cruasanes, que estaban horneados como a mí me gustaban: crujientes por fuera, ligeros como una brisa por dentro, con un corazón de masa blanda. La temperatura del café con leche me calentaba por dentro. Bebí sorbos del dulcísimo zumo de naranja recién exprimido mientras Vincent me ponía al día de todas las novedades acerca de Charles y de Charlotte con detalles sobre su nueva vida en el sur.

—Estábamos pensando en hacerles una visita para llevarles más cajas, pero JB dice que me necesita aquí —se quejó Vincent, comiéndose el último pedazo de su cruasán.

—Debe de ser un fastidio ser el segundo de JB.

—Ah, ¿así que te has enterado de eso? —preguntó, divertido—. ¿Acaso mis amigos han estado cotilleando a mis espaldas?

—Sí, Jules comentó algo al respecto el otro día. Justo antes de añadir que eres una especie de paladín. Algo sobre lo que me muero de ganas de preguntarte, por cierto —dije, inclinándome hacia él con entusiasmo y apoyándome sobre los codos. Contemplé cómo le cambiaba la cara y pasaba de la alegría al desaliento. Se tapó los ojos con una mano.

—Otra vez con eso —masculló.

—¿Qué quieres decir? —pregunté, intrigada por su reacción.

Vincent se dejó caer sobre la manta y se quedó contemplando el cielo gris que había sobre nosotros.

—Hay una vieja profecía que escribió un *revenant* durante la época romana. Dice que uno de los nuestros se alzaría para liderar a los *revenants* en la batalla contra los numa y los derrotaría.

—¿Y eso qué tiene que ver contigo? —pregunté.

Vincent se quedó mirando al cielo durante un segundo más y, entonces, se recostó sobre un lado para mirarme.

—A Jean-Baptiste se le ha metido en la cabeza que yo soy el Paladín del que habla la profecía.

—¿Por qué?

—Sabe Dios. Seguramente porque fui capaz de aguantar tanto tiempo sin morir. En lo que a eso respecta, parece ser que soy más resistente que otros «de mi edad». Pero todo resulta tan vago; aunque todo el mundo ha oído hablar de la profecía, nadie sabe muy bien lo que significa.

—Pareces estar bastante seguro de que no eres el Paladín —comenté, no sin alivio. Tener a un *revenant* por novio ya era bastante complicado sin que hiciera falta preguntarme si era el comandante supremo de los inmortales.

—Creo que todo eso no es más que una sarta de insensateces y que no tiene ninguna importancia. Lo que tenga que pasar, pasará, y da igual si alguien lo ha previsto antes de tiempo o no. Lo que me molesta es que Jean-Baptiste ha ido contándole a la gente sus opiniones. Hay pocas cosas más intimidantes que saber que todo el mundo te está vigilando, esperando el momento en el que te transformes en el Mesías de los no muertos.

Me eché a reír y me tomó la mano, con aquella media sonrisa suya tan irresistible. Le di un beso, un largo y cálido encuentro entre nuestros labios fríos, y, apartándome, intenté hablar con seriedad.

—Si eres el Paladín de los *revenants* y yo te salvé de Lucien, ¿significa eso que yo soy la «Paladina» del Paladín?

Vincent sacudió la cabeza con desesperación.

—No, en serio —continué, sin poder contener una sonrisa traviesa—. Yo también quiero tener un apodo formidable. Tal vez deberías empezar a llamarme «la subyugadora», aunque creo que me haría falta una máscara de luchador a juego.

Vincent soltó un gruñido exasperado y me empujó de nuevo sobre la manta, me sujetó los hombros contra el suelo y me robó otro beso. Puso su mano cálida contra mi fría mejilla y sonrió, entornando los ojos.

—Ahora mismo me parece que llamarte «reina de hielo» sería más acertado.

Se levantó, me ofreció la mano y me ayudó a incorporarme. Me froté los brazos con las manos enguantadas.

—¡De acuerdo! Picnic en enero... ¡hecho! —dije, entre castañeteos de dientes.

Vincent guardó el termo y la manta en la cesta.

—¿Qué se siente al hacer algo completamente nuevo?

—¡Que se te congela el trasero! —exclamé. Solté un grito cuando él dejó la cesta y me levantó en brazos.

—De acuerdo, así no hace tanto frío —admití, mientras me sujetaba sobre el suelo en un abrazo de oso.

—Vamos a llevar la cesta a casa. Entonces podremos continuar hacia el destino número dos —dijo, devolviéndome al suelo y colgándose la cesta de mimbre de un brazo.

—¿Qué destino es ese? —pregunté, agarrándome con ambas manos a su brazo libre y acercándome más a su cuerpo mientras salíamos del parque y nos dirigíamos a La Maison.

—Bueno, pues depende. ¿Has estado en el museo de la guerra que hay en Los Inválidos?

Arrugué la nariz con desagrado.

—Sé dónde está. Pero, puesto que no tiene demasiados cuadros, nunca me he molestado en visitarlo. ¿Estamos hablando de un museo de tanques, pistolas y, yo que sé, cosas de guerra?

Vincent me miró y se echó a reír.

—Sí, tienen tanques, pistolas y una colección fascinante sobre la Segunda Guerra Mundial, pero si te digo la verdad, resulta algo deprimente. En especial para aquellos que la vivimos en nuestras carnes. No, tenía previsto que nos saltáramos esa parte y pasar directamente a la exposición de armas antiguas. Las piezas que se exponen son tan artísticas como cualquier cuadro de John Singer Sargent.

—Uf, me da la sensación que eso va a ser cuestión de opiniones.

—En serio, hay una daga del siglo XIII forjada en plata y con incrustaciones de esmalte que se merecería una sala propia en el Louvre.

—¿Tienen ballestas?

—¡Que si tienen! Una sala entera. Incluyendo la ballesta de oro con incrustaciones de Catalina de Médici. ¿Por qué?

—Me encantan las ballestas. Son tan... no sé... impresionantes.

Su risa de sorpresa salió de su garganta como algo entre un barboteo y un ataque de tos.

—¡Recordatorio: añadir clases de ballesta a los entrenamientos regulares de Kate! —exclamó. Abrió la puerta principal de La Maison, dejó la cesta sobre el buzón y cerró la puerta de nuevo—. ¿Crees que podrías hacer un pequeño arreglo en su calendario, Gaspard? —añadió hablándole al aire.

—Oh. ¡Hola, Gaspard! —le saludé yo también.

—Gaspard me ha pedido que te asegure de que no viene a fastidiarnos la cita —dijo Vincent.

—No me importa. Si quieres, puedes venir con nosotros —comenté—. Conociéndote, dudo que sea tu primera visita al museo de la guerra.

Vincent me ofreció el brazo y empezó a andar conmigo en la dirección de la que veníamos.

—De hecho, Gaspard contribuyó a la investigación que se hizo en una de las piezas más antiguas de la colección. Conoce el museo mejor que la mayoría de conservadores que trabajan allí —explicó. Se quedó en silencio un momento, escuchando—. Dice que no irá con nosotros al museo, pero que nos acompañará un rato porque vamos en la misma dirección.

Echamos a andar hacia el museo, que quedaba a unos veinte minutos de allí. Continuamos con nuestra extraña conversación a tres bandas durante unas cuantas manzanas, pero entonces Vincent se detuvo de repente.

—¿Qué ocurre? —pregunté, examinando su expresión mientras él escuchaba unas voces que yo no podía oír.

—Gaspard ha visto algo. Solo tenemos un par de minutos. Vamos —dijo. Me tomó de la mano y echó a correr por una callejuela, en dirección a una gran avenida.

—¿A dónde? —pregunté mientras corríamos, pero él estaba tan ocupado prestando atención a Gaspard y lanzándole preguntas como «¿cuántas personas?» y «¿dónde está el conductor?» que no me hizo caso. Me preocupé aún más cuando llegamos al bulevar Raspail y Vincent empezó a darme instrucciones.

—Kate, quédate atrás y vigila, hay un camión... —Justo entonces lo vimos aparecer en lo alto de la cuesta. Un enorme camión de reparto de color blanco que bajaba virando bruscamente por en medio de los cuatro carriles. Zigzagueaba peligrosamente por el carril central, fuera de control. Ahogué un grito cuando me di cuenta de que circulaba sin conductor.

Me volví hacia el otro lado y vi que había varios peatones cruzando la calle, completamente ajenos al peligro que se les echaba encima. Aunque estaba a dos calles de distancia, el camión no aminoraba la marcha. A la velocidad a la que iba, los peatones que estaban cruzando no tenían ninguna posibilidad de escapar de su trayectoria.

—¡Santo cielo, haz algo! —le grité a Vincent. El terror corría por mis venas como agua gélida.

Él ya estaba mirando alternativamente de los peatones al camión a la vez que evaluaba la situación. Dudó durante medio segundo y me echó una mirada rápida, frunciendo el ceño como si estuviera considerando algo. Algo relacionado conmigo.

—¿Qué? —pregunté, presa del pánico.

Algo brilló en su mirada, había tomado una decisión. Se zafó del abrigo, que dejó caer al suelo, y echó a correr hacia el camión.

Con el corazón palpitándome a toda velocidad, me puse a gritarles a los peatones en francés.

61

—*Attention!*

Una mujer de mediana edad se volvió hacia mí y su mirada siguió mis gestos bulevar arriba.

—¡Oh, *mon Dieu!* —chilló. Se dio la vuelta y abrió los brazos para empujar al hombre y al niño que tenía a su lado hacia la seguridad de la acera. No llegarían a tiempo. Tampoco lo conseguiría la joven universitaria, que estaba escuchando música con auriculares y ni siquiera me había oído.

Corriendo con más velocidad de lo que sería humanamente posible, Vincent alcanzó el camión, saltó y aterrizó contra la puerta del vehículo. El impacto le empujó hacia atrás, amenazando con tirarle al suelo. Arañó la carrocería de manera frenética hasta que consiguió agarrarse a la manilla de la puerta. Luego se enderezó y la abrió de golpe, sujetó el volante y lo hizo girar bruscamente hacia la derecha. Con el chirrido de los neumáticos contra el asfalto, el camión salió de la carretera y se derrumbó sobre el lado del copiloto. Derrapó varios metros por encima de la acera hasta que chocó, con un crujido estremecedor, contra una pared de piedra, a pocos metros del paso de cebra.

Hubo un instante de silencio absoluto antes de que empezara la cacofonía de gritos y llantos. La pareja y el niño estaban en el suelo, a poca distancia de la acera, donde habían intentado saltar para apartarse de la trayectoria del camión. Alguien corrió hasta la muchacha de los auriculares, que estaba inmóvil por la sorpresa en medio de la calle, con la boca abierta, las bolsas en el asfalto y su contenido desparramado alrededor de los pies.

El sonido de las sirenas atravesó el aire y un par de vehículos de la policía aparecieron por el bulevar Saint Germain y se detuvieron en medio del cruce, impidiendo el paso a los vehículos en ambas direcciones. Un agente se dispuso a redirigir el tráfico y otro echó a correr hacia el lugar del accidente.

Vincent se incorporó sobre la puerta del conductor, que ahora quedaba en la parte superior del camión tumbado, y se dejó caer al suelo. Se tumbó de espaldas sobre la acera, se tapó las costillas con un brazo con cuidado y soltó las llaves que había quitado del arranque.

Cuando le alcancé, había cerrado los ojos con fuerza por el dolor y un reguero de sangre le fluía de un corte en la frente. Me agaché a su lado, sintiéndome como si me hubieran lanzado a mí contra el asfalto, no era capaz de respirar.

—Vincent ¿cómo te encuentras? —pregunté. Metí la mano en el bolso y rebusqué a ciegas hasta dar con un paquete de pañuelos. Le enjugué la sangre antes de que se le metiera en un ojo.

—Una costilla tocada, pero estoy bien —dijo, respirando con dificultad—. El conductor está ahí dentro.

Le acaricié la cara y suspiré con alivio.

—Gracias a Dios, Vincent —dije. Me volví hacia los policías, que ya se estaban acercando—. ¡El conductor sigue en el camión! —grité. Empecé a toser y a parpadear al inhalar el olor acre de la goma quemada.

Uno de los policías trepó hasta la cabina del conductor y, tras echar un vistazo al interior, sacó el transmisor y pidió una ambulancia. Otro se arrodilló junto a nosotros y empezó a interrogar a Vincent. ¿Estaba bien? ¿Podía mover los dedos de la mano? ¿Y los de los pies? ¿Tenía dificultades al respirar? El policía no me preguntó qué había ocurrido hasta que mi novio se incorporó —a pesar de que el policía insistió en que no lo hiciera— y le aseguró que estaba bien, que solo se había quedado sin aliento por la emoción y que se había hecho el rasguño en la frente al impactar contra la puerta.

Para entonces, una multitud ya se había formado a nuestro alrededor, y un anciano empezó a hablar antes de que tuviera ocasión de contestarle al policía.

—Lo he visto todo agente. El camión estaba fuera de control, sin conductor alguno, bajando por el bulevar. Y este muchacho —dijo, señalando a Vincent—, ha saltado, ha tomado el control del volante y lo ha echado a un lado. Si no lo hubiera hecho, el camión se habría llevado por delante a los peatones que estaban cruzando —añadió, esta vez señalando a la joven de los auriculares. La habían llevado hasta la acera y estaba sentada con la cabeza entre las rodillas, mientras alguien le frotaba la espalda.

Los transeúntes empezaron a hablar de lo sucedido (la palabra «héroe» se oyó en varias ocasiones) y a usar los teléfonos móviles; todos querían llamar a alguien o mandar mensajes de texto. Vincent cerró los ojos, cansado, y, cuando alguien intentó hacerle una foto, se puso la capucha de la sudadera y me pidió que le ayudara a levantarse. Apenas pudo disimular una mueca de dolor al ponerse de pie.

—¿Van a necesitarme, agentes? —le preguntó a un policía que estaba anotando el recorrido del camión según el relato de un testigo.

—No debería moverse, caballero —dijo al ver a Vincent—. Por lo menos hasta que lleguen los de la ambulancia.

—Ya le he dicho que estoy bien —insistió él educadamente. La manera con la que se cubría el torso, con mucho cuidado, sugería lo contrario. El policía parecía indeciso.

—Necesitaremos su testimonio —dijo al fin.

—Entonces, ¿puedo esperar en su vehículo?

—Sí, sí, por supuesto —respondió el hombre; le hizo un gesto a su compañero para que viniera a por nosotros. Nos alejaron de la muchedumbre y nos llevaron a la privacidad del automóvil de la policía. Por el camino, recuperé el abrigo de Vincent y se lo puse sobre los hombros.

Nos acomodamos en el asiento trasero y el agente cerró la puerta. Por fin solos, me volví hacia él, que se sujetaba el pañuelo sobre la frente.

—¿De verdad estás bien? —pregunté, alargando la mano para apartarle el pañuelo de la herida—. Puede que te hagan falta algunos puntos.

—¿Tienes un espejo?

Le entregué un espejito que llevaba en el bolso y Vincent lo usó para inspeccionarse la herida a la luz.

—Unos cuantos puntos serán más que suficiente.

—¿Y aparte del corte?

—Creo que me he hecho daño en una costilla. JB llamará al médico cuando lleguemos a casa. Me quedan un par de semanas antes del próximo período inerte y entonces mi cuerpo se curará solo. Puedo esperar. Te lo prometo, Kate, estoy bien.

Se reclinó sobre el asiento y cerró los ojos.

Me quedé sentada con la cabeza apoyada en su hombro y un brazo envuelto alrededor del pecho de Vincent, preguntándome qué habría pasado si las cosas se hubieran desarrollado de manera distinta.

¿Qué habría ocurrido si no hubiera sido tan rápido y aquella gente hubiera muerto? ¿Y si, intentando alcanzar el camión, hubiera sido Vincent el atropellado? En vez de esperar en la parte trasera de un vehículo de la policía, estaría arrodillada junto a su cadáver destrozado. Había sido cuestión de centímetros. Había sido por tan poco.

Cerré los ojos e intenté concentrarme en lo que había pasado en vez de darle vueltas a lo que habría podido suceder.

Capítulo 7

Pasamos más de una hora esperando en un despacho de la comisaría antes de que nos dejaran marchar. La investigación oficial ya había empezado y el agente que apareció al final nos explicó que habían encontrado una tarjeta en la cartera del conductor que decía que era epiléptico. Cuando se pusieron en contacto con su esposa, esta admitió que el hombre había dejado de medicarse recientemente.

—Cuando alcancé el vehículo ya estaba inconsciente —confirmó Vincent.

—¿Estaba inconsciente al volante? —preguntó el agente, tomando nota en una libreta.

—No. Se había desplomado y estaba caído sobre el asiento del copiloto. Ya no tenía el pie sobre el acelerador.

Tres puntos en fila decoraban la frente de Vincent, resultado de las atenciones de un médico de urgencias en la parte trasera del automóvil de la policía. Cuando el agente dejó de escribir, él se tanteó la herida con los dedos.

—Me han ordenado que no les entretenga demasiado —dijo el agente al ver su gesto—. Y que me disculpe por la espera. Es inexcusable que les hayamos tenido aquí tanto rato.

Por la manera en que el hombre había irrumpido en el despacho, desviviéndose por que estuviéramos cómodos y compartiendo información restringida sobre la investigación, asumí que Jean-Baptiste había tenido una charla con uno de sus contactos en la policía.

—Si bien se ha negado repetidamente a acudir a urgencias, insisto en que debería verle un médico —continuó el agente, con cara de preocupación—. Aunque sea para asegurarnos de que no tiene lesiones internas.

—Gracias, agente. Ahora mismo solo quiero irme a casa. Todo esto me ha afectado bastante —replicó Vincent. Intenté no sonreír al ver que estaba haciendo su numerito de «no soy más que un jovenzuelo normal y corriente».

El agente asintió y, tras dejar el bolígrafo sobre la libreta, salió de detrás del escritorio para despedirnos. Le tendió la mano, pero cuando vio que Vincent hacía una mueca de dolor al intentar levantar el brazo, la apartó rápidamente. En vez de estrechársela, le dio una palmada en la espalda con cuidado.

—Quisiera elogiarle por su heroica reacción, *monsieur* Dutertre.

Fruncí los labios para evitar sonreír. A estas alturas, Vincent debía de ser todo un experto en inventarse identidades falsas al instante.

—Prométame que lo convencerá para que vaya al médico —añadió el policía, dirigiéndose a mí—. Hoy mismo.

Asentí y le seguimos por la laberíntica prefectura. Volví a estrecharle la mano cuando llegamos a la entrada.

—Vámonos —dijo Vincent. Al alcanzar la puerta principal, a los pies de la lujosa escalinata del edificio, nos metimos directamente en un automóvil que nos estaba esperando.

—Gaspard nos ha contado tus hazañas acrobáticas, Vin. Muy James Bond. Buen trabajo —dijo Ambrose, incorporándose al tráfico. Mi novio se dejó caer y se apoyó sobre mi hombro—. ¿Cómo te encuentras, amigo? ¿Vamos a casa o a la clínica?

—Estoy un poco aturdido. Creo que me he roto una costilla, pero no me hace falta un médico.

«Mira por dónde —pensé, algo ofendida—. En mi versión solo se había hecho daño en esa costilla, pero no se la había roto».

¿Cuándo dejaría este hombre de intentar protegerme de la dura realidad de su existencia?

—¿Cuándo estarás inerte? —preguntó Ambrose.

—Me quedan un par de semanas —contestó Vincent.

—¿Crees que esa herida en la cabeza puede esperar hasta entonces? —dijo Ambrose, echándole un vistazo por el retrovisor.

—Estoy bien, en serio.

—Es una lástima que no nos queden cicatrices —comentó Ambrose, encogiéndose de hombros—. Una anécdota así multiplicaría tu imagen de malote por cien. Las chicas se desmayarían por la calle a tu paso.

Me incliné para darle un empujón cariñoso en el hombro.

—Aunque eso a Vincent le da exactamente igual, claro —corrigió, levantando una mano en gesto de rendición—. En cambio, es lo primero que se me habría pasado a mí por la cabeza.

—Incorregible —reí, sacudiendo la cabeza—. Eres incorregible de verdad, Ambrose.

—Hago lo que puedo, Mary Kate.

De vuelta en La Maison, resultó que un grupo de *revenants* se habían congregado en una reunión informal sobre los numa con Violette. Cuando nos vieron llegar, todos se arremolinaron a nuestro alrededor para escuchar los detalles del dramático rescate. Entre las muchas preguntas que nos hicieron y el impresionante bufé que había organizado Jeanne para la comida, Vincent y yo no tuvimos un momento de paz hasta media tarde.

Nos habíamos acomodado en su habitación, recostados sobre el sofá, junto al fuego. Él tenía los ojos cerrados y parecía estar quedándose dormido.

No quería molestarle, pero le había estado dando vueltas a algo desde el accidente de aquella mañana.

—Ya sé que estás cansado, pero ¿podemos hablar? —pregunté, apartándole el pelo de la cara con los dedos. Vincent abrió un ojo y me miró con cautela.

—¿Debería asustarme? —preguntó, medio en broma.

—No —contesté—. Es que esta mañana...

Unos educados golpecitos en la puerta me interrumpieron, Vincent puso los ojos en blanco.

—¿Qué pasa ahora? —rugió. Arthur abrió la puerta y se asomó.

—Excusadme. Violette quiere hacerte solo otra pregunta sobre la decapitación de Lucien... —empezó a decir.

—Ya le he contado a Violette todos los detalles de cada numa con el que me he cruzado en mi vida —dijo él, sin disimular su mal humor—. Necesito pasar una hora a solas con Kate. Solo una hora y, entonces, iré a buscaros y se lo contaré todo de nuevo. Por favor, Arthur.

Arthur asintió, con el ceño fruncido, y cerró la puerta tras de sí. Vincent se volvió hacia mí, empezó a decir algo, sacudió la cabeza y se levantó.

—Dentro de cinco minutos tendremos a alguien distinto llamando a la puerta y acosándonos. Vámonos de aquí. Ponte el abrigo.

—¿Te sientes con fuerzas para salir? —pregunté, al ver que se ponía el abrigo y sacaba un montón de mantas de un armario.

—No vamos a salir, vamos a subir —dijo. Me tomó de la mano y me llevó hacia el segundo piso; desde allí, ascendimos por una pequeña escalera al final del pasillo.

—¿Qué lugar es este? —pregunté con un suspiro al salir por una trampilla al tejado. Encajó la trampilla en el suelo y pulsó un interruptor que se encontraba cerca de ella. Las luces blancas de navidad se encendieron, iluminando una terracita rebosante de mobiliario de exterior: mesas, sillas y tumbonas reclinables.

—Aquí pasamos las horas libres en verano. Es mejor que el jardín delantero, hay menos sombra y está más ventilado. Y las vistas tampoco están mal.

70

La ciudad entera se extendía a nuestro alrededor. El anochecer invernal llegaba temprano y, aunque apenas eran las cinco de la tarde, el cielo ya estaba cambiando de color, pasando del rosa pálido a una explosión de color rojo brillante. Era una de las espectaculares puestas de sol que ofrece París en invierno. En los edificios ya empezaban a brillar las luces eléctricas.

—Es un lugar mágico —susurré, admirando el panorama.

Finalmente, conseguí apartar los ojos del paisaje y vi que Vincent esperaba detrás de mí, con las manos en los bolsillos.

—Bueno, ¿de qué querías hablar? —dijo, con cara de estar un poco preocupado.

—¿Qué ocurre? —pregunté—. Se te ve nervioso.

—Por la experiencia que tengo contigo, cuando preguntas si podemos hablar en vez de seguir adelante y hacerlo directamente, es porque me he metido en un lío.

Sonreí, le tomé de la mano y lo acerqué a mí.

—Ya veo. El caso es que me preguntaba... esta mañana, antes de echar a correr hacia el camión, me ha dado la impresión de que dudabas. Como si estuvieras intentando tomar una decisión. Y me ha parecido que yo formaba parte de ella —expliqué. Vincent se quedó callado, esperando a que llegara a mi propia conclusión.

»Al principio ibas a lanzarte contra los peatones, para intentar apartarlos de la calle. ¿No es así?

—Ese ha sido mi primer instinto, sí —respondió Vincent, confuso. No sabía interpretar su actitud.

—¿Y por qué no lo has hecho? —pregunté. La sospecha era como un corsé que me apretaba el estómago.

—Porque había una alta probabilidad de que muriera si elegía esa opción. Y te prometí que no lo haría.

Espiré, sorprendida al darme cuenta de que había estado conteniendo la respiración.

—Eso es lo que me temía, Vincent. Titubear te ha costado varios segundos, ¿qué habría pasado si no te los hubieras podido permitir?

—Pero he llegado a tiempo, Kate —dijo, incómodo.

Enlacé el brazo con el suyo y caminé con él. Nos sentamos en el borde de una gran tumbona de madera que estaba arrinconada junto a una pared de ladrillos.

—Vincent, nuestro trato... ya sabes, la promesa que me hiciste... todo este tiempo he estado arrepentida de habértelo pedido, pensando que sería demasiado duro para ti....

—Ya te dije que puedo soportarlo —me interrumpió, con el ceño fruncido.

—Y te creo. Pero no es cuestión de que puedas soportarlo o no. Tengo la sensación de que me equivoqué al exigirte algo así.

—No me exigiste nada. Yo me ofrecí —replicó, a la defensiva.

—Ya lo sé —insistí—. Déjame hablar.

Vincent se quedó sentado, a la espera de que siguiera con mi discurso. Parecía bastante infeliz.

—Todo este tiempo he estado pensando en lo que tu promesa de no morir significaría para mí y para ti. Pero no se me había ocurrido pensar en lo que supone para la gente cuyas vidas quedan en manos del destino. Alguien podría morir por mi culpa, Vincent. Porque soy demasiado débil.

Se inclinó y se frotó la frente, con los ojos cerrados. Entonces, me miró a la cara.

—Kate, que la muerte te traumatice no es una debilidad, sobre todo después de haber vivido la de tus padres. Tampoco es signo de debilidad querer una relación normal, una en la que no tengas que ver a tu novio morir y llegar a casa en una bolsa para cadáveres un par de veces al año. Nadie morirá por tu culpa. Puedo seguir salvando vidas sin entregar la mía. Solo tengo que ser prudente.

—Pero hoy has tenido que actuar en contra tus instintos, ¿acaso eso no es arriesgado?

—Sinceramente, Kate, sí. Pero he sido capaz de idear un plan B, ya lo has visto. De hecho, quizá detener el camión haya sido un plan mejor, puesto que si hubiera seguido calle abajo podría haber chocado contra algún vehículo o arrollado a otras personas. Así que, en este caso, no seguir mis instintos ha sido algo positivo —explicó. Parecía que quisiera convencerse a sí mismo. Dudé.

—Puede que sea por eso por lo que a JB no le gusta que haya relaciones entre los humanos y los *revenants*. Porque, al fin y al cabo, ese es el quid de la cuestión, ¿no? Si estás preocupado por mí, no puedes concentrarte en salvar otras vidas.

La mirada de Vincent se oscureció.

—Tú significas más para mí que ninguna otra persona. No pienso disculparme por eso.

Me recorrió un escalofrío y no fue por el aire invernal.

—¿Quieres decir que mi vida es más valiosa que la de otras personas? ¿Que, digamos, mi vida vale el par que podrías haber salvado si no hubieras estado preocupado por mí? Porque, sinceramente, me costaría bastante continuar sabiendo esto.

Vincent volvió a tomarme de la mano.

—Kate, ¿cuánto dura una vida humana?

—No lo sé. ¿Entre ochenta y noventa años, más o menos?

—Y tú tienes diecisiete años. Odio decir esto, pero...

Poco a poco, entendí a dónde iba a parar con todo aquello.

—Pero solo me quedan otros sesenta y pico años de vida, si somos optimistas. No tienes que aguantar más que eso.

Su silencio fue respuesta suficiente.

—Durante estos años, las posibilidades de que un humano muera porque yo me he mantenido con vida son pocas, tirando a cero. Siempre camino con mis semejantes y, si nos encontramos con una situación de vida o muerte, siempre pueden ser ellos los que se sacrifiquen.

»Desde mi punto de vista, tendremos poco tiempo juntos. Y después... puedo pasarme el resto de la eternidad compensando las vidas que no haya salvado durante este paréntesis, por decirlo de algún modo.

Nos quedamos en silencio; las imágenes que Vincent había conjurado en mi mente eran demasiado perturbadoras.

—De acuerdo —dije finalmente—. Aun así, escucha, sigue siendo verdad que vas a pasar el resto de mi vida mortal sufriendo. Lo siento, pero a mí eso no me parece una situación ideal. Para serte sincera, me dan más ganas de romper nuestro acuerdo.

Vincent abrió los ojos de par en par.

—No.

—No quiero pensar que tendrás que luchar contra tu naturaleza por mí. No quiero contemplar cómo sufres. Dejar que te sacrifiques por otras personas, como se supone que debes hacer, es la solución más sencilla a este lío en el que nos hemos metido. Soy fuerte, Vincent, creo que podré soportarlo —dije, aunque el temblor en mi voz me delató.

Él cambió la cara de sorpresa por una de determinación. Se deslizó por la tumbona para acercarse más a mí y me abrazó.

—Kate, conociéndote, solo el pensar en mi muerte ya hará que te apartes de mí. Por favor, no abandones este plan todavía. Al menos no hasta que haya tenido oportunidad de pensar en una alternativa. Estoy meditando sobre algo que lo solucione, algo que hará que todo funcione. Dame tiempo.

Vincent me envolvió en sus brazos y lo poco que quedaba de mi determinación de hacer lo correcto se evaporó. Me encogí de hombros, me sentía impotente.

—Vincent, si crees que se te va a ocurrir algo que solucione nuestros problemas, entonces, por el amor de Dios, ponte a ello. Yo solo digo que no hace falta que mantengas la promesa de no morir, no que vaya a dejarte.

—Me temo que si crees que voy a morir, vas a dejarme. Aunque sea por tu más que comprensible instinto de supervivencia —insistió—. Así que no me sacrificaré por nadie. Nuestro acuerdo sigue en pie, ¿de acuerdo?

Asentí. Me sentía profundamente aliviada y, a la vez, avergonzada por experimentar un sentimiento así.

—De acuerdo.

Vincent se apartó para mirarme a la cara, sonrió arrepentido y jugueteó con un mechón de pelo que me había caído por delante de la cara.

—Kate, tengo que admitir que no nos encontramos en una situación enteramente normal, pero... ¿eres siempre así de complicada? —preguntó. Abrí la boca para replicar, pero él sacudió la cabeza con una sonrisa traviesa—. Mejor que no contestes. Por supuesto que eres siempre complicada. No me gustarías tanto si no lo fueras.

Me eché a reír. Y así, sin más, el campo de fuerza, de miedo y preocupación que me había rodeado hasta aquel momento se desmaterializó mientras le besaba. Y él a mí. Y, al tocarle, todo pareció sencillo de repente; solo existíamos Vincent y yo, y el mundo, con todos sus problemas, dejó de ser importante. Le atraje hacia mí.

—Me estás... —empezó a decir.

—¿Sí? —dije, inclinando la cabeza hacia él.

—Haciendo daño —susurró, con los dientes apretados.

—Oh, no, ¿qué he hecho? —exclamé, llevándome una mano a la boca.

Vincent se palpó el pecho con cuidado, con una mano.

—Se me había olvidado lo de la costilla —dijo. Nos miramos durante un segundo y ambos estallamos en carcajadas. Vincent reía con cautela y los ojos entornados por el dolor.

—Supongo que no soy consciente de mi propia fuerza —bromeé. Entonces volví a acercarme a él, esta vez sujetándole con cuidado para ni siquiera rozar su zona dolorida y me perdí en un nuevo beso. Tras lo que a mi parecer fueron pocos segundos, estábamos recostados sobre la tumbona; él tumbado boca arriba y yo sobre él, apoyada en las manos y las rodillas, con el pelo cayendo como una cortina alrededor de su cara, aislándonos del mundo. Sumergidos en nuestro diminuto universo. Vincent me puso las manos en las mejillas, acariciándome la cara mientras nuestros labios se encontraban en un beso que comunicaba todo lo que no habíamos sido capaces de expresar con palabras.

Me besó de manera que parecía su última oportunidad de hacerlo. Y yo, febril y salvaje, le devolví el beso sin reservas.

Como si se hubiera dado cuenta de que estaba perdiendo el control, los besos de Vincent se volvieron más suaves. Me abrazó y me atrajo hacia sí, hasta que mi cuerpo cubrió el suyo y cada parte de nuestra anatomía estuvo en contacto. Tras quedarnos tumbados así durante un buen rato, me rozó los labios con los suyos una vez más y se incorporó. Se apoyó contra la pared y me levantó con él. Me senté entre sus piernas, recostada con cuidado contra su pecho; me abrazó y nos quedamos contemplando el cielo nocturno y el brillo dorado de la luna.

Finalmente, aparté los brazos de Vincent de debajo de mi pecho y me moví hasta que pude mirarle a los ojos. No necesitaba decir nada, observarle era suficiente. Pero, tras unos segundos, él rompió el silencio.

—Kate, llevo una vida entera esperándote. Llevaba casi un siglo sin que nadie me importara, como si me hubieran apagado el corazón, hasta el momento en que te vi. Ni siquiera hacía un esfuerzo por conectar con nadie. Y, de repente, sin esperar nada a cambio.... sin ninguna esperanza, allí estabas.

Vincent levantó la mano y pasó los dedos por mi pelo antes de seguir hablando, en voz baja.

—Ahora que estás aquí, que estamos juntos, no puedo ni pensar en volver a mi vida anterior. No sé qué haría si te perdiera. Te quiero demasiado.

Se me hizo un nudo en la garganta. Vincent había pronunciado las palabras mágicas, en voz alta. Cuando vio mi cara de estupefacción, sus labios dibujaron una sonrisa.

—Pero ya lo sabías, ¿no?

El corazón se me deshizo en el pecho. Vincent lo dijo una vez más.

Capítulo 8

La idea no se me ocurrió hasta la noche. Había vuelto a casa de mis abuelos y me había encontrado con que se habían ido a una fiesta. Mamie había dejado una nota en el frigorífico con instrucciones para mi cena. Saqué el plato de restos varios que me había preparado y me senté en la mesa durante un rato, picoteando distraídamente mientras un plan tomaba forma en mi cabeza.

Vincent había dicho que estaba intentando encontrar una solución a nuestros problemas. Bueno, ¿por qué tenía que quedarme yo sentada, esperando a que él descubriera la respuesta? Tal vez podía investigar por mi cuenta. Vivía en un apartamento con una biblioteca de libros antiguos envidiable. No haría daño a nadie si me ponía a rebuscar e intentaba descubrir algo interesante.

El año anterior había visto en su galería un ánfora decorada con figuras guerreras desnudas llamadas «nummia». Papy se había quedado anonadado cuando me distraje y, como una tonta, mencioné que la palabra sonaba como «numa», lo que me hizo sospechar que no era la primera vez que oía el término. Y, si en sus trabajos de investigación había leído algo sobre los *revenants*, aquello podría significar que seguía en posesión de aquel texto.

Por lo que había oído en La Maison, los *revenants* tenían una historia larga y extravagante. Gaspard se dedicaba a releer sus documentos sin descanso en busca de aberraciones pasadas. ¿Quién sabe si Papy tenía algún libro que Gaspard no tuviera? En cualquier caso, si Vincent estaba buscando una alternativa a morir, no era descabellado que existiera tal cosa. Y quizá podría encontrar información que él no tuviera ya.

Todavía había mucho que desconocía. Vincent me había contado lo más básico acerca de los *revenants* y había aprendido más a base de pasar tiempo con él y sus semejantes. Obviamente, me había lanzado a investigar sobre ellos por Internet en cuanto descubrí lo que era. Pero solo había encontrado vagas referencias a las antiguas tradiciones francesas, en las que un *revenant* es un espíritu que ha vuelto de entre los muertos, además de todo tipo de derivados modernos como los zombis y otros monstruos. No había nada en Internet que mencionara a los *revenants* de verdad, aquellos a los que yo conocía.

Una vez le había preguntado a mi novio si el término «*revenant*» se usaba solo en Francia. Me había explicado que la mayoría de idiomas empleaban variaciones de la misma palabra, ya que venía del latín «*venio*», que significaba «venir». Así que para empezar a buscar ya tenía un punto de partida: la palabra «*revenant*», un conocimiento básico de lo que eran, que sus enemigos estaban retratados en un ánfora griega y... nada más. No estaba nadando en la abundancia informativa precisamente, pero estaba decidida a encontrar cualquier cosa relacionada con los *revenants* que hubiera en la biblioteca de Papy, si es que tal cosa existía.

Dejé mi cena, apenas empezada, y me apresuré hacia el estudio de mi abuelo. Las cuatro paredes estaban cubiertas de estanterías, y las estanterías estaban a rebosar de libros. No tenía ni idea de por dónde empezar. Aunque algunos de los títulos estaban en inglés o en francés, no eran ni la mitad. Reconocí otros en italiano y en alemán, y algunos escritos en el alfabeto cirílico que me hicieron suponer que aquello era ruso. A primera vista, me sentí bastante abrumada.

«Divide y vencerás», pensé. Empecé por la estantería que había junto a la puerta y me hice con una banqueta para poder alcanzar la parte superior. *Haga Sophia, la iglesia. Arquitectura en el mundo antiguo. Arquitectura y planificación urbana en Roma.* Resultaba obvio que Papy tenía los libros organizados por materias. La estantería de debajo albergaba más libros sobre arquitectura, igual que la siguiente.

Bajo la arquitectura empezaba una estantería con libros sobre las estatuas funerarias chinas. El estante que quedaba a nivel de suelo iba de sellos de lacre asiáticos y cajas de rapé. Ya tenía una columna entera de estanterías que podía descartar directamente y solo había tardado cinco minutos. Tal vez aquello sería más fácil de lo que pensaba.

Al cabo de una hora, había reducido la biblioteca de Papy a seis estantes con libros de interés. A pesar de que había docenas de libros sobre la cerámica griega, no pensaba leerlos todos en busca de otro ejemplo como el ánfora de los numa de Papy. Aunque tuviera la suerte de encontrar uno, seguramente no incluiría la información que necesitaba. No, tenía que concentrarme en los estantes sobre mitología.

Empecé a hojear tomos sobre mitología griega, romana y nórdica, pero todos habían sido publicados en el siglo XX y eran el tipo de libros que se encontrarían en cualquier librería. Aparte de una lista de los dioses más importantes, los seres mitológicos que describían eran los que aparecen en cualquier libro de las Crónicas de Narnia: sátiros, ninfas del bosque y cosas parecidas. Nada sobre los *revenants*, por supuesto.

Si se las habían ingeniado para mantenerse en secreto durante tanto tiempo, no aparecerían en los libros convencionales. A partir de entonces me salté todos los tomos que tenían aspecto de haber sido impresos en los últimos cien años e inspeccioné con más atención los que parecían haber sido creados antes de la invención de la imprenta. Papy protegía estos tomos en cajas de archivo. De una en una, bajé las cajas de las estanterías, las dejé en el escritorio y me puse a leer sus etiquetas con cuidado. Algunos no eran más que páginas manuscritas, así que me puse a leer los pergaminos en diagonal, en busca de alguna palabra que sonara como *revenant* o numa. Nada.

Finalmente, llegué a un bestiario de aspecto antiquísimo, una especie de manual de monstruos anticuado. Los márgenes estaban ilustrados con retratos de los seres mitológicos que se describían en las páginas. O, por lo menos, aquello es lo que asumí, ya que no entendía ni una palabra del texto en latín.

Pasando páginas de grifos, unicornios y sirenas, llegué a una hoja con una ilustración que mostraba a dos hombres. A uno le habían puesto cara de malvado, al otro le habían dibujado líneas que radiaban alrededor de la cabeza, como si brillara. La inscripción decía «*Revenant: Bardia/ Numa*».

Sacudí la cabeza, asombrada. Era muy propio de Papy aquello de poseer un libro que retratara una especie de seres no muertos que habían ocultado su existencia de manera tan meticulosa que el mundo moderno les había olvidado por completo.

Un escalofrío de emoción me recorrió la espalda y me dispuse a descifrar el pequeño párrafo bajo el título. Pero, aparte de las tres primeras palabras, era incapaz de leer más. Me sentí una idiota por no haber hecho más que un año de latín en el instituto. Extraje una hoja de papel de la impresora de Papy y, con cuidado, copié el texto. Cuando terminé, devolví el libro a su lugar, busqué un diccionario de latín en la estantería de material de referencia y me retiré a mi habitación.

Puesto que el latín tiene unas conjugaciones verbales rarísimas y el autor parecía haber puesto las palabras en un orden aleatorio, me pasé un buen rato concentrada en la página. Al final, descifré lo suficiente como para entender que el texto definía a los *revenants* como inmortales divididos entre los guardianes de la vida (bardia) y los ladrones de vidas (numa). Decía que ambos tipos estaban limitados por las mismas normas de «sueño de muerte» y «caminar espectral»; que ambos recibían su poder por medio de los humanos a los que salvaban o mataban; y que eran prácticamente indestructibles.

«Bueno, nada nuevo», pensé con cierta desilusión. Aparte del término «bardia». Me pregunté por qué los *revenants* no lo usaban para sí mismos, visto que la palabra «numa» seguía estando al día.

Volví a mis anotaciones para traducir un párrafo que había al final de la página, escrito en letra más pequeña. Eran solo dos frases y resultaron más fáciles de descifrar que el resto del texto, conseguí traducirlas palabra por palabra. Al entenderlas, sentí que como si un frío casi helado se extendiera por mi cuerpo hasta que, al terminar de leer, no me notaba los dedos.

«Desafortunado el humano que se cruce con un *revenant*. Puesto que ha danzado con la muerte, ya sea para escapar de esta o para ser entregado a sus gélidos brazos.»

Me estremecí. Eché un vistazo al reloj al oír que mis abuelos entraban al apartamento. Media noche. Tendría que continuar con mis investigaciones otro día. Pero, tras haber descubierto algo en mi primer intento, estaba resuelta a buscar más.

Capítulo 9

Así, sin más, las vacaciones terminaron y me encontré de vuelta en las aulas. El curso, de momento, me había parecido fácil y Georgia, que acababa de empezar su último semestre de instituto, evitaba que me sintiera sola entre clase y clase. Y la emoción de estar con Vincent hacía que esta faceta de la «vida real» me pareciera insulsa. El instituto era una cosa más que debía quitarme de encima. No había pensado aún en lo que haría cuando me graduara.

Georgia, sin embargo, tenía el futuro planeado; aquel otoño empezaría a estudiar periodismo en la Sorbona. Y tenía un nuevo novio, Sebastien, que no solamente no era un asesino malvado como su ex, sino que además no tenía antecedentes penales y era encantador. Por supuesto, tocaba en un grupo de música, pero mi hermana no saldría con él si fuera un don nadie. Para ella, el *glamour* y la fama eran requisitos mínimos en una pareja potencial.

Georgia y yo estábamos volviendo a casa tras nuestra semana escolar post-vacacional de dos días cuando, al pasar por delante del café Saint-Lucie, oí que alguien me llamaba. Me di la vuelta y vi a Vincent en la puerta de la cafetería, gesticulando para que nos acercáramos.

—Esperaba que pasaseis por aquí —dijo. Envolviendo mi mano en la suya, nos guió a través del local abarrotado hasta que llegamos a un rincón con una mesa llena de *revenants*.

—Hola —saludé. Me incliné para dar dos besos a Ambrose y a Jules mientras mi novio se hacía con un par de sillas de otra mesa y las situaba entre su asiento y el de Violette.

—Georgia, te presento a Violette y a Arthur —dije, haciendo un gesto hacia los recién llegados—. Esta es Georgia, mi hermana.

Arthur asintió y se levantó formalmente. No volvió a sentarse hasta que Georgia hubo tomado asiento.

—Deja que lo adivine —empezó Georgia, sorprendida ante su galantería, que creo que le gustó—. Si no fuera por esta máscara tan estupenda, tendrías el mismo aspecto que el guardián de la cripta. ¿Qué eres? ¿Pre-napoleónico? ¿Amiguete de Luis XIV?

Violette ahogó un grito y puso una mano sobre el hombro de Arthur, en un gesto protector. Su conmoción contrastaba con la cara de diversión de Arthur. Ambrose estalló en carcajadas.

—Sigue retrocediendo, Georgia. Un par de siglos más y lo habrás clavado —dijo Ambrose. Georgia soltó un silbido, impresionada.

—Vaya, parece que hoy en día una tiene que buscar entre la tercera edad para encontrar a un caballero de verdad. Encantada de conocerte, Arthur.

El rostro pálido de Violette se amorató.

—¿Es que todos los humanos de París conocen nuestras verdaderas identidades? ¿O acaso me estoy equivocando?

—Georgia tuvo el honor de descubrir lo que somos de la manera difícil —dijo Vincent, dedicándole su sonrisa más encantadora a Violette—. Era la amiga de Lucien.

Violette tomó aire de repente.

—Sois la humana que ha sido expulsada de la casa.

—La misma —dijo Georgia con una risita, sin tomarse sus comentarios en serio—. Pero siempre he pensado que cualquier lugar que no me proporcione una cálida bienvenida no merece el placer de mi compañía.

Violette se quedó mirándola fijamente, como si no hubiera entendido ni una palabra.

—Traduzco: JB no quiere tenerme cerca, yo no quiero estar cerca de JB. Tengo mejores cosas que hacer que pasar el rato con aspirantes centenarios a la familia real que están más tiesos que un ajo —añadió. Pronunció aquellas palabras con tanta naturalidad que no sonaron tan insultantes como eran en realidad. Mi hermana, maestra de la diplomacia. «Santo cielo, allá vamos», pensé. Le puse una mano en el brazo, pero Georgia se limitó a cubrírmela con la suya y a contemplar a la diminuta *revenant* de manera insolente.

Cuando Violette digirió al fin el significado de las palabras de mi hermana, se levantó de repente.

—¿Sois consciente de lo que hacemos por vosotros, humana ingrata? —masculló en voz baja, de manera que solo se la oyera en nuestra mesa.

Georgia se examinó las uñas, pensativa.

—Pues por lo que tengo entendido, os dedicáis a ir por el mundo salvando la vida de la gente para evitar pasar un brote de delirium tremens supernatural.

Tras un segundo de silencio, todos estallamos en carcajadas. Violette agarró su abrigo, que reposaba en el respaldo de la silla, y salió de la cafetería hecha una furia. Arthur, intentando sin éxito disimular la risa, se levantó, nos dedicó una reverencia y salió tras ella.

—*Touché*, Georgia —murmuró Jules, impresionado—. A Violette le hace falta que le bajen los humos, pero ahora ya no seréis precisamente las mejores amigas.

Mi hermana le dedicó una sonrisa cómplice.

—Salir con aristócratas nunca ha sido lo mío.

—Bueno, ¿qué estáis haciendo aquí? —pregunté, con la esperanza de que cambiar de tema evitara que Georgia empeorara las cosas. Cuando volviera a ver a Violette tendría que disculparme.

—Acabamos de despedirnos de Geneviève —dijo Vincent, apurando su vaso de refresco de cola—. Se ha ido al sur, con Charles y Charlotte. Dice que no puede soportar quedarse en su casa, ahora que Philippe no está.

Asentí, sabía cómo se sentía. Tras la muerte de mis padres, yo también quise alejarme lo antes posible de nuestro apartamento en Brooklyn. Todo lo que veía en casa me recordaba a ellos, era como vivir en un mausoleo.

—Ahora tenemos que volver al trabajo y a poner a Violette y a Arthur al día con los asuntos de París. Por lo menos, a eso nos estábamos dedicando, hasta que los has espantado —dijo Jules, guiñándole un ojo a Georgia. Mi hermana sonrió con modestia y levantó la mano para atraer la atención del camarero.

Cuando salimos de la cafetería, media hora más tarde, Vincent me rodeó los hombros con el brazo.

—Ven con nosotros —me pidió—. Tenemos una reunión estratégica, aprovechando que nadie está inerte. Estaría bien que asistieras.

—Nos veremos en casa —dijo Georgia. Puesto que no se le permitía entrar en La Maison, así le evitaba a Vincent el apuro de tener que invitarla. Tras dar dos entusiastas besos de despedida a los muchachos, se alejó en dirección al apartamento de Papy y Mamie.

Diez minutos más tarde nos encontrábamos en el gran salón, igual que un par de meses antes, cuando Jean-Baptiste había repartido castigos y recompensas tras la batalla con los numa y la muerte de Lucien: exilio para Charles y Charlotte y, para mí, ser bienvenida entre los *revenants*.

Los dos nuevos miembros del hogar estaban sentados en un sofá de cuero delante del fuego; tenían las cabezas juntas y hablaban en susurros agitados. Parecía que estaban discutiendo. Me preparé mentalmente y me acerqué a ellos.

—¿Violette? —pregunté.

Miró hacia mí, con aspecto de ser tan frágil como una taza de porcelana.

—¿Sí? —respondió. Apartó la mirada para asentir en dirección a Arthur, como si le estuviera despachando, y volvió a concentrarse en mí. Arthur se levantó y se acercó a Jean-Baptiste y a Gaspard, que examinaban un mapa en un rincón de la sala.

—Solo quería decirte que siento que mi hermana te haya ofendido. A veces se comporta así y no pretendo excusar lo que ha dicho, pero quiero que sepas que yo no opino lo mismo que ella.

Violette se quedó un momento pensando y, entonces, asintió solemnemente.

—No os juzgo por las palabras de vuestra hermana —dijo. Alargó el brazo y me tomó de la mano—. ¿Cuál es el refrán? ¿A palabras necias, oídos sordos? No me afrenta —añadió, con su peculiar manera de hablar. Suspiré con alivio.

—¿Te importa si me siento aquí? —pregunté, haciendo un gesto hacia un butacón que había a su lado.

—Por supuesto que no —dijo, sonriendo.

—Bueno... —empecé, buscando un tema de conversación—. ¿Qué habéis estado haciendo Arthur y tú, esta semana?

—Hemos estado caminando con nuestros semejantes, en particular con Jean-Baptiste y Gaspard. Nos están instruyendo sobre los territorios de París. No es la primera vez que Arthur y yo visitamos la ciudad, pero las cosas han cambiado en los últimos cien años.

«Que conversación tan rara», pensé por enésima vez, aunque ya empezaba a acostumbrarme.

—¿Se os hace raro estar lejos de casa? —pregunté.

—Sí. Hemos residido en Langeais desde hace varios siglos, así que nos resulta algo singular experimentar un cambio tan drástico en nuestra rutina. Pero, por supuesto, es por una buena causa: asistir a Jean-Baptiste en la batalla contra los numa.

Violette se inclinó hacia mí y empezó a hablar con seriedad, como si estuviera preguntando algo importante y confidencial.

—¿Y vos, Kate? ¿Qué sentís al vivir lejos del mundo al que estabais habituada, ahora que frecuentáis la compañía de inmortales? ¿Alguna vez habéis deseado poder volver a la vida de una humana normal?

—No —contesté, sacudiendo la cabeza—. Para mí, aquella vida ya había terminado. O, por lo menos, así lo sentía yo. Mis padres

murieron hace poco más de un año. Cuando encontré a Vincent...
—«¿O acaso me había encontrado él a mí?», me pregunté—. Cuando le encontré, apenas estaba viva.

—Pasar el tiempo con los no muertos es una elección inusual para una muchacha tan bella y llena de vida.

Violette a veces sonaba como si fuera una abuela.

—Aquí me siento aceptada —dije sencillamente.

Levantando una ceja exquisita, Violette asintió. Me tomó la mano y me la apretó, en lo que parecía un gesto de solidaridad. De mujer a mujer, en una casa llena de hombres.

—¿Estamos todos presentes? —dijo Jean-Baptiste. Se plantó en el puesto de la autoridad, delante del fuego, y pasó la mirada por la habitación—. Perfecto.

Alguien me tocó el hombro y vi que Vincent estaba de pie detrás de mi butacón. Me guiñó el ojo de manera seductora y, tras aquel gesto, concentró su atención en Jean-Baptiste.

—Todos sabemos que ha cesado cualquier actividad entre los numa desde la muerte de Lucien. Parece que hubieran desaparecido. Pero ¿por qué? ¿A qué podrían estar esperando?

—¿Me permites? —preguntó Gaspard, alzando un dedo tembloroso y volviéndose hacia todos nosotros—. En el pasado, los numa siempre han sido poco disciplinados. Aunque Lucien era su líder, no conseguía evitar que de vez en cuando se dedicaran a iniciativas individuales. Pero, como ya hemos mencionado y a juzgar por su comportamiento reciente, sospechamos que tienen un nuevo líder. Alguien que es capaz de mantenerlos bajo control. Y ahora, Violette ha confirmado esta sospecha —dijo. Hizo un gesto hacia la *revenant* que estaba a mi lado, como si le entregara un micrófono.

—Aunque no haya una confirmación, de manera cabal —manifestó Violette—, hay rumores. Mis fuentes mencionan a un numa de ultramar, de Estados Unidos, para ser exactos, que se dispone a posicionarse como cabecilla internacional.

Hubo varias exclamaciones de sorpresa en la sala.

—Nunca he oído hablar de algo así —exclamó Ambrose—. A ver, nosotros tenemos el consorcio internacional, pero ¿los numa? No puedo ni imaginarlo. Colaborar entre ellos va contra su naturaleza.

Violette asintió.

—Estoy de acuerdo en que, si es cierto, es una situación sin precedentes. Pero por lo que ha llegado a mis oídos, el numa en cuestión era un hombre poderoso durante su vida humana. Muchos le confiaron sus fortunas y él les engañó a todos, lo que causó la ruina de muchos y el suicidio de algunos.

—¿Cómo murió? —pregunté.

—Asesinado, en la cárcel —contestó Violette.

—¿Y todo esto qué significa para nosotros? —preguntó Jules. Por una vez, hablaba en serio.

Jean-Baptiste tomó el podio imaginario.

—Violette tiene sus propias fuentes, que esperamos que sigan informándola. Pero podemos empezar a ponernos en contacto con nuestros semejantes en otras ciudades para averiguar si saben algo al respecto.

»Mientras tanto, deberíamos reforzar nuestras defensas. Mejorar la vigilancia electrónica. Y, como ya he mencionado a un par de vosotros, voy a levantar la prohibición sobre pasar a la ofensiva...

Sentí que Vincent se ponía en tensión y, cuando la mirada de Jean-Baptiste se posó en él, se quedó callado a media frase, sumiendo la sala en un silencio incómodo.

—¿Puedo interrumpir, llegados a este punto? —dijo una voz melódica desde el otro extremo de la sala y todos nos volvimos hacia quien hablaba. Era la primera vez que oía a Arthur; siempre estaba rumiando en algún rincón, tomando apuntes en su libreta. Los demás *revenants* parecían igual de sorprendidos que yo ante aquel arrebato tan impropio de él.

Arthur miró a Violette, que apretó los dientes y le devolvió la mirada con odio. «Ajá —pensé—. Esto debe de estar relacionado con la discusión que he interrumpido antes.»

—Puede que esté señalando algo obvio, pero estamos compartiendo información delicada y estratégica delante de alguien que no es como nosotros.

«¿Qué?». Me quedé pálida al darme cuenta que los presentes me lanzaban miradas disimuladas. Fijé los ojos en Arthur, pero este evitó mirarme a la cara apartándose un mechón de pelo tras la oreja, como si necesitara hacer algo con las manos.

Vincent me puso las manos en los hombros y apretó como si fuera una pinza industrial. Vi su expresión pétrea y sospeché que, si los poderes de los *revenants* incluyeran lanzar llamaradas por los ojos, Arthur sería una barbacoa inmortal.

Todos estaban en silencio, a la espera de que ocurriera algo. Arthur carraspeó y volvió a mirar hacia Violette, que apretaba el brazo del sofá con sus diminutos dedos, clavando las uñas en el cuero.

—Aunque comprendo que los humanos han interactuado con nosotros a lo largo de la historia, excepto en casos inusuales, como el matrimonio de nuestra Geneviève, las relaciones más estrechas con los humanos siempre han sido de naturaleza laboral. Entiendo que esta humana se ganó vuestro favor al matar a vuestro enemigo, pero debo cuestionar su presencia en una reunión táctica sobre la protección y supervivencia de nuestros semejantes.

Me sentí como si me hubiera dado un bofetón en la cara. Se me llenaron los ojos de lágrimas y me los enjugué con rabia. Inmediatamente, Jules y Ambrose se levantaron, enfrentándose a Arthur como si aquello fuera una pelea de bandas. Vincent se posicionó entre Arthur y yo, como si pudiera protegerme con su cuerpo de sus palabras.

Arthur levantó las manos como queriendo decir que no pasaba nada.

—Esperad, semejantes míos. Por favor, escuchadme. No conozco a Kate tan bien como vosotros, pero he visto lo suficiente como para comprender que es una humana buena y de confianza —dijo. Después se atrevió a mirarme a la cara, arrepentido. Me daba igual.

Disculpas no aceptadas—. No sugiero que no le demos la bienvenida entre nosotros —continuó—, solo que no la involucremos en esta reunión. Por su propia seguridad tanto como por la nuestra.

Emergió una cacofonía de voces, ya que todo el mundo empezó a hablar, o más bien gritar, a la vez. Jean-Baptiste levantó una mano.

—¡Silencio! —ordenó. Observó a cada uno de los presentes, como si estuviera midiendo sus opiniones sobre ese asunto. Terminó su repaso depositando la mirada en mí—. Kate, querida —dijo con una monótona voz aristocrática, que hacía que «querida» sonara de todo menos cariñoso—, perdóname, pero debo pedirte que salgas.

Vincent empezó a protestar, pero Jean-Baptiste levantó una mano para hacerle callar.

—Solo por hoy, hasta que solucionemos esta situación con nuestros invitados. Quiero que todos los presentes se sientan a gusto y ellos no han tenido tiempo de acostumbrarse a tu presencia aquí. ¿Me harías el grandísimo favor de excusarnos en esta ocasión?

Lancé a Arthur mi mirada más cargada de odio, sabiendo que tendría un efecto bastante pobre: tenía los ojos rojos y llenos de lágrimas de humillación. Su mirada estaba vacía, pero no apartó la vista. Alcé la cabeza y me levanté, esforzándome por reagrupar los restos destrozados de mi orgullo.

—Te acompañaré a mi habitación —susurró Vincent, apoyando una mano en mi brazo.

—No, estoy bien —dije, apartándome de él—. Te espero allí —añadí. Incapaz de mirar a los demás, abandoné la sala.

En vez de volver a la habitación de Vincent me dirigí a la cocina, con la esperanza de consolarme con la única humana que había en la casa, aparte de mí. Empujé las puertas dobles y encontré a Jeanne, yendo de un lado a otro atareada con bandejas de comida. Cuando me vio, puso la tetera al fuego y vino a darme dos besos entusiastas.

—Kate, cariño, ¿cómo estás, repollito mío? —dijo. Me puso las manos en los hombros y vio que tenía los ojos rojos—. ¡Querida! ¿Qué ocurre?

—Acaban de echarme de una reunión por ser humana.

—¿Cómo? No lo entiendo. Me sorprende mucho que Jean-Baptiste tome esa posición, después de todo lo que ha ocurrido.

—No ha sido Jean-Baptiste, ha sido Arthur —dije, sentándome a la mesa. Acepté el pañuelo que Jeanne me ofrecía y me enjugué los ojos—. Ha dicho que podría poner en peligro la seguridad de la casa.

—Bueno, me cuesta imaginarle diciendo algo así —dijo, titubeante, mientras se sentaba ante mí y me pasaba una bandeja de magdalenas con miel. Se quedó pensando un momento y pareció llegar a una conclusión—. Arthur y Violette están algo chapados a la antigua, ¿sabes? Vienen de la nobleza. E igual que antes despreciaban a la gente común, ahora desprecian a los humanos. No significa que no sean buenas personas, solo significa que son... clasistas.

Me eché a reír al oír aquel peculiar insulto. Jeanne siempre era muy positiva, todo y todos le parecían bien. Si decía que Arthur y Violette eran clasistas, debía ser que eran un par de inmortales con muchos humos.

—Han venido a hacer algo bueno, Kate. Aunque no sean la compañía más agradable, saben mucho y llevan más tiempo en el mundo que nadie. Y, viendo cuánto les gusta estar aislados, dudo que se queden aquí por mucho tiempo. Antes de que te des cuenta, todo habrá vuelto a la normalidad.

Asentí, masticando una galleta, e intenté razonar conmigo misma, diciéndome que no debía anteponer mi orgullo a la seguridad del grupo. Tampoco es que me mereciera que me incluyeran en sus reuniones secretas. Ni siquiera era una *revenant*, era la excepción que confirma la regla. ¿A quién pretendía engañar? No pertenecía a aquel lugar.

Me di cuenta de que mi humor estaba empeorando por segundos.

—Me voy a casa —dije. Abracé a Jeanne—. Gracias. Es un alivio poder hablar con alguien que me entiende. A veces me da la sensación de que vivo en un universo paralelo cuando estoy aquí.

—Básicamente, así es, *chérie* —dijo ella. Me soltó y se recolocó el delantal—. ¿No te quedarás a cenar?

—No. Por favor, dile a Vincent que me he ido a casa, que me puede llamar cuando terminen —dije. Jeanne me miró comprensiva y me lanzó un beso desde el horno mientras salía.

Crucé la casa y salí al patio por la puerta principal. Al pasar por delante de la fuente del ángel, me metí dentro y crucé el estanque seco hasta alcanzar la estatua. Ángel. Humano. Dos entidades distintas esculpidas en un mismo bloque de mármol. Pasé los dedos por el brazo del ángel. Estaba tan frío como Vincent cuando estaba muerto.

Capítulo 10

Oí el timbre cuando me senté en la cama. A los pocos segundos, alguien llamó a la puerta de mi habitación.

—Katya, cariño, es Vincent. Está subiendo.

—Gracias, Mamie —dije, abriendo la puerta. Mi abuela estaba delante, vestida con su ropa de salir: tacones de siete centímetros y la falda por debajo de las rodillas. No había ni medio gramo de grasa en su cuerpo y su estilo de vestir exhibía descaradamente las mejores piernas que he visto jamás en una jubilada.

—¿Qué ocurre? —preguntó al verme la cara.

—Oh, nada —respondí automáticamente. Me di cuenta de que Mamie no se iría hasta que le respondiera—. Mamie, ¿alguna vez te has encontrado en una situación en la que alguien intenta hacerte sentir fuera de lugar a propósito? ¿Cómo si no formaras parte del grupo?

Mamie se cruzó de brazos y miró hacia el techo.

—La familia de tu abuelo me hizo sentir así al principio. Eran una familia adinerada de toda la vida y no les gustaba que en mi casa fuéramos nuevos ricos. Me trataban como si fuera una arribista.

—¿Pero al final la cosa cambió?

—Sí, cuando vieron que me importaba un pepino lo que pensaran de mí. Creo que ese fue uno de los motivos por el que tu abuelo se enamoró de mí. Fui la única mujer que tuvo las agallas de enfrentarse a su madre.

No pude evitar sonreír.

Mamie me tomó de la mano. Había usado el mismo perfume de gardenias desde que yo era pequeña y la fragancia me hacía sentir como en casa. Mamie había estado allí durante toda mi vida. Había estado en el hospital el día que nací.

«Y aun así, no puedo contarle lo que me preocupa», pensé. Confiaba en Mamie más que en nadie, pero no podía ni imaginarme cómo reaccionaría si supiera la verdad sobre Vincent. Eso contando con que me creyera y no me ingresara en un manicomio directamente. Su mayor ambición era protegerme y no creo que aquello incluyera permitirme salir con un *revenant*.

—Esta transición debe de ser difícil para ti —oí que Mamie decía. Volví a concentrarme en su expresión preocupada—. Mudarte de Brooklyn a París, empezar en un nuevo instituto, hacer nuevos amigos... debes de sentirte como si estuvieras viviendo en un mundo distinto. Puede que un mundo que te da miedo.

Dejé que me abrazara con fuerza. «Oh, Mamie, no sabes cuánta razón tienes.»

Vincent estaba esperando en el rellano cuando abrí la puerta. Su cara de preocupación se relajó un poco cuando vio que no estaba particularmente enfadada.

—Hola, Vincent, cariño —dijo Mamie. Se acercó a él y se puso de puntillas para darle los tradicionales dos besos—. ¿Cómo estás? —preguntó.

Mis abuelos adoraban a Vincent, lo que hacía mi vida mucho más fácil. Mientras que siempre hacían a Georgia preguntas sobre a dónde iba, lo único que yo tenía que decir era que salía con Vincent y se acabó el interrogatorio. Otro buen motivo para no marear la perdiz.

—Bueno, os dejo a vuestro aire —dijo después de ponerse al día con Vincent. Nos llevó hacia el salón y cerró la puerta detrás de nosotros. La estancia estaba repleta de antigüedades, esculturas y cuadros y olía como si estuviéramos en una biblioteca alojada dentro de una tienda beduina.

Me acomodé en el sofá, junto a un jarrón con un ramo de flores, uno de los muchos que Mamie distribuía por la casa. Así, uno pasaba por nubes de perfume de magnolias, lilas o algo igualmente agradable antes de volver al olor de pergamino antiguo de la casa. Vincent se recostó en un butacón enfrente del sofá.

—No puedo disculparme lo suficiente por lo que ha pasado esta tarde —dijo—. Ya sabes que nadie más piensa como Arthur.

—Ya lo sé —contesté, aunque era consciente de que Jean-Baptiste no había saltado de alegría, precisamente, el día en el que me dio la bienvenida oficial a La Maison. Pero, desde aquel momento, siempre había sido cortés conmigo.

—No consigo llegar a entenderlo, en serio —dijo él, molesto—. Arthur es una persona estupenda. O sea, aunque Violette y él a veces se comportan como si fueran un regalo del cielo para los *revenants*, nunca ha actuado de manera mezquina a sabiendas, ni tampoco de un modo excluyente.

—Quizá solo estaba siendo sincero —sugerí—. Puede que de verdad piense que es peligroso que me entere de vuestros planes.

—Bueno, pues entonces podría haberlo mencionado antes, en vez de sacar el asunto a colación delante de todo el mundo.

Vincent alargó la mano para acariciarme la mejilla, yo se la agarré, me la llevé a los labios y, a continuación, la reposé en el regazo.

—Estoy bien, en serio —dije, aunque todavía sentía la humillación, helada, en el estómago—. Pero, en fin, ¿qué pasa con Arthur y Violette? Parecen discutir como una pareja casada desde hace años, pero nunca se les ve demasiado cariñosos. ¿Están juntos?

Vincent se echó a reír y se levantó a examinar una de las estatuillas de Papy, que descansaba sobre la chimenea.

—No están juntos, al menos, no en el sentido de acostarse juntos —dijo, levantando una ceja—. Tu comentario sobre parejas casadas es bastante certero, Arthur se considera el protector de Violette. Vienen de una época en la que se creía que las mujeres necesitaban protección, claro —añadió, con una sonrisa traviesa.

»Arthur era consejero del padre de Violette y ambos murieron en el mismo intento de secuestro. Así que supongo que es natural que hayan permanecido juntos durante todo este tiempo, pero sé que su relación no se fundamenta en el amor. Quizá en la dependencia mutua, pero no en el amor.

—¿Cómo lo sabes? —pregunté, intrigada al ver que, de repente, su cara parecía reflejar vergüenza.

—Oh, Violette y yo nos conocemos desde hace tiempo. A lo largo de los años, nos hemos encontrado varias veces. Cada vez que Jean-Baptiste se hacía con un documento recién descubierto que le parecía particularmente importante, se lo mandaba a ella para que lo estudiara y el mensajero siempre era yo. Violette me confesó sus sentimientos sin tapujos.

—¿Estaba enamorada de ti?

—No me atrevería a ir tan lejos, pero me dijo que sentía por mí cierto interés. No fui capaz de corresponderle, pero... —me dirigió una mirada fugaz y volvió a concentrarse en la estatuilla—. Me tentaba la idea de intentarlo. Pensaba que podría ser mi única oportunidad de encontrar alguien con quien pasar los años.

Caí en la cuenta de que le estaba mirando con la boca abierta.

—Pero, Vincent, no tiene más que catorce años. Es un poco... no sé, de viejo verde.

—Por aquel entonces rondaba los veinte —dijo Vincent y apretó los labios para no echarse a reír.

—Ah, sí. Claro —contesté, intentando procesar aquella nueva y extraña información.

—No pasó nada —aseguró Vincent—. Nada en absoluto. Pero supongo que Violette intuyó que estaría abierto a la posibilidad y aquello la animó a intentarlo. Salimos un par de veces, pero cuando me di cuenta de que no podía obligarme a sentir algo que no surgiera de manera natural, le puse fin a todo el asunto. La verdad es que no la había visto desde entonces; han pasado unos cuarenta años. Le pedí a JB que usara a otro de mensajero.

—Entonces seguro que me tiene manía, ahora que estoy saliendo contigo —comenté. Me acordé del comentario que se le escapó en el funeral de Philippe, sobre *revenants* relacionándose con humanos, y me pregunté si lo había dicho a propósito. Una manera de desquitarse de la humana que había triunfado donde ella había fracasado: capturar el corazón de Vincent.

—La verdad es que ya me ha hablado de ti —dijo Vincent—. Fue bastante benévola y me felicitó por haber encontrado una «doncella tan virtuosa» —comentó, imitando su voz y su arcaica manera de hablar. Ambos nos echamos a reír—. No, en serio, creo que le has caído en gracia de verdad.

—¿Así que es solo Arthur el que se comporta como un grosero?

—Eso parece —contestó—, aunque es algo impropio de él. Se ha escabullido en cuanto ha terminado la reunión, obviamente para evitarme. Violette me ha pedido que le perdone; dice que le advirtió de que no sacara el asunto a colación, pero que Arthur se había sentido obligado a hacerlo. Me ha dicho que hablaría con él.

—Es un detalle por su parte —dije. Aquella *revenant* tan particular empezaba a caerme bien—. En cualquier caso, lo hecho, hecho está. Ahora me gustaría olvidarme todo esto.

Pasé página mentalmente y dejé atrás la humillación de aquella tarde. Entonces, me acordé de algo.

—Vincent, anoche encontré un texto sobre los *revenants* en la biblioteca de Papy.

—¿De verdad? —preguntó. Era poco habitual que fuera yo la que le sorprendía a él, pero en aquel momento parecía que se había quedado tan de piedra que se caería si le empujara con un dedo—. ¿Me dejas verlo?

Nos acercamos al estudio y me asomé para asegurarme de que Papy no estaba. Miré el reloj que tenía el escritorio y caí en la cuenta de que no cerraría la galería hasta dentro de media hora. Teníamos vía libre.

Saqué el bestiario de su caja, lo dejé en la mesa y lo abrí por la página que mencionaba a los *revenants*. Vincent levantó las cejas al ver las ilustraciones.

—Caramba, esto es excepcional, Kate. Hoy en día no queda prácticamente nada sobre nosotros en colecciones humanas.

—¿Y eso?

—Los comerciantes de antigüedades como tu abuelo saben que, si encuentran algo así, pueden venderlo por una fortuna a grupos de compradores anónimos —explicó, sin quitarle los ojos al bestiario—. Estos coleccionistas se hacen con cualquier documento relacionado con los *revenants* antes de que salga al mercado —continuó, esta vez me miró de reojo—. JB es uno de ellos. Tiene montañas de esos antiguos manuscritos en la biblioteca. Dudo que Gaspard haya conseguido leer más de la mitad.

—Vaya, pues Papy debe de guardarlo como un tesoro —dije, preguntándome por qué mi abuelo renunciaría a hacer un buen negocio para mantener ese libro en su biblioteca. Quizá no había visto la página sobre los *revenants* e ignoraba su verdadero valor.

Vincent había vuelto a concentrarse en el libro, estaba articulando las palabras en silencio y recorriendo el texto con el dedo.

—¿Hablas latín? —pregunté.

—Sí —contestó, sonriente—. Solía ser obligatorio en las escuelas, antes de que alguien decidiera que las lenguas muertas no sirven para nada. ¿Quieres saber lo que dice?

—De hecho, anoche ya intenté descifrarlo —admití.

—Claro que lo hiciste —dijo, con los ojos brillando por la diversión—. No te imagino dejando pasar un desafío así.

Volvió al libro y, mientras traducía el párrafo en voz alta, me enorgullecí de haber entendido correctamente lo que decía la noche anterior. Cuando terminó, no mencioné que se había saltado las dos últimas líneas a propósito. Si estuviera en su lugar, yo tampoco querría que pensara que estaba maldito por salir conmigo.

—¿Y qué pasa con este término, «bardia»? —pregunté—. Si eso es lo que sois, ¿por qué os llamáis *revenants*?

—Buena pregunta —respondió Vincent—. Supongo que pasó de moda —dijo, y se quedó pensándolo un momento—. De hecho, es probable que tenga que ver con un complejo de superioridad; pensamos que nosotros somos los *revenants* auténticos, mientras que los numa son lo anormal. Puedes pedirle a Gaspard que te dé más detalles, pero creo que bardia viene de una palabra que significa «proteger», así que sería un término más adecuado para nosotros. Lo usamos en los documentos oficiales, pero si utilizaras ese término delante de Ambrose o Jules, cuestionarían tu cordura.

Vincent echó un vistazo al resto de páginas una vez más, devolvió el bestiario a su caja y la colocó con cuidado en su lugar en la estantería.

—¿Vincent? Cuando Jean-Baptiste estaba hablando con nosotros esta tarde, ha dicho algo de pasar a la ofensiva. Me ha dado la sensación de que había algo que no querías que dijera, como si hubiera un duelo o algo entre vosotros dos. Pero entonces Arthur os ha interrumpido y me ha echado de la reunión. ¿De qué iba eso?

Una expresión extraña cruzó el rostro de Vincent, que me ayudó a levantarme.

—No importa. Si en algún momento llega a ser importante, entonces te lo contaré. Pero, de momento, hablemos de algo más interesante.

—¿Cómo qué? —pregunté.

—Como a dónde voy a llevarte a cenar esta noche —dijo. Me agarró por las caderas y me acercó a él para darme un beso. Si todavía quedaban dudas en mi cabeza, se desvanecieron tan rápido como copos de nieve sobre una hoguera.

Capítulo 11

Me levanté a la mañana siguiente con una mezcla de emoción y miedo. Hoy de nuevo me tocaba entrenar con Gaspard y Vincent y, aunque me encantaba pelear con ellos, todavía era una luchadora inexperta. Mi primera clase, apenas un mes antes, había sido un desastre. Nos habíamos concentrado en las espadas, que parecían fáciles de manejar cuando practicábamos a cámara lenta, pero en cuanto Gaspard empezó a acelerar el ritmo las cosas me di cuenta de lo poco hábil que era.

Para mí, pelear se parecía mucho a bailar y, no solo no tenía ni un poco de ritmo natural, sino que siempre me he sentido como una tonta en la pista de baile. Eso se notaba en las clases. Todo me daba vergüenza, lo que me hacía más torpe, y tenía tanto miedo de parecer una novata floja e indefensa que me convertía exactamente en eso.

Sin embargo, en la cuarta clase me había empezado a dejar llevar por los movimientos. Eran como mis sesiones de auto hipnosis en los museos o en el río; me alejaba mentalmente de la situación y, de repente, mi cuerpo se movía solo. Era una especie de fenómeno en equilibrio, como el ying y el yang; apagaba el cerebro y mi subconsciente tomaba el control. Cuando dejaba de concentrarme en lo que estaba haciendo, todo salía bien.

Cada vez tenía menos momentos de despiste, últimamente solo me hacía falta dar un par de estocadas para que se encendiera el interruptor y me pusiera en modo automático.

«Hoy será un día de piloto automático», me aseguré a mí misma mientras me vestía con unos *jeans* y una sudadera. Me acerqué a la mesa del desayuno adormilada, Papy ya estaba allí sentado, vestido para ir a trabajar y leyendo el periódico.

—¿Ya en pie tan temprano? —preguntó, apartando la mirada del periódico.

—No acabo de entender por qué mi profesor insiste en darme clases los sábados a las nueve de la mañana, pero más me vale no hacerle esperar —dije, sirviéndome un vaso de zumo de pomelo y dando buena cuenta de un cruasán que había en la encimera.

Cuando les había dicho (titubeando bastante) a Mamie y a Papy que Vincent me había regalado unas clases de esgrima por mi cumpleaños, mis abuelos se habían mostrado, para mi sorpresa, encantados con la idea. No sabía que en Francia es un deporte muy popular con connotaciones aristocráticas. Mis abuelos no eran gente presuntuosa, pero trabajar en el mundo de las artes y las antigüedades les permitía apreciar todo aquello que estuviera relacionado con la historia y ¿acaso había algo más histórico que los duelos de espada?

Papy se había dejado llevar por el entusiasmo y me había comprado un traje y una espada. No le aclaré que el gimnasio de Vincent disponía de una armería muy bien abastecida, ni que la esgrima no era más que una parte de mi entrenamiento. Papy tendría que comprarme un hacha de guerra, una pica y media docena más de armas para seguir el ritmo de las clases de Gaspard.

Mi abuelo señaló un jarrón con flores en la mesa del recibidor.

—He encontrado ese ramo en el descansillo cuando he ido a por el periódico.

Un ramillete de vivos colores descansaba en el pequeño jarrón, con un paquete envuelto en papel al lado. Lo abrí y descubrí un libro titulado *Le langage des fleurs*, el lenguaje de las flores. Al abrirlo, vi una inscripción en la primera página.

Para Kate. Ya hablas dos idiomas con fluidez, he pensado que aprender un tercero no te resultaría arduo. Tus deberes acompañan este libro.
Afectuosamente:

Violette de Montauban

Eché un vistazo al ramillete y pasé las páginas del libro en busca del significado de las rosas amarillas y los jacintos morados. Sonriendo, me guardé el libro en el bolso y me despedí de Papy.

Una vez en la calle, miré a mi alrededor en busca de Vincent; mi corazón se aceleró al pensar en verle esperándome, apoyado en la valla del parque como de costumbre. Y precisamente por eso me llevé una desilusión al encontrarme a Jules en su lugar. Me apresuré en disimular mi decepción con una sonrisa, pero se dio cuenta.

—Siento no ser tu novio. Y esa frase significa todo lo que parece significar —dijo Jules con una sonrisa pícara.

—¿Dónde está Vincent? —pregunté, tomando el brazo que me ofrecía. Empezamos a andar hacia su casa.

—Ha salido a hacer un recado para Jean-Baptiste —contestó, mirando a la acera, como si tuviera miedo de que le leyera la mente. En mi cabeza empezaron a sonar señales de alarma.

Me acordé de las tensas miradas que habían cruzado JB y Vincent en la reunión, y de cómo eludía contestarme cuando le pregunté a qué venían. No cabía duda de que estaba pasando algo que querían ocultarme.

—¿Le ha dado miedo de que me perdiera de camino a vuestra casa? —pregunté, haciendo como que conmigo no iba la cosa.

—Bueno, es que... Vincent está algo preocupado últimamente. Eres humana y, por lo tanto, vulnerable. La amenaza constante de un ataque de los numa le tiene algo asustado.

—¿No crees que se está pasando? Tampoco soy tan vulnerable, digo yo —repuse, mirándole de reojo. Lo admito, andaba en busca de halagos, pero también tenía la esperanza de sacarle algo de información a Jules, ya que le gustaba tanto flirtear conmigo.

—Kate, eres un prodigio, pero no dejas de estar hecha de carne y hueso. Carne que no se reanima, debería añadir. Así que siento decírtelo, pero entiendo a Vincent perfectamente.

Asentí, deseando con todas mis fuerzas poder ser algún día tan indestructible como ellos. Ojalá fuera Charlotte. O incluso Violette, por el amor de Dios; tenía catorce años y todos la trataban como si estuviera hecha de acero. «Respeto —reflexioné—. Es difícil exigir que te respeten cuando algo tan insignificante e impredecible como una bala podría suponer el fin de tu existencia. De manera permanente, además.»

—¿Así que voy a tener escolta para ir y volver del instituto? —pregunté. ¿Hasta dónde llegaba la paranoia de Vincent?

—*Non* —respondió Jules, riendo—. Ayer a Violette le dieron el soplo de que los numa están en movimiento. Le preocupa que estén vigilando La Maison. Vincent solo quería que te acompañara porque tienes que venir a casa. No te preocupes, mañana podrás apañártelas tú solita. —Jules me golpeó el brazo en broma. Le devolví el puñetazo—. ¡Caray, chiquilla! ¡Menudo gancho tienes! —exclamó, burlón. Aquello causó el inicio de una refriega amistosa que duró hasta que llegamos a La Maison.

Gaspard estaba esperándome en el gimnasio, practicando una serie de ejercicios de flexibilidad parecidos al taichí. Terminó el movimiento, me dirigió un breve gesto de cabeza y se quedó charlando con Jules mientras yo me vestía con el traje protector que usaba para entrenar. Era de color gris pizarra, hecho de Kevlar, y me protegían incluso de las hojas más afiladas del arsenal de los *revenants*. Me sentía algo culpable porque el traje de esgrima blanco clásico que me había comprado Papy seguía colgado en su percha, sin estrenar; pero lo cierto era que este traje de última generación, aunque me daba aspecto de Kate Beckinsale en *Underworld*, me ahorraba los cortes y pinchazos que los *revenants* ni sentían.

Jules silbó con admiración cuando me acerqué a ellos y empuñé la espada que Gaspard me ofrecía.

—Kate, te veo de lo más... mortífera —murmuró.

—Me lo tomaré como un cumplido —respondí, sonriente. Ya sabía que el traje acentuaba mis mejores curvas, era una lástima que nunca tuviera ocasión de ponérmelo fuera del gimnasio. «Tendré que disfrazarme de cazadora de vampiros por *Halloween*», pensé.

—Aunque me encantaría quedarme y verte en acción —empezó a decir Jules, sonriendo con picardía—, tengo que irme. Volveré dentro de una hora para llevarte a casa.

Tendría que haber salido corriendo tras él, porque la siguiente media hora fue, sin duda alguna, la peor sesión de entrenamiento de mi vida. No solo estaba distraída pensando en las actividades secretas de Vincent, sino que me había acostumbrado a entrenar con Gaspard y con él. Sin mi novio en la sala, listo para intervenir cada pocos minutos para permitirme recuperar el aliento, me vi obligada a pedirle a Gaspard que parara.

—¡Tiempo muerto! —exclamé, jadeando. Mi contrincante bajó la espada.

Me tambaleé hasta la pared, apoyé la espalda contra el muro y me deslicé hasta el suelo. Puse la cabeza entre las rodillas y esperé a que mi respiración volviera a la normalidad. Cuando levanté la vista, vi que Gaspard estaba de pie junto a mí y sostenía una botella de agua.

—Gracias —dije—. Es mucho más duro ahora que Vincent no está aquí para compensar mis deficiencias.

—¿Es eso todo, querida? Hoy me ha parecido que estabas bastante... distraída.

Observé al *revenant*, que ya tenía una edad, y supuse que le costaría mentirme a la cara.

—La verdad es que me preguntaba qué debe de estar haciendo Vincent esta mañana. Jules no parecía saberlo, ¿y tú? —pregunté, tan inocentemente como pude, aunque me sentía culpable por fisgonear de aquella manera.

Me observó, cauteloso.

—No sabría decírtelo —respondió, con su formal estilo de hablar del siglo XIX.

«¿No sabrías o no querrías? —pensé—. Gaspard y Jules saben algo que yo desconozco. Y Vincent dice que no es tan importante como para hablar de ello.» Sospechaba que mi novio pretendía protegerme, mantenerme al margen de una situación a la que no quería que me enfrentara. Mi única suposición era que se trataba de algo que me desagradaría, si no, no habría motivo para tanto subterfugio. «Confío en él —reflexioné—. Así que, ¿por qué este caso de secretismo me está poniendo los nervios de punta?»

—De acuerdo, estoy lista —dije, retirándome de la pared. Gaspard se apartó el pelo de la cara y se arregló la coleta corta antes de ponerse en guardia. Me aferré a mi espada y, echando mano a la energía que me proporcionaba mi recién adquirida frustración, empecé a atacarle como si fuera Lucien en persona.

—¡Ahora me gusta más! —exclamó mi profesor, con una sonrisa.

Practicamos durante otra media hora, hasta que me aparté de la pelea y colgué la espada en un gancho de la pared.

—¡Me rindo! ¡Basta por hoy! —dije, levantando las manos.

Alguien empezó a aplaudir desde las escaleras.

—¡*Brava*! —gritó Violette. Estaba sentada en un escalón, con una postura cómoda que sugería que ya llevaba un rato allí—. ¡Se os da muy bien, Kate!

Sonreí y, tras atrapar al vuelo la toalla que Gaspard me lanzó, me sequé el sudor de la cara.

—Gracias, Violette. Aunque me da la sensación de que, con todos tus siglos de experiencia, solo lo dices para no darme un disgusto.

—En absoluto —negó, sonriendo con timidez, como si la hubiera descubierto—. Teniendo en cuenta la poca instrucción que habéis recibido, debéis de tener un talento natural.

—Opino exactamente lo mismo —afirmó Gaspard—. Bueno, Violette, ¿qué puedo hacer por ti? —preguntó.

—Nada. Jules quería retornar a su estudio, por lo que le he asegurado que yo escoltaría a Kate y le he mandado de vuelta entre sus pinceles —explicó Violette—. Pero no os apuréis, no hay prisa.

—Gracias —dije. Me deshice de la parte superior de mi traje protector y dejé al descubierto la camiseta de tirantes que llevaba debajo y que proclamaba «I♥NY». Había sudado tanto que la pesada tela del traje me estaba dando claustrofobia—. Y muchas gracias por el libro y las flores.

—El comportamiento de Arthur del otro día fue tan desafortunado que me pareció necesario disculparme. ¿Descifrasteis el mensaje?

—Sí —contesté, mientras me quitaba el traje del todo. Ajusté los pantalones cortos de deporte de color gris que llevaba debajo—. Los jacintos morados significan «perdón» y las rosas amarillas representan la amistad.

—Bien hecho —dijo, encantada—. Mandé los jacintos con la esperanza de que perdones a Arthur por su insensatez, y las rosas para expresar mi deseo de que seamos amigas.

Aunque no quería parecer demasiado entusiasmada, no pude reprimir una amplia sonrisa. No hacía ni una semana que Charlotte se había ido y ya estaba sufriendo síndrome de abstinencia por mi falta de amigas. Tenía a Georgia, claro, pero siempre estaba tan ocupada con su vida social que me dejaba mucho tiempo libre —tiempo que mi novio siempre estaba dispuesto a aprovechar—, pero ahora que estaba desaparecido, ocupándose de vete a saber qué...

—Oye, en vez de acompañarme a casa, ¿qué te parece si vamos a matar el gusanillo cuando salga de la ducha? —pregunté.

—¡Estupendo! —exclamó, alegre—. *Matar el gusanillo...* —titubeó ante una expresión tan coloquial—. Me encantaría. Os esperaré en el piso superior.

Fui a la ducha casi dando saltos; me enjaboné, aclaré, sequé y vestí a toda velocidad.

—¡Gracias, Gaspard! —grité mientras corría escaleras arriba.

—El placer ha sido mío —respondió. Me dedicó una pequeña sonrisa y una reverencia algo rígida, y volvió a la tarea que tenía entre manos: limpiar las diferentes armas que había usado aquel día.

Antes de que pudiera alcanzar el final del pasillo, apareció Arthur. Iba concentrado en el libro abierto que llevaba y salió de repente de una habitación.

—¡Vi! —gritó, levantó la vista y me vio. La cara le cambió de neutra a histérica en un segundo, y una docena de arrugas se le dibujaron en la frente.

—Sí, querido, ¿me llamabas? —preguntó Violette, que apareció deslizándose por detrás de Arthur como si nada raro hubiera ocurrido entre nosotros y nos hubiéramos reunido para mantener una charla amistosa.

—Acabo de hallar algo en Heidegger que podría interesarte —dijo monótonamente, paseando la vista entre Violette y yo.

—Kate y yo vamos a disfrutar de algunas viandas. Tendrás que mostrármelo más tarde —contestó ella. Me tomó del brazo y le miró fijamente, como si le desafiara a replicar.

«Quiere que se disculpe», pensé.

Arthur le dedicó a Violette una mirada que solo podría describirse como de «puro odio».

—Vamos, Kate. Deberíamos irnos —dijo Violette. Me alejé, agarrada al brazo de mi defensora, pero no pude evitar mirar atrás. Arthur estaba inmóvil en medio del pasillo, echando chispas por los ojos.

—No le hagas caso —susurró ni acompañante—. Tiene un genio de mil demonios. A veces le quiero con todo mi corazón. Otras, desearía que... ¿cómo lo decís?... que «ahuecara el ala».

Me eché a reír a carcajadas y continué mientras cruzábamos el vestíbulo y la puerta principal.

Nos sentamos la una delante de la otra en un restaurante diminuto, comiendo sopa de cebolla a la francesa, muy caliente y en tazón, como debe ser, mientras contemplábamos por la ventana el mercado cubierto que había enfrente. Un delicioso aroma de pollo asado flotaba en el aire. Los puestos del mercado eran un placer para la vista, a rebosar de todo tipo de pescado, verduras y flores. Tras los mostradores, los comerciantes se dirigían a las multitudes de compradores del sábado por la tarde, ensalzando las virtudes de sus productos y ofreciendo muestras.

—No creo haber estado aquí antes —admitió Violette, tras limpiarse remilgadamente con la servilleta un hilo de queso fundido del labio.

—Es el mercado más antiguo de París —expliqué—. Antes era un orfanato que vestía a los huérfanos de rojo, creo que hace unos cuatrocientos años que lo convirtieron en mercado. Por eso lo llaman *Marché des Enfants Rouges*.

—El mercado de los niños rojos —tradujo Violette al inglés.

—¿Hablas mi idioma? —pregunté, sorprendida.

—Por supuesto —respondió—. Lo aprendí hace mucho, aunque no he tenido demasiadas ocasiones para practicarlo recientemente. Si lo deseáis, podemos conversar en vuestra lengua materna. Me conviene practicar.

—¡Hecho! —exclamé, contentísima. Entonces hice una pausa al ver que me observaba con confusión—. Intentaré no usar demasiadas expresiones coloquiales, para que te resulte más fácil —expliqué, sonriente.

—¡No, no! —insistió—. A Charlotte no le faltaba razón al decir que necesito ponerme al día. ¿Con quién mejor aprender el lenguaje y los manierismos ingleses del siglo XXI que con una muchacha estadounidense de ese siglo?

—De hecho, ahora que lo dices, tengo una idea. ¿Eres aficionada al cine?

—¿Estás refiriéndote a la cinematografía?

—Sí. Además de leer y visitar museos, ver películas es mi afición favorita, sin duda —declaré. Pesqué los últimos restos de la deliciosa sopa con la cuchara y me terminé el vaso de Perrier.

—Kate, debo confesaros algo. —dijo Violette, con cara de vergüenza—. Nunca he asistido a una proyección cinematográfica. Es un invento reciente. Sencillamente, no comprendo su utilidad. Al igual que vos, siempre he preferido dedicar mi tiempo a leer o admirar obras de arte.

—¡Pero el cine es arte! Fueron los franceses los que lo bautizaron como «el séptimo arte». —Me quedé pensando un momento—. ¿Tienes algo que hacer después de comer?

Violette sacudió la cabeza. Adoptó una expresión alarmada al darse cuenta de en qué acababa de meterse.

Palpé con la mano por debajo de la mesa hasta dar con mi bolso, saqué una copia gastada de *Pariscope*, la guía semanal de cultura y ocio de París, y pasé las páginas hasta encontrar la sección de cine. Repasé la correspondiente a películas clásicas, en busca de algo que mereciera ser la primera película vista por Violette.

Pocas horas más tarde entorné los ojos bajo el brillante sol de enero, mientras Violette y yo salíamos por la puerta de un viejo cine. Sobre nosotras, la marquesina anunciaba que estaban proyectando *Encadenados*, de Alfred Hitchcock.

—¿Y bien? —pregunté, volviéndome hacia ella—. ¿Qué te ha parecido?

Una sonrisa traviesa —la sonrisa de una adolescente, por una vez, no la expresión de una mujer que lleva varios siglos viva— iluminó su cara.

—Oh, Kate, ha sido increíble —dijo, estaba tan sorprendida que hablaba en susurros. Me tomó de la mano—. ¿Cuándo podemos volver?

Capítulo 12

Vincent me llamó aquella noche para disculparse por haber estado desaparecido todo el día. Ya me había mandado un par de mensajes de texto y, por su tono, resultaba obvio que se sentía incómodo por algo y estaba intentando compensarme.

—No pasa nada, Vincent. ¿Sabes qué? He pasado el día entero con Violette.

—¿De verdad? —preguntó. Aunque sonaba cansado, me di cuenta de que su voz estaba cargada de sorpresa.

—Sí. Tenía que acompañarme a casa, pero en vez de eso me la he llevado a comer. ¿Qué ha pasado con la alerta numa al final? Jules me ha dicho que temíais que estuvieran merodeando por el vecindario.

—Nada. Resulta que era una falsa alarma. Violette le ha dicho a Jean-Baptiste que siga el protocolo de seguridad habitual esta noche. Volvemos a lo de antes: numa invisibles listos para saltarnos encima cuando menos lo esperemos.

—Bueno, tenías razón sobre Violette. Al final es cierto que es simpática. Es solo Arthur el que tiene un problema de alergia a los humanos. Creo que me limitaré a evitarlo siempre que pueda.

—Es probable que sea la mejor estrategia —dijo. Sonaba extenuado y distraído. Fuera lo que fuese a lo que había dedicado el día, estaba claro que le había costado lo suyo. Parecía otra persona.

—Vincent, será mejor que nos despidamos. Tienes voz de estar destrozado.

—No, no, quiero charlar contigo —dijo de manera apresurada—. Cuéntame, ¿qué estabas haciendo, *mon ange*?

—Leyendo.

—No me sorprendes —contestó, riendo—. La devoradora de libros más voraz de París. ¿Es algo que haya leído yo también?

Eché un vistazo a la portada del libro.

—Bueno, lo publicaron cuando tenías cuatro años, pero estuvo prohibido durante la mayor parte de tu vida... de tu existencia. Al menos la versión sin censurar.

—Escrito en 1928 pero prohibido durante décadas. Uf. ¿Contiene un pasaje que habla de «penetrar la paz terrena», por casualidad?

—¡Vincent, has saltado directamente a la escena de sexo! *¡El amante de Lady Chatterley* no consiste solo en un revolcón en la cabaña del guardabosque! —le regañé en broma.

—Uf, un revolcón suena bastante bien, ahora mismo.

Se me paró el corazón, pero intenté mantener la calma.

—¿Sabes? Ese es uno de mis sueños diurnos favoritos. Revolcarme contigo, no con el guardabosque —comenté. Sonreí de oreja a oreja, imaginando el efecto que mis palabras tendrían en él.

—¿Están tus abuelos en casa? —preguntó tras un silencio. Su voz sonaba sospechosamente grave.

—Sí.

—Es una suerte —dijo, y carraspeó—. Si no, no podría controlar las ganas de visitarte ahora mismo. En el libro también hablan de perder el control, ¿verdad?

Me eché a reír.

—Todavía no he llegado a esa parte. Pero eso de los revolcones y perder el control... no sé si va a poder ser, creo que tengo una cita mañana por la noche con un tipo muerto bastante guapo.

—Muy bien, mensaje recibido. Un sabio cambio de tema —replicó, riendo—. ¿Así que no se te ha olvidado?

Incluso por teléfono me pareció oír su sonrisa cansada.

—¿Olvidar una cita para ir a ver el Ballet Bolshoi en la Opera Garnier? ¿En nuestro propio palco privado? No, no creo que tal cosa sea posible.

—Perfecto —dijo—. Pasaré a buscarte a las seis.

Apenas oí sus últimas palabras. Sonaba como si, además de estar cansado, le doliera algo. ¿Qué había estado haciendo? Ahora había cruzado la frontera de la curiosidad hacia el territorio de la preocupación intensa.

—Hasta entonces. Me muero de ganas —dije y, al colgar el teléfono, terminé la frase mentalmente: «de averiguar qué te traes entre manos». Si al día siguiente estaba tan agotado como durante esta conversación, quizá conseguiría convencerle de que me lo contara.

Vincent esperaba delante de mi puerta, vestido con esmoquin y con las ondas de pelo negro apartadas de la cara. Era como una repetición de la noche de mi cumpleaños: él de esmoquin y yo con el vestido azul de estampado asiático que me había regalado y con el largo abrigo negro de Mamie. Sus ojos se iluminaron cuando me vio y, una vez en la calle, me dio un beso largo y delicioso.

Aparcamos justo bajo el palacio Garnier. Aunque lo había visto más de una vez, tanto como turista como en paseos durante el día, el edificio siempre me quitaba el aliento, parecía un pastel de bodas hecho de mármol. Esa noche se había transformado en el castillo de un cuento de hadas, sus cálidas luces amarillas brillaban con magia en el aire helado del invierno. Seguimos a varias personas vestidas con elegancia que caminaban del brazo y cruzamos las puertas monumentales.

—¿Has estado antes aquí? —pregunté al entrar en el vestíbulo.

—He venido unas cuantas veces a acompañar a Jean-Baptiste o a Gaspard cuando el otro está inerte. Siempre compran pases de temporada y ¡hay que aprovecharlos!

Llegamos al centro de la sala y miré hacia arriba.

—Oh —suspiré. Lo suntuoso del entorno me había arrebatado la capacidad de hablar de manera coherente. El enorme espacio había sido decorado con una mezcla exagerada de estilos; cada centímetro de los suelos, las paredes, las columnas y el techo estaban lujosamente engalanados, cubiertos de oro, mármol, mosaicos o cristal. En cualquier otro contexto, parecería abrumador, pero en la opera Garnier resultaba deslumbrante.

Vincent me condujo por la escalinata de mármol que había a la izquierda, al segundo piso y por un pasillo curvo con un montón de portezuelas de madera. Nos detuvimos delante del número diecinueve.

—No he reservado el palco real —explicó mientras ponía la mano en la manilla de la puerta—. Pensé que no te gustaría lo ostentoso que es. Siempre hay gente curioseando e intentando averiguar quién lo ocupa. Este es un palco de diez asientos, bien situado, pero he comprado las diez entradas y he pedido que quiten las butacas sobrantes.

Vi la incertidumbre en su expresión y sacudí la cabeza.

—¡Vincent! ¡No sé de estas cosas, no habría notado la diferencia! El simple hecho de estar aquí ya me parece maravilloso. Podríamos quedarnos en el palco para ciegos y sería la chica más feliz del mundo.

Más tranquilo, abrió la puerta y reveló un pasillo largo y angosto, con las paredes de terciopelo rojo; a un lado, había un espejo oval. Un diván estrecho estaba colocado contra la pared, bajo un par de lámparas eléctricas antiguas con las bombillas en forma de llama. Al final de la habitación con aspecto de túnel había un balcón que daba a la gran ópera, con dos sillas de madera situadas tras una barandilla que no levantaba ni dos palmos del suelo.

—Santo cielo. ¿Es todo para nosotros? —pregunté. Me sentía como si me hubiera sumergido una novela romántica.

—¿Te parece bien? —preguntó, dudando.

Me volví hacia él y le puse los brazos alrededor del cuello.

—Está más que bien. Es increíble —declaré. Me puse a dar saltos de alegría sin soltarle y se echó a reír.

Vimos los dos primeros actos de *El príncipe Igor* sentados el uno junto al otro en nuestro palco privado. Al principio me resultó difícil concentrarme, ya que tenía a Vincent tan cerca, dibujando círculos en mi rodilla con el dedo mientras contemplaba el escenario; pero, a los pocos minutos, la puesta en escena, los disfraces y las hazañas acrobáticas de los artistas me absorbieron. Me perdí en el espectáculo y, una hora más tarde, cuando se cerraron las cortinas y se encendieron las luces, me sentí como si acabara de despertarme de un sueño.

—¿Qué te ha parecido? —preguntó Vincent cuando nos levantamos.

—Es absolutamente cautivador.

Sonrió, satisfecho, y me ofreció el brazo.

—Ha llegado el momento de *la promenade* —anunció.

Vincent me guió por el pasillo por el que habíamos llegado. Acompañados por otras parejas, llegamos a una estancia de color dorado, con candelabros gigantescos y los techos pintados con ángeles y figuras mitológicas, con un estilo que recordaba al techo de la capilla Sixtina de Miguel Ángel.

—¿Te apetece algo de beber? ¿Una copa de champán? ¿Un botellín de agua? —preguntó Vincent. Sacudí la cabeza, la cola para la barra ya ocupaba la mitad de la sala.

—Quiero aprovechar para echar un vistazo a la ópera —contesté. Me aferré a su brazo para evitar un tropezón, ya que estaba intentando andar a la vez que miraba boquiabierta todo lo que me rodeaba.

Exploramos cada rincón del edificio, cada sala daba paso a otra más exquisita aún. Terminamos delante de la puerta principal.

—¿Hay algo más que quieras ver? —preguntó—. Todavía tenemos un ratito.

Dudé. Aunque no quería fastidiar la velada interrogándole sobre algo de lo que, con toda probabilidad, no quería hablar, decidí que sacar el asunto a colación no haría daño a nadie.

—No, volvamos al palco —dije.

Una vez dentro, nos sentamos en el diván, sonriendo como niños que se prueban la ropa de sus padres.

—Esto no es lo mismo que pasar la noche viendo películas y comiendo *pizza* en mi casa. ¿Te parece raro?

Vincent se inclinó hacia delante y se volvió para mirarme. El pelo le cayó por delante de la cara cuando sonrió, y la llama que ya ardía en mi corazón se hizo más brillante.

—No es raro —contesté—. Para serte sincera, me podrías haber llevado a una bolera y me lo estaría pasando igual de bien. Mientras esté contigo, da igual lo que hagamos. —Al oír lo que acababa de decir, me eché a reír—. Dios, eso tendría que estar impreso en un póster con fotografías de gatitos suaves. Cursiladas: ¡nivel seis millones!

—Muy cursi, sí —afirmó Vincent, sonriendo con picardía—. Pero, básicamente, yo estaba pensando lo mismo. Me he sentido así desde que nos conocimos.

Se me acercó y empezó a besarme el cuello.

Los ojos se me cerraron solos. «Concéntrate —me dije a mí misma—. Hay cosas más importantes que besar a tu novio en la ópera.»

—Vincent —dije, apartándome y mirándole a los ojos—. No quiero destrozar esta velada tan maravillosa, pero no puedo esperar —Vi que palidecía y me apresuré a seguir hablando—. Me prometiste que no me ocultarías nada, pero me parece que eso es lo que estás haciendo con tu «recado para Jean-Baptiste» o lo que fuera que estuvieras haciendo esta mañana. Fingir que no es nada importante me hace pensar que no crees que sea capaz de soportar lo que hacéis. Y, desde mi punto de vista, eso es algo bastante condescendiente.

Hala, ya lo había dicho. Ahora que el asunto estaba sobre la mesa, no podía evitarlo con besuqueos.

Vincent se irguió.

—Kate —dijo. Me tomó la mano, la puso en su regazo y la apretó entre sus dedos—. No es cuestión de confianza. Y no es porque no puedas soportarlo, tu fuerza me asombra. Es solo que... —dudó—.

Sé que no te gustará. Es un experimento. Y, puesto que no sabemos si funcionará, tenía la esperanza de no tener que hablarte de él.

—Puedo soportarlo, Vincent. Puedo con cualquier cosa que me eches.

—Ya lo sé, Kate —continuó, con expresión de súplica—. Créeme. Pero ya me resultan bastante odiosos todos aquellos aspectos de mi existencia que te incomodan y esto, confía en mí, es muy incómodo. Me temo que si conocieras los detalles perderías el respeto que me tienes. Y por eso quería intentarlo, descartarlo de la lista de posibles soluciones y pasar a lo siguiente. Si funcionara, y es una posibilidad muy remota, quería presentártelo de manera que pudieras ver los beneficios por ti misma, evaluar si los resultados merecen lo desagradable del método y ayudarme a decidir si sigo adelante con este asunto o no.

Me observó atentamente.

—¿Cuánto durará este experimento? —me oí preguntar. Me maldije por no sacarle más información.

—Gaspard dice que después de dos ciclos de inercia deberíamos conocer los resultados. Así que un poco más de un mes... unas seis semanas.

Le miré a los ojos y vi la sinceridad reflejada en ellos. La honestidad más absoluta. Y su determinación por hacer lo que hiciera falta para que nuestra relación funcionara.

Cerré los ojos con fuerza y respiré hondo.

—De acuerdo, confío en ti. Pero, por favor, ve con cuidado.

—Gracias, Kate —contestó. Se recostó contra la pared, pero no me soltó la mano. Se concentró en el techo durante un rato y se volvió hacia mí—. Yo también tengo algo que quería preguntarte, pero sobre un asunto radicalmente distinto.

Sonreí con picardía.

—Para mí no hay nada que sea tabú, ya lo sabes.

—¿Por qué perdiste el contacto con tus amigos de Nueva York? Mi sonrisa desapareció.

—Menos ese asunto.

—Kate, entiendo que mis amigos en París también son amigos tuyos. No te culpo por no querer pasar los ratos libres con tus compañeros de clase. Dices que en el instituto no hay nadie interesante, y entiendo que no quieras apegarte a estudiantes que volverán a sus países de origen en cuanto se gradúen.

»Pero tus amigos de la infancia... las personas con las que creciste. Cuando me hablas de ellos, me da la sensación de que os unían lazos muy estrechos.

—Es cierto —dije—. Incluso se pusieron en contacto con Mamie cuando dejé de escribirles, pero la obligué a decirles que no estaba de humor para hablar. Lo más seguro es que ahora me odien.

—Creo que entenderían por qué cortaste la comunicación con ellos el año pasado. Fue una época espantosa para ti. La muerte de tus padres nunca dejará de ser algo grave, no sugiero nada parecido, pero ahora lo llevas mejor. Estás lidiando con tu vida de nuevo.

—Lo dudo, puesto que me paso el día rodeada de muertos.

Me volví hacia él apresuradamente, no había querido insultarle. Al ver su sonrisa irónica, me alivió comprender que no se había ofendido.

—De acuerdo, estás entre dos mundos. Pero me has dicho en más de una ocasión que te da la sensación de que no encajas del todo en ninguna parte. ¿Cómo lo dijiste? «No del todo estadounidense y no del todo francesa.»

»Pero eso no significa que tengas que desdeñar las amistades que tenías en Nueva York. Son parte de tu pasado, Kate. Todos necesitamos un pasado en el que anclar el presente. No puedes vivir solamente en el aquí y ahora.

—¿Por qué no? —espeté. Me sorprendió la vehemencia de mi voz—. ¿No sabes lo que hay mi pasado?

—Muerte, Kate —dijo, con tono dulce—. Igual que en el mío.

—Vincent, todos mis recuerdos giran alrededor de mi familia. Mis padres. Tras irnos de Brooklyn, cada vez que hablaba con mis amigos era como si me arrastraran a mi vieja vida; todo lo que decían me recordaba tiempos mejores. Y no te puedes imaginar el daño que me hacía.

Volví a mirarle de reojo cuando me acordé de que sus padres y su prometida habían sido asesinados ante sus propios ojos. Pero Vincent no parecía enfadado. Si acaso, se había vuelto más cariñoso y compasivo que nunca.

—De acuerdo, quizá puedas imaginarlo —admití—. Pero Vincent, no soy masoquista. Mi idea de una vida sana y cuerda no incluye exponerme a dolor innecesario de manera habitual. No puedo estar en contacto con ellos. Duele demasiado.

Él se miró las manos, sopesando las palabras cuidadosamente antes de volverse hacia mí. Sin decir nada, me acarició la mandíbula con el dedo, como si estuviera dibujando la topografía de mi cara. Levanté la mano y tomé la suya, la bajé a mi regazo y la sostuve con mis dos manos para sentirme más arropada.

—Lo comprendo, Kate. Créeme. Pero quiero contarte algo para que pienses en ello. Cuando me alcanzó la muerte la primera vez, lo publicaron en los periódicos. Todo el mundo lo sabía. No tuve la opción de volver entre los míos, con la gente a la que quería. Y les echaba mucho de menos. Pasé años casi acechando al padre de Hélène y a su hermana, asegurándome de que estuvieran bien. No podía permitir que me vieran, pero podía observarles.

»Dejé un ramo de flores anónimo cuando el padre de Hélène falleció. Y cuando Brigitte, la hermana de Hélène, murió dando luz a su hijo, cuidé de él. Vive con su familia en el sur de Francia. Les he visto. Su hija se parece a su abuela. Y, por raro que te parezca, saber que existen me permite tener los pies en la tierra. Tener esa conexión con el pasado me permite seguir adelante.

»Pero habría dado cualquier cosa por poder ponerme en contacto con Brigitte, su padre y las demás personas de mi pasado, por mucho que me trajeran recuerdos dolorosos. Yo no tuve la opción que tienes tú. Puede que sea demasiado pronto, pero espero que, algún día, cambies de opinión. Cada vez que mencionas a tus amigos me doy cuenta de que todavía te cuesta hablar de ellos, pero... recuperar el contacto podría hacerte más feliz.

El dolor había estado creciendo como una burbuja en mi interior y, ante aquello, finalmente estalló.

—Ya soy feliz, Vincent —mascullé, apretando los dientes. Me miró con escepticismo, alzando una ceja. Me di cuenta de lo ridículo que había sonado aquello, fruncí los labios y estallé en carcajadas. Dejé que me envolviera en sus brazos, amándole más que nunca. Vincent se preocupaba por mí. No solo porque me quisiera a su lado, deseaba que fuera feliz por mí misma.

La cortina se levantó, pero no nos movimos. Pasamos el resto de la actuación besándonos, riéndonos, echando vistazos al *ballet* y besándonos un poco más.

Aquella noche, al llegar a casa, saqué el ordenador portátil del cajón de mi escritorio y lo encendí. Usando la cuenta de correo electrónico que había creado para comunicarme con Charlotte, les mandé un mensaje a mis tres mejores amigos.

> *Soy yo, Kate. Siento no haber estado en contacto con vosotros. Todavía os quiero. Pero pensar en el pasado todavía me resulta demasiado duro y, aunque no lo hacéis a propósito, me recordáis lo ocurrido con mucha claridad.*

Me enjugué una lágrima al añadir la última frase y envié el mensaje.

> *Por favor, esperadme.*

Capítulo 13

Vincent pasó la semana siguiente tan ocupado con su proyecto secreto que apenas pudimos pasar tiempo juntos. Anteriormente, en las pocas ocasiones en las que no nos veíamos a lo largo del día, nos llamábamos por la noche y me contaba con pelos y señales todo lo que había estado haciendo. Pero, ahora, había empezado a saltarse algunas partes.

Una vez que mantuvimos la conversación al respecto, ya no me importaba. Al saber que me había pedido permiso —más o menos—, me resultaba más fácil apoyarle, pero seguía preocupada. No sabía qué se traía entre manos, pero le estaba dejando destrozado. Su piel aceitunada, que normalmente parecía saludable, tenía un aspecto cetrino, y le habían salido ojeras. Estaba tan cansado y distraído que, incluso cuando se encontraba junto a mí, me daba la sensación de tenerle lejos.

Sin embargo, no podía quejarme de que no me dedicara atención y mimos, porque me hacía más caso que nunca. Como si quisiera compensarme.

—Vincent, tienes un aspecto terrible —dije por fin, una mañana.

—Tiene que empeorar antes de mejorar —contestó, sin más.

Tras una semana y media de contemplar cómo se consumía ante mis ojos, me quedaba muy poca paciencia, estaba al límite. No quería forzarle a proporcionarme más información, ni presionarle más. Resultaba obvio que Jules y Gaspard no revelarían nada, pero eso no significaba que no pudiera preguntarle a Violette.

Desde su introducción al mundo del cine de la mano de Alfred Hitchcock, Violette y yo habíamos ido a ver varias películas, siempre por iniciativa suya. Un par de días después de acudir al cine juntas por primera vez, recibí un ramo de flores azules y rosas amarillas y una copia del *Pariscope*, con una nota que me indicaba que consultara la página treinta y siete. Al buscarla, vi que se trataba de la cartelera. Saqué el diccionario de las flores de la mochila.

Las flores azules eran acónito, que significaba «peligro». Las rosas amarillas ya las conocía, «amistad». ¿Peligro de amistades? Eché un vistazo a la cartelera y encontré, en medio de la página, *Amistades peligrosas*. «Debe de ser la primera vez en la historia que alguien usa el leguaje de las flores para codificar títulos de película», me dije a mí misma, riendo. Marqué su número de teléfono.

Violette se pasó la película entre ataques de risa tonta, señalando los errores en el vestuario y los manierismos y ganándose las miradas de furia de los demás espectadores. Cuando la convencí de que era de mala educación hablar en voz alta en el cine («¡Pero si es un recreo vulgar! Ni que estuviéramos en la ópera», había sido su primera respuesta), se limitó a reírse por lo bajo y sacudir la cabeza ante las escenas más objetables. Al salir, cuando comenté lo malvados que eran algunos de los personajes, estalló en carcajadas y exclamó «¡Un ejemplo perfecto de las intrigas de la corte!».

Unos días más tarde, un ramo compuesto por dondiegos de noche (que significaban, precisamente, «noche»), ramas de alfalfa («vida») y gamones («mi amor os seguirá hasta la tumba») me obligó a repasar durante media hora la cartelera y el diccionario de las flores. Cuando finalmente entendí que Violette estaba usando los gamones para referirse a muertos enterrados, comprendí que se refería a *La noche de los muertos vivientes* y me quedé boquiabierta ante la idea de que alguien como ella quisiera ver la película sobre zombis más famosa del mundo.

Adquirimos la costumbre de tomar un café después de cada sesión de cine. Pero, en vez de charlar, parecía que estuviéramos intercambiando información: mi nueva amiga no sabía relajarse. Su estado habitual era lo que el resto de la humanidad denominaría «de máxima tensión», escuchaba todo lo que le decía con tanto interés que, al principio, me intimidaba. Al final me acostumbré a ella y, tras unos cuantos encuentros, conseguí que se soltara hasta el punto de fue capaz de reírse de sí misma.

Le encantaba que le contara cosas sobre mi relación con Vincent y, aunque inicialmente dudé, me di cuenta de que no la motivaban los celos ni nada por el estilo. Resultaba obvio que sus sentimientos por él no tenían nada que ver con la atracción. Explicó que el amor entre humanos y *revenants* era tan poco frecuente que la intrigaba, y se disculpó por meter la nariz en nuestra vida privada. Sin embargo, cuando le dije que no me importaba comentar con ella algunos pormenores de nuestro noviazgo, Violette me interrogó con entusiasmo para que le contara todos los detalles.

Lo que más parecía interesarle era mi capacidad para comunicarme con él mientras estaba en estado volante. Confesó que nunca había oído hablar de contacto entre humanos y *revenants* inertes más allá de las intuiciones, muy básicas, que se daban en los pocos casos en los que una pareja permanecía junta durante décadas, como Geneviève y Philippe.

—¿Sabes? Esa es una de las habilidades que se le atribuyen al Paladín —me informó, elocuente.

—¿El qué? —pregunté, con el pulso acelerado. Se me había olvidado que Violette era considerada una experta en la historia de los *revenants*, y por supuesto estaba enterada de lo del Paladín. Se quedó callada un instante, observándome atentamente—. No te preocupes, he oído hablar de eso —le aseguré, y vi que se relajaba—. Vincent me contó lo de la profecía, aunque no sabía demasiado sobre el asunto. ¿Qué tiene que ver con todo esto el que pueda hablar conmigo cuando está inerte?

—«Poseerá poderes preternaturales de resiliencia, persuasión, fortaleza y comunicación» —recitó—. Es un fragmento de la profecía.

—Un momento... ¿Resiliencia? Vincent fue capaz de resistir los impulsos de sacrificarse durante más tiempo que los otros *revenants* de su edad; debe de ser por eso por lo que Jean-Baptiste cree que él es el Paladín. ¿Cuáles eran las otras habilidades que has mencionado?

—Persuasión —contestó Violette—. Un don que Vincent posee en abundancia. Jean-Baptiste siempre le envía como representante cuando hay problemas entre los nuestros.

Eso tampoco lo sabía. Siempre que mi novio mencionaba los trabajos que Jean-Baptiste le encargaba, asumía que eran de tipo legal.

—Lo siguiente es «fortaleza». ¿Vincent es fuerte?

—Nunca le he visto pelear de verdad, solo en el gimnasio, así que no te lo sabría decir —admití.

—Bien, no cabe duda de que vuestra capacidad de comunicación fué el hecho que impresionó por completo a Jean-Baptiste. Que un *revenant* posea un habla volante tan poderosa que un humano pueda oírle... Cuando Vincent se lo contó, Jean-Baptiste se puso en contacto conmigo inmediatamente para relatármelo. Quería saber si contaba con información sobre la profecía que le ayudara a verificar si él podría ser el Paladín.

—¿Y qué le dijiste? —pregunté, algo alterada por la conversación. A decir verdad, no quería que mi novio fuera el Paladín. No sabía qué significaba aquello exactamente, pero sonaba peligroso.

—Mi respuesta fue que era una suerte que un joven *revenant* con tanto talento viviera bajo su techo, pero que dudaba mucho que, en caso de existir un Paladín, este fuera Vincent.

—¿Por qué?

—Los motivos son muchos —respondió ella, con un brillo travieso en los ojos—. La profecía comprende muchas estipulaciones bien definidas, condiciones sobre el lugar y el momento. Y, créeme, el Paladín no va a personarse ni aquí ni ahora. Francamente, la del Paladín es una de entre muchas otras profecías vetustas. La mayor parte no se ha cumplido, y lo más probable es que sus orígenes se encuentren entre los desvaríos de algún oráculo o supersticiones cuestionables. A los tipos anticuados como Jean-Baptiste les gustan más que el hidromiel. —La miré, confundida—. De acuerdo, les gustan más que un vino añejo. Esa es una comparación más adecuada para Jean-Baptiste, en cualquier caso.

Entonces, con una sonrisa irónica, se lanzó a contarme que, en una ocasión, Jean-Baptiste mandó a Gaspard a dar vueltas por todo el país en busca de un pergamino antiguo que al final resultó no existir. Consiguió que me riera con tantas ganas que me atraganté con el café con leche. El medio milenio que Violette había pasado en la tierra la había convertido en una mina de oro de historias interesantes y cotilleos jugosos.

Un día, tras ver una de mis películas favoritas, *Harold y Maude*, nos dirigimos al café Saint-Lucie. Compartimos una bandeja de quesos deliciosamente derretidos y una cesta de crujientes rebanadas de pan de barra mientras Violette me hablaba de los viejos tiempos, cuando no había tanta enemistad entre los numa y los bardia. Resultaba curioso oírla usar aquel término arcaico como si fuera lenguaje común.

Al parecer, siglos atrás consideraban que se dedicaban a lo mismo, a grandes rasgos: el ciclo de la vida. Salvar vidas, tomar vidas... al fin y al cabo, todo giraba alrededor de lo mismo.

—Era cuestión de equilibrio —explicó Violette—. En mi época, los numa y los bardia dialogaban abiertamente.

»Y ¿sabes qué? —continuó, inclinándose hacia mí con aire de conspirar—. Arthur ha mantenido la relación diplomática con algunos de nuestros antiguos contactos entre los numa, y yo me alegro. De no ser así, ¡mis investigaciones habrían resultado mucho más difíciles! —exclamó. Al ver mi sorpresa, explicó—: Kate, una no puede desechar una sección entera de inmortales como nosotros solo porque en los últimos siglos ya no estén de moda.

—¿Como vosotros? ¡Pero si ni siquiera sois el mismo tipo de criatura! —contesté. La comparación me causó cierto asco.

—Ah, ahí es donde te equivocas. Somos exactamente el mismo tipo de criatura. ¿Qué te ha contado Vincent acerca de la creación de un *revenant*? ¿O de un numa?

—Que un humano puede convertirse en *revenant* tras salvar la vida de otra persona. Y un humano puede convertirse en numa si, antes de morir, su traición ha causado la muerte de otra persona.

—Es verdad —dijo Violette—. Pero, viéndolo desde un poco más lejos, los bardia y los numa son lo mismo: *revenants*. Muchos de los nuestros, y me incluyo, pensamos que existe un «gen *revenant*», que somos un tipo de mutación.

»Pero sea cual sea nuestro origen, todos estamos de acuerdo en que los *revenants* nacen en igualdad de condiciones: humanos con una tendencia latente a convertirse en *revenants*. Numa o bardia depende por completo de las acciones de cada uno durante su vida humana. Y, si nunca se encuentran en una situación en la que puedan salvar o traicionar a otro humano, o simplemente desaprovechan la ocasión, prosiguen con sus vidas mortales sin sospechar que son diferentes al resto de la humanidad.

—¿Así que los humanos no nacen siendo numa o bardia?

—No, a no ser que creas en la doctrina calvinista de la predestinación —replicó. «Una vez más, su manera de hablar me recuerda su verdadera edad», pensé—. Pero no estamos hablando de teología, sino de la naturaleza humana. Luego, en este caso, la respuesta es «¿quién sabe?». Lo que sí puedo asegurarte es que los numa y los bardia no han sentido siempre la enemistad que les separa hoy en día.

—Sí, Jean-Baptiste me dijo que ambos tipos de *revenant* solían ser mucho más numerosos en París.

Violette asintió y llamó al camarero para pedirle dos cafés.

—Como suele suceder en tiempos de guerra, durante la Segunda Guerra Mundial se crearon muchos de las dos raleas. Puesto que un gran número de ellos inició su vida inmortal con rencores guardados desde su vida humana, se produjeron una serie de batallas causadas por diversas venganzas pendientes entre los nuevos bardia y numa. En cualquier caso, todo aquello terminó en menos de una década. Desde entonces ha habido una especie de alto el fuego.

—¿Por qué? —pregunté, intrigada ante esa revelación.

Violette se encogió de hombros.

—No tengo ni idea. Como sabes, Arthur y yo hemos estado refugiados en nuestro castillo en el Loira. Me he mantenido distanciada de los politiqueos de París.

—Bueno, por lo que sé, eres la experta en todo lo que tiene que ver con los *revenants* y los numa —dije—. Si hay alguien que lo sepa, eres tú.

—*Touché* —contestó, corroborando la situación—. Me enorgullezco de poseer información privilegiada sobre, básicamente, todo. Pero también de saber guardar secretos. Por lo tanto, si hay algo que no te cuento, es probable que mi silencio esté justificado por un buen motivo.

—¿Así que si te preguntara por el experimento secreto de Vincent...? —empecé, con una sonrisa pícara.

—Te contestaría: «¿Oh? ¿A qué te refieres?» —replicó ella, devolviéndome la sonrisa.

Había albergado la esperanza de que mi nueva amiga fuera más abierta conmigo. Aunque sabía que, si me hubiera contestado, me habría sentido mal por conseguir la información a espaldas de Vincent. Violette alargó el brazo y reposó la pequeña mano pálida sobre la mía, en señal de apoyo y comprensión.

—No te preocupes por él, Kate. Sabe cuidarse.

«Así que es algo peligroso», pensé. Aunque Violette no pretendía compartir su información, ya me había dicho algo que, hasta ese momento, yo desconocía. Ahora más que nunca, estaba decidida a encontrar otra solución.

Una semana y media antes, en el *ballet*, Vincent me había dicho que le harían falta seis semanas para ver si su experimento tenía potencial. Si funcionaba, suponía que seguiría adelante con aquel método. Lo que significaba que me quedaba poco más de un mes para encontrar la respuesta a una situación imposible. Mi única esperanza era que nada malo le ocurriera antes de que pudiera encontrar una alternativa a sus métodos.

Di un salto cuando se abrió la puerta del despacho y cambié de postura para situarme delante de la caja abierta en el escritorio de Papy.

—Soy yo —dijo Georgia, entrando en la estancia. Cerró la puerta silenciosamente.

Exhalé, aliviada; no tendría que mentirle a mi abuelo acerca de por qué estaba merodeando por su biblioteca. Se moriría de alegría al pensar que quería consultar sus archivos, pero, conociendo el entusiasmo que sentía por los libros, estaría demasiado interesado en el objetivo exacto de mi búsqueda.

—Bueno, ¿qué tesoro de la biblioteca de Papy merece un bloqueo total? —preguntó Georgia, mirando hacia el libro que se encontraba a mis espaldas. Me aparté para que lo viera— ¿Estás leyendo en alemán? —preguntó, sorprendida, pasando algunas páginas.

—La verdad es que ni siquiera estoy segura de que sea alemán —contesté, dándole unos golpecitos al diccionario bilingüe que reposaba junto al libro—. A no ser que sea alemán antiguo. Podría ser un dialecto de Bavaria, no tengo ni la más remota idea.

Georgia puso cara de confusión.

—En la calle hace sol, por una vez, y tú dedicas tu tiempo libre a encerrarte con un libro bávaro antiguo, ¿por...? —Pasó otra página y encontró una ilustración hecha a mano de una bestia de aspecto diabólico: piel roja, cuernos y garras—. Ah, monstruos. ¿Acierto al suponer que esto está relacionado con ese no muerto guapísimo con el que intercambias saliva de manera habitual?

Me apoyé contra el escritorio y asentí, cansada.

—Este es el último libro. He repasado todo lo que he encontrado en la biblioteca de Papy que pudiera estar relacionado con los *revenants* y solo he encontrado un documento que hablara de ellos. Y no decía nada que no supiera ya.

—Y en concreto, ¿qué estás buscando? —preguntó Georgia. Devolví el libro a su caja con cuidado y lo deposité en la estantería correspondiente.

—¿Sinceramente? Si fuera posible, me encantaría encontrar una manera de hacer que mi novio volviera a ser humano. Pero, puesto que no lo es, me conformaría con cualquier información que nos hiciera la vida más fácil.

—Ya —dijo mi hermana, pensativa—. En otras circunstancias, me reiría de ti por hablar de magia y dar por cierta su existencia, pero el caso es que te estás refiriendo a tu novio muerto y reanimado, así que, yo que sé, supongo que todo es posible. En serio, ¿qué esperabas encontrar aquí?

—Vincent me contó que aquella vez que pasó varios años sin morir, cuando se sacó la carrera de derecho, intentó practicar yoga y la meditación para aliviar los síntomas. Gaspard leyó un manuscrito *revenant* tibetano que afirmaba que aquellas técnicas podían ayudar, pero no le sirvieron de nada. Así que se me ha ocurrido que puedo intentar dar con algo que Gaspard todavía no haya leído. Una hierba, una poción... algo por el estilo.

131

—Uf —dijo ella, con la mirada perdida en un mundo de fantasía invisible—. O, quizá, un baño desnudo en el Sena bajo la luz de la luna llena. —Miró hacia mí de repente—. Si ese fuera el caso, ¡no dudes en comunicarme cuándo y dónde vais a practicar el vudú! ¡No me lo perdería por nada del mundo!

Me eché a reír.

—¡Oye, que tú ya tienes a Sebastien! Estoy segura de que podrías persuadirle hasta de que se diera un bañito en cueros en el Sena.

—Pues claro que sí —dijo, con falsa altanería—. Pero ¿quién quiere un novio con tiña?

Georgia estaba aplicándome su encanto de hermana mayor una vez más. Cuando éramos pequeñas, si alguna vez necesitaba ayuda con algo que no estaba al alcance de sus habilidades, optaba por la segunda mejor opción: distraerme.

—Hablando de novios, tendríamos que salir alguna noche de estas. Vincent todavía no conoce a Sebastien y tú te dedicas a pasar el rato con la Marie Antoinette zombi —declaró, haciendo una mueca. Una vez decidía que alguien le caía mal, resultaba muy difícil hacerla cambiar de opinión.

—La verdad es que es muy agradable —dije, defendiéndola.

—Me llamó «humana ingrata» —replicó Georgia—. En lo que a mí respecta, eso me dice todo lo que hace falta saber.

—Es que está un poco chapada a la antigua —contesté, recordando lo que Jeanne me había dicho—. No está acostumbrada a que los *revenants* se mezclen con nosotros.

—Racista —insistió Georgia, cruzándose de brazos.

—Bueno, ¿a dónde quieres que vayamos con los chicos? —pregunté, cambiando de tema.

—Seb da un concierto dentro de una semana y media; este sábado no, el siguiente.

—Suena perfecto —dije—. Estoy segura de que Vincent podrá venir. Este fin de semana estará inerte, así que para entonces estará en plena forma.

—No puedo creer que acabes de decir eso —dijo Georgia, sacudiendo la cabeza—. Suena tan raro. —Me dio un abrazo e hizo el gesto de salir del despacho, pero se detuvo en el umbral de la puerta—. Oye, tendrías que pasarte por la galería de Papy. Allí guarda una tonelada de libros.

—¡Santo cielo, no se me había ocurrido! —exclamé. Mi frustración acababa de ser sustituida por una pequeña llama de esperanza.

—¿Quién vela por ti, muñeca? —dijo Georgia, hablando con el tono de chulería de un delincuente. Entonces, me dedicó un guiño exagerado, salió y cerró la puerta.

Capítulo 14

Al día siguiente me desperté con ganas de saltar de la cama y correr hacia la mesa del desayuno. Papy ya estaba allí, dando buena cuenta de un cruasán recién horneado y bebiéndose el café en un tazón, que es como suelen servirse las bebidas calientes del desayuno; a no ser que quieras beberte un café exprés, en cuyo caso se sirve en una tacita de tamaño ridículo.

Me hice con un tazón, eché hasta la mitad de café y terminé de llenarlo con leche caliente que Mamie dejaba en una cazuela sobre el fuego para que no se enfriara. Me senté delante de mi abuelo.

—Papy, si alguna vez necesitas que alguien se ocupe de la galería, para asistir a una reunión o cualquier cosa, yo estaría encantada de hacerlo.

Intenté decirlo de la manera más despreocupada posible, pero mi abuelo me miró con preocupación.

—¿Acaso tu asignación no te es suficiente, *ma princesse*? —preguntó. Hice una mueca, así solía llamarme mi padre. Hacía más de un año que había muerto, pero, cada vez que mi abuelo lo usaba, el corazón me daba un vuelco. Papy se dio cuenta—. Lo siento, cariño.

—No pasa nada. No me ofrezco porque me haga falta dinero, es que me parece que sería divertido. Podría llevarme allí los deberes del instituto.

Papy alzó las cejas.

—¡Caray! Tu hermana nunca sugeriría algo así. Pero, viniendo de una amante del arte como tú, no me cabe duda de que solo pretendes ayudarme —dijo, sonriendo—. De hecho, esta tarde tengo un compromiso, debo ir a la casa de un coleccionista, en la isla de San Luís, a tasar varias esculturas griegas. Tenía previsto cerrar la galería, pero si quieres ir al salir del instituto...

No hizo falta que terminara la frase.

—¡Allí estaré! —exclamé, entusiasmada.

Su sonrisa transmitía cierta confusión, pero se le notaba que le gustaba la idea.

—Te veré entonces —dijo. Se levantó y me dio unas palmaditas en el hombro. Entonces, se puso el abrigo y se dirigió hacia el piso de arriba para despedirse de Mamie, que había empezado sus labores de restauración temprano y ya estaba en el estudio que tenía en el ático.

Sonreí para mis adentros y le di un buen mordisco a mi cruasán, lo que me llenó de placer. En toda mi vida debía de haber comido centenares de cruasanes, ya que había pasado en París todos los veranos de mi infancia. Pero, aun así, cada vez que saboreaba uno experimentaba una especie de revelación pastelera. Arranqué una tira bien tostada, me la metí en la boca y la hice bajar con un trago de *café crème* humeante.

Los quince minutos que tardó Papy en contarme todo lo que necesitaba saber acerca de la galería de arte me parecieron horas. Pero, finalmente, salió por la puerta principal. Mientras lo hacía, vi como la brillante luz del sol lo envolvía mientras se despedía con su sombrero y echó a andar calle abajo.

En cuanto desapareció de mi vista, abandoné la sombra silenciosa de la galería y me metí en el despacho, con su estupenda iluminación. Los clientes debían llamar al timbre para que les abriera la puerta, así que, razoné que si me alejaba del mostrador durante un rato, no se trataría de un acto de negligencia.

No tardé demasiado en hacer un arqueo de los libros de la biblioteca de la galería. La mayoría de ellos eran catálogos de subastas o publicaciones recientes sobre la arquitectura y el arte a lo largo de la historia. Con la experiencia que había adquirido recientemente en el arte de la investigación archivística, me di cuenta de que allí no encontraría nada sobre los *revenants*.

Volví a la parte delantera de la galería un momento, para asegurarme de que no hubiera ningún cliente esperando en la puerta, y crucé la sala en dirección a la estancia en la que Papy examinaba las obras de arte. Encendí los focos de aquel diminuto pero suntuoso espacio. Eché un vistazo en busca de cualquier cosa que pudiera tener interés. Un par de volúmenes muy antiguos reposaban en una mesita, junto a un par de guantes y una lupa. Me puse los guantes y abrí uno de los libros. Se trataba de un documento histórico, contenía listas de bienes y fechas escritas al lado; parecían ser las cuentas de los tributos pagados a un señor feudal o a un rey. Pasé un par de páginas; más de lo mismo. Los otros libros tampoco contenían nada interesante.

Me levanté y me quedé pensando. A veces Papy compraba colecciones enteras, pero, puesto que él solo comerciaba con objetos, esculturas y metalistería, solía pasar los libros y los manuscritos más valiosos a sus amigos especializados en obras escritas, para que las vendieran en su nombre. Sin embargo, durante las épocas de compra en las que estaba más atareado, solía almacenar el inventario que todavía no había podido examinar, especialmente los libros y documentos que no vendería en persona. Me acerqué al armario que había en el pasillo de atrás e intenté abrirlo. Estaba cerrado con llave.

Mi abuelo siempre llevaba sus llaves consigo, pero quizá guardara un duplicado en algún lugar de la galería. Volví al mostrador de entrada, rebusqué por un par de cajones y encontré una llave pequeña pegada con cinta adhesiva por fuera de uno de ellos, casi al fondo del cajón. La arranqué con cuidado, volví al armario y suspiré con alivio al ver que la llave se deslizaba por el cerrojo con facilidad.

Dentro había cuatro cajas apiladas, con «colección marquis de campana» escrito. Papy había apuntado la fecha de la transacción a un lado de la caja; se trataba una compra reciente. Conociéndole, seguramente había colocado las piezas más importantes de la colección en la galería y había almacenado los demás artículos, a la espera de tener un momento para documentarse sobre cada uno. Saqué una de las cajas y la abrí. Había paquetitos envueltos en tela... miniaturas metálicas de figuras divinas, observé al examinar una. Volví a envolverla y la dejé tal como estaba.

La segunda caja estaba llena de bolsas cerradas herméticamente que contenían piezas de joyería antigua y piedras talladas, del tipo que se incrustaría en un anillo. Mi abuelo las llamaba *intaglios.* Levanté una y descubrí la forma de Hércules con la piel de león grabada en un jade oval. Aunque había pasado el tiempo entre los objetos de Papy desde mi más tierna infancia, sostener algo que había sido creado miles de años atrás nunca dejaba de maravillarme.

Supe lo que contenía la tercera caja incluso antes de tocarla. Se me aceleró el pulso al abrirla. El olor a papel mohoso subió como una nube y, al mirar dentro, encontré una colección de libros antiguos. O, más bien, manuscritos encuadernados a mano. Aunque los más frágiles se habían guardado en bolsas de plástico, algunos volúmenes más resistentes estaban sin empaquetar.

Libros de un coleccionista de antigüedades romanas... eso sí que prometía. Levanté el primero. Se trataba de un ejemplar antiguo, en alemán, con grabados de estatuas griegas y romanas. Lo dejé en el suelo con cuidado y pasé a un librito con cubiertas de cuero granate con motivos curvos grabados.

Tenía el tamaño de los libros de oraciones ilustrados que había visto en el Louvre, pero mucho más delgado y, al abrirlo, vi que era un manuscrito y que el texto estaba en las letras góticas propias de las copias hechas por monjes medievales. Recordé haber leído sobre los manuscritos ilustrados; algunos monjes pasaban sus vidas enteras copiando textos y decorándolos. Antes de la invención de la imprenta, la única manera de realizar varias copias de un libro era a mano.

Esta no era una obra maestra, como las que había visto tras gruesas vitrinas de cristal. Resultaba sencillo pero bonito, con hiedras doradas y formas varias decorando los márgenes. La primera página contenía una explosión de hojas y bayas y, en la parte inferior, centradas, había dos calaveras. «Amor inmortal», ponía en francés; la página siguiente mostraba una imagen de colores y pintada con inocencia que representaba a un hombre y una mujer, con ropajes medievales, que iban de la mano. Aunque los habían dibujado con sencillez, me di cuenta de que la mujer tenía cierta edad —el autor le había puesto pelo blanco—, mientras que el hombre era muy joven, casi un adolescente.

La imagen se había pintado siglos atrás, tal vez hacía un milenio. La observé con atención, fijándome en cada detalle. La mujer era mayor, tenía la espalda algo encorvada. El hombre resplandecía de juventud y salud. Habría asumido que se trataba de una anciana con su nieto si no fuera porque se les mostraba agarrados de la mano y con las cabezas ligeramente inclinadas, el uno hacia el otro, en un gesto de solidaridad y afecto.

Volví a la primera página. «*L'amour immortel*», volví a leer, y entonces vi el subtítulo escrito en letras diminutas. Apenas entendía el texto; la tinta se había aclarado con los siglos y el francés antiguo me resultaba difícil de descifrar. «Una historia... amor y tragedia... un bar... y... humana...». Se me pusieron los pelos de punta. ¿Podía aquella palabra ser «bardia»? Había espacio suficiente como para que lo fuera. ¿Y una humana?

Dios mío, había encontrado algo. La cabeza me daba vueltas y se detuvo de repente cuando sonó el timbre de la puerta. Me levanté, algo temblorosa, y me apresuré hacia la entrada. Una silueta familiar estaba tras la puerta de cristal, tan alta que llegaba hasta la parte superior de la ventana. Acercó las manos al cristal para poder ver lo que había al otro lado. Presioné el botón que había bajo el escritorio y que abría la puerta.

—¡Vincent! —exclamé, sintiéndome algo culpable—. ¿Cómo has sabido que estaba aquí?

Entró en la galería con las manos en los bolsillos y cara de diversión. Tras darme un delicado beso, me soltó y miró a su alrededor con curiosidad.

—Tengo mis métodos —dijo. Entonces, imitando la voz de Vincent Price y alzando una ceja, añadió—: Siempre sé dónde estás.

—No, en serio —insistí, riéndome.

—Bueno, verás, se trata de una nueva tecnología llamada «mensaje sms» —dijo, con cara de póker—. He recibido uno, enviado desde tu teléfono móvil durante la hora de la comida, que me comunicaba que estarías vigilando la galería de tu abuelo esta tarde —explicó. Sus labios esbozaron una leve sonrisa.

—Ah, claro —dije patéticamente, sacudiendo la cabeza. Todo este lío con las operaciones secretas de mi novio me estaba volviendo loca. Me había convertido en una paranoica.

—Bueno, ¿qué estás haciendo aquí? —preguntó—. Es la primera vez que te veo en pleno trabajo remunerado. Aunque no quiero decir que los deberes del instituto no tengan sus recompensas.

Estaba a punto de abrir la boca, contárselo todo, sacar el libro y mostrárselo con toda la emoción del mundo, cuando, de repente, dudé. No quería que lo viera, todavía. Prefería descubrir lo que significaba antes de compartirlo con él. Tal vez era mi orgullo el que me frenaba, pero quería ver la cara que pondría cuando le presentara el rompecabezas completo, además de la valiosa información que no habría podido encontrar en ningún otro sitio.

—Es que me aburría. Se me ha ocurrido que estaría bien hacer algo diferente, para variar.

—¿Te aburrías? —repitió, anonadado—. En una semana y media has ido al cine con Violette cuatro veces en total, y tú y yo hemos estado pasando el rato... bueno, no tanto rato como me hubiera gustado —dijo. Una expresión de culpabilidad apareció en su cara, pero enseguida se obligó a disimular.

—¿Qué planes tienes para esta noche? —pregunté.

—Los aburridos asuntos *revenants* de siempre —contestó, claramente incómodo. Entonces suspiró y me miró a los ojos—. Kate, ya sabes qué planes tengo.

—No exactamente —repliqué. No pude evitar que mi voz estuviera teñida de amargura.

Vincent me acercó hacia sí.

—¿Quieres que cancelemos el experimento? Solo dilo.

—No.

Sacudí la cabeza y Vincent me envolvió en sus brazos.

—Te quiero, Kate —susurró. Cerré los ojos y me recosté contra él—. Nuestros planes para mañana siguen en pie, ¿verdad? —murmuró.

Me aparté un poco y le sonreí.

—¿*Pizza* y una película en nuestro propio cine privado? ¡No me lo perdería por nada en el mundo!

—Ya, me gustan las citas con estilo. No quiero que te olvides de mí durante los tres días en los que estoy inerte.

—¡Como si tal cosa fuera posible! —dije. Le empujé hacia la puerta—. Papy volverá en unos minutos y no quiero que piense que he estado vagueando.

—Bueno, tu abuelo me adora —contestó.

—Y no es el único —dije. Abrí la puerta y fingí echarle a la calle. Una vez la cerré a sus espaldas, le mandé un beso provocador a través del cristal. Riendo, Vincent se dio la vuelta y echó a andar por la avenida, en dirección a nuestro barrio.

Corrí de nuevo hacia el despacho, guardé el librito en el bolso y, con cuidado, apilé las cajas en el armario, igual que estaban cuando las encontré. Inmediatamente tras cerrarlo, oí el cerrojo de la puerta de entrada y la voz de Papy anunciando su retorno.

—Estoy aquí detrás —anuncié, con la voz temblorosa por el pánico. Todavía sostenía la llave del armario en la mano, ¿cómo iba a devolverla a su sitio sin que se diera cuenta? Me dirigí a la galería y, con toda la naturalidad que fui capaz de mostrar, le dediqué una sonrisa encantadora y le pregunté qué tal había ido.

—Unos ejemplares fantásticos, *ma princesse* —contestó. Fue al despacho a dejar el abrigo—. Aunque hay otro anticuario interesado, así que todavía no sé si me podré hacer con ellos —continuó. Su voz me llegó algo amortiguada, ya que estaba en la otra habitación. Rauda, corté una tira de cinta adhesiva, apreté la llave contra la cara adhesiva, abrí el cajón del escritorio y lo pegué todo en el mismo sitio en el que lo había encontrado. Justo cuando cerraba el cajón, Papy apareció en la galería.

—¿Ha ocurrido algo emocionante en mi ausencia? —preguntó cuando llegó a mi lado, detrás del escritorio.

—Veamos... el presidente de Francia se ha pasado por aquí un momento. Brigitte Bardot. Ah, sí, y luego Vanessa Prados ha aparecido con Johnny Depp. Han comprado una estatua que valía un millón de euros. Ya sabes, lo normal.

Papy sacudió la cabeza, divertido, y empezó a apuntar algo en su agenda. Le di un beso de despedida e intenté no echar a correr camino a la puerta.

Capítulo 15

Cuando llegué a casa, dejé los deberes tirados sobre una silla y me senté en la cama con el librito medieval. Al principio me pareció difícil, como leer una canción trovadoresca, había muchas palabras que no entendía. Pero, gradualmente, la magia de la historia me absorbió y me sentí como si estuviera junto a los personajes: Goderic, un *revenant* de diecinueve años, y Else, la muchacha con la que se casó pocos meses antes de morir.

Fue Else la que encontró a Goderic cuando este se reanimó, el día de su funeral. Ella le ofreció comida y bebida y él alcanzó la inmortalidad. Supieron en qué se había convertido gracias a un *revenant* como Jean-Baptiste que había visto su luz.

Los enamorados se convirtieron en nómadas, debían irse cada vez que Goderic moría para evitar las sospechas de la gente del lugar. Cambiaron su historia cuando ella empezó a envejecer, diciendo ser una madre y su hijo. Tras varios años, Else enfermó. Él acudió a un *guérisseur* para que la sanara, y el curandero supo lo que era por su aura.

Goderic le suplicó al hombre que encontrara una manera de permitirle envejecer junto a su amada; un modo de resistir el impulso de sacrificarse. El curandero no poseía tales conocimientos, pero le habló de un colega que tenía grandes poderes en lo relacionado con los inmortales.

La parte que venía a continuación estaba repleta de términos que no entendí. El texto tenía un estilo peculiar, como si se tratara de una profecía, pero intenté descifrarlo palabra por palabra. Todavía hablando del poderoso curandero, el hombre le dijo a Goderic: «De su familia llegará el «descubridor del vencedor». Si alguien conoce la solución a tus problemas, será el clan del descubridor. Vive en una tierra lejana, entre los A............., y se le puede encontrar bajo el símbolo del cordel, vendiendo reliquias a los peregrinos.»

El corazón me dio un vuelco. Una de las palabras estaba tachada. Una palabra esencial. Tras la A mayúscula, una ancha línea de tinta negra ocultaba el resto de la palabra, lo que hacía imposible descubrir dónde vivía el curandero. Alguien la había censurado a propósito. «Alguien que pretendía evitar que nadie supiera de dónde era el curandero», pensé.

Me obligué a seguir leyendo, con la esperanza de que la palabra volviera a aparecer más adelante, pero no fue así. La pareja empezó a viajar hacia el norte, pero Else sucumbió a otra enfermedad por el camino y murió entre los brazos de él. Su amado quedó tan desconsolado que se dirigió a una ciudad y fue en busca de un numa que «le liberó de esta vida».

Cuando terminé eran las dos de la madrugada.

¿Era posible que hubiera algo de verdad en aquella historia? Si era cierto y había alguien que pudiera ayudarnos a Vincent y a mí a tener una vida normal, no cejaría en el empeño hasta encontrarle. Sin embargo, antes de poder buscarle, necesitaba dar con otra copia del libro, una que no hubiera sido alterada. Y sabía exactamente por dónde empezar a buscar.

Aunque solo había dormido unas pocas horas, cuando sonó el despertador me levanté de golpe. Había puesto la alarma temprano para poder ver a Mamie antes de que subiera al estudio y se concentrara en su trabajo de restauración. Sin embargo, al llegar a la cocina vi que era demasiado tarde: sus platos del desayuno ya estaban en el fregadero y el delantal blanco que se ponía para trabajar ya no estaba colgado en el gancho de al lado de la puerta.

Corté una *baguette* por la mitad y unté un montón de mantequilla sobre el pan. Con un poco de mermelada casera, hecha con los membrillos de la casa de campo de mis abuelos, me había preparado una *tartine* tradicional. Sencilla pero deliciosa. La envolví con una servilleta y me la llevé escaleras arriba.

Entrar en el estudio de mi abuela era como adentrarse en otro mundo, que olía a óleos y a aguarrás y que estaba poblado por los protagonistas de cuadros de varias épocas. Jóvenes madres aristocráticas con niños perfectamente vestidos y perritos cubiertos de lazos jugando a sus pies. Vacas de aspecto triste, rumiando en medio de un pastizal cubierto de niebla. Santos diminutos arrodillados frente a una cruz, con un Cristo crucificado del tamaño de un elefante, ensangrentado y retorcido. Uno podía encontrar cualquier cosa en el mundo de Mamie. No me sorprendía que me hubiera gustado tanto pasar mis ratos libres allí cuando era una niña.

Mi abuela estaba aplicando un líquido claro con un pincel a la superficie de una pintura, oscurecida por el tiempo, que mostraba unas ruinas romanas.

—¡Hola, Mamie! —saludé. Me acerqué por detrás de ella y me dejé caer sobre un taburete. Le di un mordisco a la *tartine* mientras la observaba trabajar.

Mi abuela terminó la pincelada con cuidado y se volvió hacia mí, sonriendo ampliamente.

—¡Caramba, qué temprano te has levantado, Katya! —exclamó. Hizo un gesto que indicaba que, si no tuviera las manos ocupadas, me daría dos besos. Sonreí. Los imprescindibles dos besos que se dan cuando ves a alguien por primera vez en un día. Nunca me acostumbraría a dejar que la gente se me acercara tanto antes de haber tenido ocasión de cepillarme los dientes.

—Ya. Tenía que terminar un par de cosas antes de ir a clase. Y estaba pensando en algo que oí el otro día, en el mercado. Quizá me lo puedas explicar. —Mamie asintió, expectante—. Una mujer estaba hablando de encontrar un *guérisseur*. Para tratar un eczema, creo. He oído hablar de los *guérisseurs*, sé que la palabra significa «curandero», pero no acabo de entender cuál es su trabajo. ¿Son como los sanadores religiosos que tenemos en los Estados Unidos?

—Oh, no —dijo ella, sacudiendo la cabeza con energía. Me chistó en modo reprobatorio. Dejó el pincel en un jarrón lleno de líquido y se limpió las manos en una toalla. Por el énfasis de su respuesta, supe que iba a contarme algo interesante. A Mamie le encantaba hablarme de tradiciones francesas que yo desconocía y, cuanto más raro era el tema, más disfrutaba ella—. *Pas du tout.* Los *guérisseurs* no tienen nada que ver con la fe, aunque hay quien afirma que sus remedios son psicosomáticos —dijo. Sonreí al verla animarse y prepararse para contar la historia—. Pero yo, personalmente, sé que no es así.

«*¡Voilà!* —pensé—. Qué propio de Mamie poseer información sobre un asunto tan complicado.»

—Pero ¿qué son, exactamente?

—Bueno, Katya, los *guérisseurs* existen desde hace siglos, desde las épocas en las que no había suficientes médicos para todo el mundo. Suelen especializarse en tratar un mal en concreto, como las verrugas, los eczemas o, incluso, los huesos rotos. El mismo don específico pasa de un miembro de la familia a otro y, una vez el don es entregado al siguiente *guérisseur*, el curandero anterior lo pierde. En cada familia de curanderos solo puede haber un *guérisseur*, y cada uno debe aceptar, conscientemente, la responsabilidad que conlleva antes de recibirlo.

»Por ese motivo no quedan demasiados. Antes era una profesión respetada. Ahora, con la medicina moderna y el aumento del escepticismo, cada vez hay menos personas que se sientan orgullosas de poseer el don de curar. Muchos de los descendientes jóvenes se niegan en rotundo a aceptar el don de sus antepasados y, cuando eso ocurre, el don desaparece sin más.

—La verdad es que suena muy interesante —admití.

—Es todavía más interesante si lo ves en persona —dijo Mamie, con los ojos brillantes.

—¿Has conocido a algún *guérisseur*?

—Pues sí. Dos veces, de hecho. La primera fue cuando estaba embarazada de tu padre. No estaba ni siquiera de tres meses y un viejo granjero que vivía cerca de nuestra casa de campo me preguntó si quería saber si tendría un niño o una niña. Resultó ser un *guérisseur* y aquél era su don. Eso y curar la adicción a la nicotina, si mal no recuerdo —explicó, dándose golpecitos con el dedo en el labio y mirando al infinito.

—¿No pensaste que quizás acertó por casualidad? —pregunté.

—Predijo el sexo de más de cien bebés y no se equivocó en ninguna ocasión. Y tu abuelo, sin ir más lejos, no tendría la cara bonita que tiene hoy en día si no hubiera sido por otro *guérisseur* —continuó.

»Una vez, cuando estaba quemando un montón de hojarasca, el viento cambió de dirección y las llamas se le echaron a la cara. Se quedó sin cejas ni flequillo. Pero un vecino le llevó corriendo junto a su madre, que hizo desaparecer la quemadura. Lo más raro es que ni siquiera le tocó, simplemente hizo como si le estuviera lavando la cara y luego estuviera tirando la quemadura a la basura, sacudiéndosela de los dedos. Y funcionó. No le quedó ni una señal. Aunque tardó un poco en volver a tener cejas.

—Caramba, es un poco más difícil discutir acerca de este ejemplo —admití.

—No hay nada sobre lo que discutir, funciona. Estos curanderos tienen un cierto tipo de poderes. No me preguntes cómo ni porqué, no tiene explicación. Pero hay muchas cosas importantes en el mundo que no la tienen.

Con la historia terminada, Mamie se dio unas palmaditas en el delantal y se acercó a mí.

—Tengo trabajo que hacer, corazón. El Museé d'Orsay necesita este cuadro antes de la semana que viene —dijo. Me acarició la barbilla con cariño—. ¿Sabes, Katya? Cada vez te pareces más a tu madre.

Viniendo de cualquier otra persona, un comentario así me habría dejado deshecha. Pero, de Mamie, era justo lo que necesitaba oír. Mi madre había sido fuerte. Lista. Una mujer decidida a hacer lo que se proponía, por muy difícil que pareciera.

Como el desafío al que me enfrentaba ahora. El parecido a mi madre me recordaba diariamente que yo podía ser tan fuerte como ella lo había sido. Y luchar por lo que más quería en esta vida era la mejor manera de mantenerla viva en mi corazón.

Capítulo 16

Aunque Vincent me había dicho que pasaría a buscarme al anochecer, cuando salí del instituto me fui directa a su casa. Me envolvió en sus brazos cuando me vio, me soltó y se pasó la mano por el pelo, preocupado.

—Tengo que ocuparme de un montón de asuntos aburridos antes de esta noche —dijo, disculpándose.

—Ya lo sé, me he traído los deberes —dije. Le di un beso rápido al pasar por su lado y me adentré en el vestíbulo. Ya había estado allí un millón de veces, pero siempre me parecía estar entrando en un palacio. Que es lo que era, básicamente. Caminamos de la mano por el largo pasillo hasta su habitación. Una vez dentro, se agachó frente a la chimenea para avivar el fuego y yo me acomodé en el sofá.

A decir verdad, me encantaba ver cómo Vincent se preparaba para el estado inerte. Me hacía sentir como si tuviera algo de control sobre la situación, como si yo también me estuviera preparando para vivir esos tres días tan extraños. No podía hacer nada para ayudar, pero al menos podía observar el proceso.

Era fácil olvidar su naturaleza al verle responder correos electrónicos y comprobar por Internet las facturas y las cuentas bancarias que manejaba para los suyos. Parecía un adolescente trabajador e industrioso; uno de aquellos curiosos ejemplares que sabe lo que

149

quiere de la vida y está haciendo todo lo posible por conseguirlo ya en la pubertad.

La ilusión se desvaneció cuando dejó una botellita de agua y una bolsa de frutos secos en la mesita de noche, junto a nuestra foto. Su gesto me recordó que aquel sería su futuro, repetir lo que acababa de hacer durante el resto de la eternidad.

Le observé mientras terminaba los preparativos para el estado inerte. Aunque Jeanne siempre se aseguraba de que hubiera una bandeja de comida y bebida esperando a cada *revenant* cuando se despertaban, Vincent sentía un terror primario a que una catástrofe evitara que los demás estuvieran allí para proporcionarle un alimento que resultaba crítico. A estas alturas, ya sabía lo importante que era: sin algún tipo de sustento, el *revenant* que acababa de despertarse moriría al poco rato. Lo que significaba que Vincent podría pasar de una muerte temporal a una permanente.

—Bueno, *mon ange*, ¿seguimos adelante con el plan original o preferirías hacer algo diferente esta noche? —me preguntó, dándome besos en la oreja mientras yo fingía leer el libro de química.

Este era el quinto mes que presenciaba el estado inerte de Vincent. La primera vez que le había visto así no había sabido lo que era, y encontrármelo aparentemente muerto me asustó tanto que casi me muero yo también. Pero, pensando en positivo, aquello me permitió descubrir qué eran los *revenants*.

En el segundo mes descubrimos que podíamos comunicarnos mientras él estaba volante. Tras aquello, habíamos caído en la rutina. Pasábamos la noche antes de su estado inerte comiendo *pizza* y viendo películas en la sala de proyecciones privada que tenía en el sótano, tras lo cual me acompañaba a casa y nos despedíamos. Al día siguiente no le iba a visitar, a Vincent no le gustaba que le viera muerto cuando no se podía comunicar conmigo. Durante los otros dos días de su estado inerte, sin embargo, era capaz de alejarse de su cuerpo inerte y hablar conmigo. En esos días, pasábamos juntos todos los momentos en los que no tenía que salir a caminar con los demás.

Al principio no quería dejarle venir a mi casa volante, pero ahora, siempre y cuando me avisara de su presencia, la idea ya no me producía escalofríos. Al contrario, me encantaba acostarme mientras él me murmuraba al oído. ¿Qué podría ser más romántico que escuchar a tu novio susurrarte palabras bonitas mientras te duermes?

Juraría que tenía sueños más agradables cuando él estaba conmigo; no me cabía duda de que Vincent pasaba la noche bisbiseándome cosas dulces. Una vez se lo comenté y me contestó que él nunca se aprovecharía así de una señorita mientras esta no estaba consciente. Cuando lo dijo, su sonrisa traviesa resultaba de todo menos convincente.

—Película y *pizza*, sin duda —dije.

Vincent asintió, con una expresión de cansancio mayor de lo habitual. Aunque no se sumía en el estado inerte hasta la noche, empezaba a sentirse débil varias horas antes. Pero este mes parecía peor que débil, tenía un aspecto terrible.

Los círculos oscuros que tenía bajo los ojos ahora parecían morados. Tenía la piel demacrada y macilenta, y parecía tan exhausto como si acabara de correr una maratón.

—Vincent, ya sé que te prometí no preguntar más detalles sobre tus experimentos, pero si el que estás llevando a cabo se supone que debe hacerte más fuerte, no parece que esté funcionando demasiado bien. La verdad es que diría que está produciendo el efecto contrario.

—Sí, ya lo sé. Todos están preocupadísimos por mi aspecto. Pero las cosas deben empeorar antes de mejorar, ya te lo dije.

—Bueno, una cosa es empeorar y otra es que se te pongan los ojos morados —dije, acariciándole con cuidado.

—En tres días volveré a estar como nuevo, así que no te preocupes —contestó. Me dio la impresión de que le costaba hacer lo mismo.

—De acuerdo —dije, encogiéndome de hombros y admitiendo la derrota. Me crucé de brazos—. Bueno, ¿qué ponen esta noche en *Le Cinéma de La Maison*?

Los conocimientos enciclopédicos de Vincent sobre el mundo del cine me habían intimidado hasta que me di cuenta de que, si yo tampoco tuviera que dormir, habría visto tantas películas como él.

—Se me había ocurrido que, ya que no las has visto, podríamos optar por *Scarface* o *El cielo sobre Berlín* —contestó.

Eché un vistazo a los DVD que me entregó.

—Bueno, como no me apetece demasiado esto de «violencia sangrienta entre cárteles de drogas en el Miami de la década de los ochenta», una película alemana acerca de ángeles de la guardia suena más apetecible.

Sonrió, cansado, y descolgó el teléfono para pedir las *pizzas*.

Miré el reloj. Aún nos quedaban algunas horas juntos antes de que me acompañara a casa. Después, tendría un día entero en el que Vincent no podría enterarse de mis actividades. Perfecto.

Capítulo 17

Salí a la calle el sábado por la mañana, lista para mi entrenamiento, y me encontré con... nadie. Entonces recordé que Vincent no podía venir a por mí, ni siquiera en forma volante. Aquel día, estaba tan muerto como cualquier cadáver.

Al llegar a La Maison, introduje el código de seguridad, entré en el patio y llamé a la puerta principal, como solía hacer cuando mi novio no me acompañaba. Gaspard abrió con cara de sorpresa y empezó a disculparse.

—Oh, Kate, querida —dijo, apartándose de la puerta y haciéndome pasar—. Se me olvidó lo de nuestra clase por completo. Tendría que haberte telefoneado para cancelarlo. Verás, Charlotte nos ha llamado esta mañana. Charles ha desaparecido.

—¿Qué quieres decir con eso? —respondí.

—Parece que esperó a que Geneviève se hubiera mudado con ellos antes de dejar a Charlotte. Han encontrado su nota esta mañana, en la que nos pedía que no nos preocupáramos por él, aunque tardaría un tiempo en volver a ponerse en contacto con nosotros. Decía que necesitaba ir a algún otro sitio a «aclararse las ideas».

Gaspard sonó algo incómodo, como siempre, cuando se trataba de cosas así.

—¿Estáis buscándole?

—¿Por dónde empezar? —contestó—. Charlotte y Geneviève, de momento, permanecerán donde están, por si Charles decide volver. Además, hemos comunicado la situación a nuestros *revenants* más cercanos, así que no me cabe duda de que la noticia llegará lejos. Quizá si alguien le ve se ponga en contacto con nosotros. —Se quedó de pie un instante, mirando al suelo, como si las baldosas pudieran darle la respuesta al enigma del paradero de Charles; entonces, sacudiéndose de encima el estupor, continuó—: En cualquier caso, me quedan algunas llamadas por hacer, así que discúlpame, por favor.

—¿Puedo hacer algo para echar una mano?

—No, no hay nada más que hacer —farfulló mientras se dirigía a la escalinata.

—Creo que me quedaré, no obstante —le dije.

—Sí, sí —contestó, distraído, mientras desaparecía por el pasillo que había en lo alto de la escalinata.

Me quedé allí plantada un rato, preguntándome a qué diablos estaría jugando Charles esta vez y pensando en lo mal que debía estar pasándolo Charlotte. Le escribiría en cuanto llegara a casa.

Eché un vistazo pasillo abajo, en dirección a la habitación de Vincent, y tuve que hacer un gran esfuerzo para contener las ganas de acercarme a verle. Aunque mi novio nunca se enteraría si lo hiciera, decidí ser buena. Por esa vez.

Fue entonces cuando se me ocurrió la idea; era la oportunidad perfecta para echar un vistazo en la biblioteca de JB. Esperé unos segundos, hasta que oí que Gaspard cerraba su puerta, subí corriendo las escaleras y me metí en la biblioteca.

Para mí, aquella sala era comparable a un paraíso literario. Nunca había estado allí sola, siempre había ido acompañada de todo el grupo para asistir a reuniones varias. Y ahora, allí estaba, toda para mí. Miles de tomos, muchos de los cuales tratarían sobre los *revenants*, cubrían las paredes. Las estanterías eran tan altas que hacían falta escalerillas para alcanzar los estantes superiores.

¿Por dónde empezar? Sabía lo que quería: el montón de libros nuevos que Vincent había mencionado; aquellos que Gaspard, en su papel de bibliotecario e investigador no oficial, todavía no había podido archivar. Estaba convencida de que si Gaspard hubiera visto *Amor inmortal*, si ya lo hubiera leído de cabo rabo, habrían investigado la opción de acudir a un *guérisseur* y Vincent me lo habría contado.

Igual que en la biblioteca de Papy, me situé en medio del laberinto de estanterías y tardé unos minutos en observar con atención el lugar. Aunque no cabía duda de que había algún tipo de orden, no sabía muy bien cuál era. Sin embargo, en los lomos de los libros se veían pequeñas etiquetas con números de referencia, igual que en una biblioteca pública. Tras echar un vistazo por la sala, encontré algo que me alentó: un gran mueble archivador de madera con docenas de cajoncitos. Gaspard mantenía un anticuado catálogo en papel. Me dieron ganas de darle un abrazo.

No constaba autor alguno en el libro de Papy, así que me salté los cajones que contenían fichas de libros catalogados por autor. Y, para mi absoluta sorpresa, ahí estaba, «*Amor inmortal*», escrito con máquina de escribir. Me quedé inmóvil mirando la ficha, no podía creer que lo hubiera encontrado con tanta facilidad. Bajo el título, Gaspard había apuntado: «Ilum. Manu. s. x, Fr.», con un número del sistema decimal de Gaspard en la esquina superior derecha. Memoricé el código y me puse manos a la obra.

Y fue... más difícil de lo que había pensado. El libro no se encontraba en la estantería que le correspondía, que estaba llena de archivadores que, presumiblemente, contenían otros manuscritos iluminados. Tampoco en las cercanas. Recorrí la sala, intentando de nuevo comprender el sistema de organización de Gaspard. Cerca de la ventana encontré un par de estantes que no estaban tan llenos de libros, a diferencia de los demás. Al acercarme a investigar, vi una pequeña placa de metal en la parte delantera del mueble, con las palabras «*à lire*» grabadas. «Pendientes de lectura.»

Acaricié los lomos de los libros con las yemas de los dedos y se me aceleró el pulso: estos libros también estaban ordenados según los códigos de las etiquetas. «Gracias a los dioses obsesivo-compulsivos», pensé, y entonces lo encontré. El número correcto, en la etiqueta de una caja de archivo. La abrí y allí estaba: encuadernado en el mismo cuero granate que la copia de Papy.

Levanté el libro con cuidado y devolví la caja a la estantería. Me lo llevé a una mesita, sobre la que reposaban varias pilas de libros, me senté y lo abrí. Allí estaban Goderic y Else, juntos de la mano en un retrato que era casi idéntico al del libro de Papy.

Acababa de empezar a pasar las páginas con delicadeza, buscando el pasaje sobre el *guérisseur*, cuando oí que se acercaba alguien y que la puerta empezaba a abrirse. Entré en pánico, me metí el libro en el bolso, eché mano de otro libro del montón que tenía delante y lo abrí.

La figura de gorrión de Violette entró en la habitación.

—¡Kate! —exclamó. Se acercó a mi mesa para darme dos besos—. ¿Qué haces aquí?

—Gaspard ha cancelado mi entrenamiento, así que he pensado que podría quedarme y leer un poco.

Violette echó un vistazo al libro que había abierto por encima de mi hombro-

—¿Consultas un libro sobre la anatomía de las sierpes? —preguntó, confundida.

Miré hacia abajo y me di cuenta de que el libro contenía la ilustración de una serpiente diseccionada, con los términos en latín que identificaban los huesos y órganos.

—Esto, sí. Me parece que la naturaleza es... ¡fascinante! —contesté. Hice una mueca internamente, acababa de sonar como la reina de los empollones.

Violette cerró el libro y se sentó delante de mí.

—Ya que Vincent está inerte. ¿Te gustaría hacer algo?

Sonreí, contenta.

—Pues he quedado para comer con Georgia, pero podríamos vernos luego e ir a una de las proyecciones de la tarde.

—Podemos echar un vistazo al *Pariscope* y telefonearnos. ¿Qué te parece... alrededor de las cuatro?

—Perfecto —contesté, levantándome. Violette no se iría a ninguna parte y yo me moría de ganas de examinar el libro. Podría haberlo leído allí, delante de ella, pero habría parecido raro que estuviera escondiendo un libro de la colección de Jean-Baptiste en el bolso. Tendría que devolverlo más adelante. Gaspard tenía tantos tomos en la estantería «pendiente de lectura» que seguro que no se daría cuenta.

—¿Has aprendido todo lo que deseabas acerca de las sierpes? —preguntó Violette, en broma.

—Uf, sí —dije patéticamente mientras me dirigía a la puerta—. Nos vemos luego, ¿de acuerdo? Te mandaré un mensaje de texto con las películas que más me apetezca ver.

Violette sonrió y se despidió con la mano mientras se dirigía al fichero.

Cerré la puerta a mis espaldas con el corazón palpitándome a mil por hora y me invadió un profundo sentimiento de culpa. ¿Qué diablos estaba haciendo? Estaba segura de que a Gaspard y a JB les daría igual que usara su biblioteca, pero ¿llevarme un libro antiguo y valioso conmigo? Imaginaba que aquello no les alegraría demasiado. «Lo devolveré mañana mismo», pensé y salí de la casa de los muertos para regresar al mundo de los vivos.

Capítulo 18

Me senté en mi habitación, contemplando los dos libros antiguos que reposaban sobre mi cama, uno al lado del otro. La palabra tachada en el libro de Papy era fácil de leer en la copia de Jean-Baptiste: «*audoniens*». Sin embargo, la parte acerca del «símbolo del cordel» había sido censurada con tanto ahínco en la versión que había «robado» de *La Maison*, que resultaba imposible de descifrar. Hacían falta los dos libros para juntar las piezas del rompecabezas: el *guérisseur* vivía entre los *audoniens* y se le podía encontrar bajo el símbolo del cordel.

«Qué raro», pensé. Alguien había querido que fuera difícil encontrar al *guérisseur*, pero no imposible. Bueno, si se habían tomado tantas molestias para proteger la identidad del curandero, aquello debía de ser algo más que un cuento de hadas. Solo quedaba por descubrir si los descendientes del curandero seguían en el mismo sitio mil doscientos años más tarde.

En resumen, estaba buscando una tierra lejana —o, al menos, lejana desde el punto de vista de Goderic, aunque no sabía dónde había vivido él— y a unas gentes llamadas *audoniens*. Cuando les encontrara, tenía que averiguar de qué se trataba aquello del símbolo del cordel. «Vendiendo reliquias a los peregrinos», decía el libro, así que el lugar debía de estar cerca de una iglesia.

Miré el reloj. Había quedado con Georgia para comer en media hora, en un restaurante en *Marais* que se encontraba a treinta minutos de casa. Pero Georgia siempre llegaba tarde.

Saqué el ordenador portátil del cajón de escritorio, introduje «*audoniens*» en el buscador de Google... y casi me caí de la silla cuando vi lo que aparecía en la pantalla. «*Audoniens*» era el gentilicio que designaba a las personas que vivían en Saint-Ouen. Saint-Ouen... como el barrio del norte de París. Obviamente, en la época medieval debía de haber sido un municipio independiente. La ciudad, al crecer, había absorbido los pueblecitos que la rodeaban y los había incorporado a la metrópolis. Así que el curandero no dijo «París» ni «parisinos» porque se estaba refiriendo al pueblo de Saint-Ouen, entonces separado de la capital.

Estaba tan cerca que, de ser necesario, podría ir cada día hasta que encontrara lo que estaba buscando. O hasta que descubriera que lo que buscaba ya no existía. Tentando la suerte, busqué «símbolo del cordel», lo que me proporcionó algunas tesis sobre la *Biblia* como resultado. Cuando introduje el término de la búsqueda en inglés tampoco obtuve resultados relevantes. Cerré el portátil, lo devolví a su cajón y deposité el libro de JB en un cajón aparte, con cuidado.

Me puse el abrigo y salí del apartamento a paso rápido, con la copia del libro de Papy en el bolso. Ya tenía lo que me hacía falta, al menos podría devolver el libro aquel mismo día. Con un poco de suerte, todavía no habría tenido tiempo de examinar el armario del inventario y no se daría cuenta de que me lo había llevado. Aunque dudo que le importara que me hubiera llevado algo de la galería, mi abuelo siempre había sido demasiado generoso con Georgia y conmigo. Pero no quería dirigir su atención al hecho de que había tomado prestado un libro sobre *revenants*; el año pasado ya se me había escapado la palabra «numa», si le añadía esto, Papy empezaría a sospechar.

Fui en metro hasta Marais y paseé por la callejuela conocida como rue des Rosiers, infame por ser el lugar en el que se reunía a los judíos durante la Segunda Guerra Mundial para llevarlos a los campos de concentración. Una tienda de comida judía todavía lucía un agujero de bala en la ventana: los dueños lo habían dejado allí como testimonio de los momentos más oscuros de la historia del vecindario.

Al llegar al final de la calle vi los tres famosos restaurantes de *falafel*, uno al lado del otro. Me dirigí al que tenía la fachada verde y me encontré con que Georgia ya estaba dentro, sentada. Había llegado puntual. Debía de ser un récord personal.

Mi hermana y yo nos informamos de las novedades de los últimos días mientras disfrutábamos de bocaditos de *falafel* untados con salsa *tahini*.

—¿Hace falta que tu novio se muera para que salgas conmigo? —me chinchó Georgia.

—No está muerto, está inerte. Y eres tú la que está siempre demasiado ocupada como para verme.

—Ya, bueno, ser la novia de una estrella del rock ocupa la mayor parte de mi tiempo libre —dijo. Fingió apartarse la melena con una sacudida de cabeza, aunque tenía el pelo demasiado corto para hacerlo de verdad, y le dio un buen mordisco al pan de pita.

—¿Estrella del rock? —contesté— ¿Cuándo le han ascendido de su puesto de aspirante?

—Ja, ja —dijo mi hermana, seria—. Ya lo verás el sábado que viene. Porque vas a venir, sí o sí. Así que cuéntame, ¿cómo va la caza de la cura milagrosa para Vincent?

—Pues he encontrado algo —confesé, inclinándome hacia delante y apretándole la muñeca, emocionada.

—¡Qué dices! ¿Qué has encontrado? —preguntó ella, con los ojos muy abiertos.

Me limpié las manos concienzudamente y, usando una servilleta de papel para no tocarlo con los dedos, saqué el libro de Papy del bolso. Lo abrí por la primera página para mostrarle el retrato, que Georgia estudió durante un minuto.

—Bueno, me alegra saber que la noble tradición de las asaltacunas se remonta a tantos siglos de historia.

—¡Georgia!

—Lo siento, no he podido contenerme. ¿Y bien? ¿Qué es?

Volví a guardar el libro en el bolso y le conté la historia completa.

—¡Caray! ¿Has birlado un libro de la biblioteca de Jean-Baptiste?

—Lo he tomado prestado por un día. No sé por qué no se lo enseñé a Violette.

Georgia alzó una ceja, dejando claro que su opinión acerca de la *revenant* no había cambiado.

—En cualquier caso, ahora tengo esta información tan extraña y voy a dedicarme a indagar por Saint-Ouen, en busca de un curandero anónimo cuya familia podría haberse extinguido siglos atrás.

—Indagar. Muy Nancy Drew —dijo mi hermana, sonriendo—. Tendré que comprarte una falda de tubo y una lupa de tamaño cómico —añadió. Cambió la cara por una de seriedad total—. ¿Cómo puedo ayudarte?

—Pues, para empezar, puedes ayudarme a devolver el libro a Papy, distraerle mientras yo lo reintegro a su sitio. Más allá de esto, y teniendo en cuenta que no sé ni por dónde empezar, creo que es mejor que indague yo sola.

—Hecho. Pero avísame si quieres que vaya contigo.

Le sonreí, agradecida.

—Ah, y no menciones nada de esto delante de Vincent. No quiero que se entere de lo que me traigo entre manos hasta que tenga algo que mostrarle. Ha estado, digamos... haciendo sus propias indagaciones por su cuenta.

Quería parecer despreocupada, pero la voz me tembló y me delaté. Los ojos de mi hermana se llenaron de compasión.

—Oh, Kitty Cat, ¿qué ha ocurrido?

—Es algo que está tanteando para que nuestra relación resulte más fácil, una especie de experimento. Pero no quiere contarme de qué se trata porque le da miedo que me escandalice. Sea lo que sea, no le está haciendo ningún favor, siempre se le ve exhausto, como si le hubieran dado una paliza. Me da miedo que sea algo peligroso.

—Oh, hermanita —dijo Georgia. Se inclinó hacia mí y me envolvió en sus brazos. Me apretó con cariño antes de volver a erguirse y pensar en lo que había dicho.

—Bueno, para empezar, espero que tus sospechas sean infundadas y que Vincent no esté haciendo ninguna estupidez. Pero, por otro lado, creo que haces lo correcto al abrir tu propia investigación, Kitty Cat —dijo, acariciándome el brazo para calmarme—. Siempre has sido la más lista de la familia. Si crees que puedes resolver esto, no me cabe duda de que lo lograrás. Y, entonces, cuando aparezcas con la solución a todos sus problemas inmortales, ese muchacho muerto se quedará de piedra.

Le sonreí, algo más tranquila. Nada como una charla entre hermanas para sentirse mejor.

Georgia y yo llevamos a cabo la operación «devolver el libro a Papy» a la perfección; el abuelo se sorprendió tanto de ver a mi hermana en la galería y mostrando interés por las antigüedades que no me costó nada escabullirme, hacerme con la llave y meterme en su despacho. Fue un alivio ver que las cajas seguían donde las había dejado, Papy nunca sabría que me había llevado el libro.

Al salir de la galería, Georgia y yo paseamos por la rue de Seine, pasando por delante de las galerías de arte minimalistas y las abarrotadas tiendas de antigüedades. Pasé la mirada por La Palette, la cafetería en la que había visto a Vincent y Geneviève el otoño anterior. La terraza estaba climatizada por estufas de gas altas que parecían árboles, no quedaba ni una sola mesa vacía.

Me fijé en un muchacho rubio que estaba sentado en la terraza, hablando con el hombre que tenía al lado. Sobre la mesa reposaban varias libretas abiertas: al joven lo habían interrumpido mientras escribía. Al acercarnos me di cuenta de que se trataba de Arthur.

Georgia se percató a la vez que yo.

—Oye, ¿no es ese uno de los amigos de Vincent? —preguntó.

El aludido se volvió hacia nosotras e hizo una mueca al darse cuenta de quiénes éramos.

—¡*Bonjour*! Hola —saludó, tras dudar un segundo.

—Perfecto. Muchas gracias, Georgia, parece súper feliz de vernos —masculé mientras cruzábamos la calle y nos deteníamos delante de su mesa.

El tipo que estaba hablando con él era un hombre mayor y atractivo, tal vez de la edad de Gaspard. Su aspecto me resultaba familiar, pero no sabía dónde le había visto antes. Y había algo raro en él, algo que no parecía correcto pero que no conseguía identificar. Cuando vio que Georgia y yo nos acercábamos, se metió el periódico bajo el brazo y se alejó de la terraza a toda prisa.

—Otro simpático conocido de los abueletes —le susurré a Georgia. Entonces seguí hablando en voz alta—: Hola, Arthur.

Arthur se levantó con mucha educación para saludarnos.

—Hola, Kate. Y Georgia, si no me equivoco.

—No te equivocas en absoluto —contestó mi hermana en tono coqueto.

—Bueno, ¿os gustaría tomar un café? —preguntó, haciendo un gesto hacia la mesa.

—Claro que... —empezó mi hermana.

—No —interrumpí—. Pero muchas gracias. Tenemos cosas que hacer. De hecho, he quedado con Violette dentro de un rato.

—Ah, sí, para ver una de vuestras películas. Bueno, está calle arriba, haciendo algunas compras —contestó, indicando la dirección con un gesto de cabeza. Entonces se quedó mirándome en silencio, con una cara de casi arrepentimiento.

Le devolví la mirada, desafiándole a decir algo. Si quería que le perdonara, no se lo pensaba poner fácil.

—Ya nos veremos —dije tras el silencio incómodo. Tiré del brazo de mi hermana y me la llevé a rastras.

En cuanto nos alejamos un poco, Georgia se volvió hacia mí.

—¿Qué mosca te ha picado? —preguntó—. Solo pretendía ser amable.

—También lo pretendía él cuando hizo que me echaran de una reunión por ser humana.

Mi hermana inhaló bruscamente.

—¡Hijo de...!

—Pues sí —confirmé.

—Así que los dos miembros de la pareja son unos racistas —meditó—. Pero la diferencia se halla en que este es guapo. Kitty Cat, ¿no te recuerda a...?

—Kurt Cobain.

—¡Del todo!

Apenas habíamos perdido la cafetería de vista cuando vimos a Violette a doscientos metros, examinando el escaparate de una tienda. Cuando se percató de que nos acercábamos, sonrió ampliamente y saludó con la mano.

—¡Hola, Kate! ¡Hola...! —Entonces vio con quién había venido acompañado.

—Ah, fantástico. La muñeca diabólica en persona —se quejó Georgia—. Yo me largo —exclamó en voz alta, para que la oyera, y se desvió por otra calle.

La *revenant* hizo como si no hubiera visto nada.

—Estaba a punto de telefonearte por lo de la película.

—Sí, yo también —contesté—. Pero Arthur nos ha dicho dónde encontrarte. No íbamos a vernos hasta dentro de una hora y pico, pero, si te apetece, podríamos ir ya al cine.

—De acuerdo —dijo Violette—. Mi único plan consistía en sentarme en La Palette con Arthur «el Amargo» y esperarte.

—¿Amargo? —pregunté, sorprendida. Era la segunda vez que la oía decir algo poco halagador de su compañero. Desde luego, no sería yo quien lo discutiera.

—Oh, Arthur puede llegar a ser de un tedioso insoportable. Llevo siglos a su lado, pero a veces me agota —dijo.

165

Me sonrió con complicidad. Riéndonos, la tomé del brazo y paseamos hasta el cine más cercano.

—Ha sido una experiencia muy, muy rara —masculló Violette, tomando sorbos de café.

—Te lo advertí —dije, removiendo mi taza de chocolate caliente para que se mezclara la nata.

—Pero pensaba que estaría relacionada con... bueno, con Brasil. Ese era el título. Si la hubieran denominado «*Universo alternativo de lo más extraño*» no la habría elegido.

Sonreí, acordándome del asco y la confusión que había visto en la cara de mi acompañante durante la escena de la cirugía. Todavía no estaba preparada para los efectos especiales. En el futuro, me limitaría a llevarla a ver películas más antiguas y clásicas.

—Bien, ¿qué tal con Vincent? ¿Te ha revelado ya sus planes?

—No —contesté, sintiendo como se desvanecía mi sonrisa—. Y estoy empezando a preocuparme. ¿Has notado lo demacrado que está últimamente? Sea lo que sea a lo que se está dedicando, es obvio que le está destrozando.

Violette asintió.

—Puede que se trate de algo que requiera de empeoramiento antes de mejorar.

—¡Eso es justo lo que él dice! —exclamé. Tomé un sorbo de chocolate y sacudí la cabeza, frustrada— ¿Sabes, Violette? He empezado a buscar otra solución por cuenta propia.

Mi amiga alzó las cejas.

—¿De verdad? ¿Cómo qué?

—Buscaré lo mismo que él; algo que evite que tenga que sacrificar la vida una y otra vez.

—¿Tanto te afecta verle morir?

Asentí.

—No reaccioné demasiado bien a la muerte de Charles el año pasado, y él no es mi novio.

—Supongo que esa es la reacción humana natural. En especial para alguien que se ha visto afectada por la muerte recientemente —dijo. Me acarició la mano con cariño—. Bueno, ¿Qué tienes pensado?

—No lo sé. De momento solo estoy documentándome.

—Ah, ¡así que eso es lo que hacías esta mañana en la biblioteca! Sonreí con algo de culpabilidad.

—La verdad es que encontré algo en otro sitio... en la galería de mi abuelo. Un libro sobre un *revenant* y una humana enamorados. Habla sobre un *guérisseur* que podría tener la solución.

—Suena fascinante. ¡Me encantaría leerlo! —contestó.

—Pues justo ahora acabo de devolverlo a la galería de mi abuelo —dije. No mencioné que tenía la copia de Gaspard en un cajón.

—Oh, es una lástima —dijo Violette—. ¿Cómo es?

—Bueno, es un precioso manuscrito iluminado, se titula *Amor inmortal*, y la historia trata sobre una pareja: el hombre es un *revenant* y la mujer humana. Van a consultar a un *guérisseur* que quizá pueda ayudarles, pero entonces ella muere y el marido parte en busca de un numa para que le destruya.

—He oído hablar de esta historia —dijo, pensativa—. No la he leído, pero he tenido entre manos textos que hacían referencia a manuscrito. —Dudó un momento—. No quiero desanimarte, pero debo advertírtelo, Kate: esas leyendas antiguas no suelen ser más que eso, leyendas antiguas. Puede que hubiera algo de verdad en su momento, pero no ofrecen información fiable que pueda serte de ayuda hoy en día.

—Lo más seguro es que tengas razón —contesté. No quería seguir hablando del tema. Cuando devolviera el libro podría enseñárselo y pedirle su opinión. Hasta entonces, prefería dejar que Violette se olvidara del asunto. Lo último que quería era que fuera a husmear por la biblioteca de Jean-Baptiste y diera con una caja vacía.

Capítulo 19

No la noté hasta que me metí en la cama aquella noche. La soledad. Para mí, ese era el peor día del mes, el día en que Vincent no existía. A pocas calles de distancia, su cuerpo yacía helado sobre su cama.

No me hacía falta verle a cada momento, pero cuando sabía que no podía hablar con él, que no había manera humana de contactar, me entristecía.

No hacía ni un año que le conocía, pero sentía que en Vincent había encontrado mi alma gemela. Me completaba. Con eso no quiero decir que yo sola sea una persona incompleta, pero él parecía complementar perfectamente mi manera de ser.

Recosté la cabeza contra la almohada y cerré los ojos. Un cuadro me vino a la mente: una de mis obras favoritas de Cézanne. Se trataba de un lienzo pequeño y sencillo que representaba dos melocotones perfectos. Las frutas están pintadas con pinceladas imprecisas en tonos de naranja, amarillo y rojo; sus colores vívidos se combinan de tal manera que dan ganas de arrancar uno del cuadro e hincarle el diente para saborear lo jugoso que debe de estar de primera mano.

Pero hay algo más en el cuadro, algo que no ves hasta que no permites que los ojos se alejen de los colores cálidos. Los melocotones reposan en un plato de color blanco hueso y tienen una suave tela azul arrugada detrás. Si Cézanne hubiera pintado los melocotones sobre un lienzo blanco, con sus colores ardientes contra el blanco puro, la imagen no resultaría creíble. Pero el fondo pintado con delicadeza los hacía cobrar vida.

Eso era lo que Vincent representaba para mí. Me daba contexto. Yo sola era una persona completa, pero, a su lado, era algo más, me perfeccionaba.

Pero, por ahora, estaba sola. Me concentré en lo que tenía planeado hacer al día siguiente y, poco a poco, me dormí.

«Buenos días, *ma belle*», dijo una voz cuando abrí los ojos. Eché un vistazo al despertador; eran las ocho de la mañana.

Me di la vuelta y volví a cerrar los ojos.

—Mmm —murmuré, feliz—. Buenos días, Vincent. ¿Cuánto tiempo llevas flotando por mi habitación? —pregunté. Hablar en voz alta era la única manera que tenía de comunicarme con él, puesto que entre los poderes de los *revenants* no se contaba el de leer los pensamientos ajenos.

«Desde que me he despertado. Supongo que un poco pasada la media noche.»

Las palabras cruzaban mi mente como una brisa, saltándose mis oídos y viajando directamente a mi cerebro. Al principio solo entendía algunas, pero ahora, tras meses de práctica, podía entenderlas casi todas.

—¿He roncado? —murmuré.

«Tú no roncas nunca. Eres perfecta.»

—¡Ja! —dije—. Te aseguro que me alegro de que no tengas sentido del olfato cuando estás volante. Así no tengo que salir corriendo a cepillarme los dientes antes de que podamos hablar.

Aunque no le veía, imaginé que sonreía.

—Te echo de menos —continué—. Ojalá estuviera en tu casa ahora mismo, tumbada en tu cama y haciéndote compañía.

«¿Haciéndole compañía a mi cadáver frío y duro? —en mi cabeza, su voz sonaba divertida— ¿Cuando podrías estar charlando conmigo? Lo sabía... —Las palabras siguientes tardaron algunos segundos en llegar—. Te gusta más mi cuerpo que mi mente.»

—Me gustan las dos cosas —repliqué, obstinada—. Pero debo añadir que el contacto físico es algo esencial en una relación. No me apetecería salir con un fantasma, por ejemplo.

«Nada de fantasmas, de acuerdo, ¿pero los *revenants* son material de relación seria?»

—Solo uno —dije. Tenía tantas ganas de abrazarle que casi me dolían los brazos, así que hice lo propio con un cojín. Una flor de deseo empezó a brotar en mi interior cuando le imaginé tumbado a mi lado—. Te deseo —murmuré, sin saber si podría oír las palabras que había pronunciado contra la almohada.

«Deseo... —no hubo ruido en el espacio aéreo de mi mente durante un minuto entero, y entonces volví a oírle—. El deseo es algo curioso. Cuando estoy contigo físicamente, siempre estoy a la defensiva. En contra de mí mismo. No hace demasiado tiempo que nos conocemos y quiero que estés segura antes de que... lleguemos más lejos.»

—Sé lo que quiero —dije.

Vincent no hizo caso de mi comentario y continuó.

«Pero aquí, cuando tocarte no es ni siquiera una posibilidad... bueno, quiero poseerte con tantas ganas que me moriría.»

Me incorporé, sorprendida, y miré alrededor de la habitación, intentando determinar exactamente dónde estaba.

—Nunca me habías dicho eso.

«Intentar resistirme a ti es como intentar resistir la muerte. Se hace más difícil con el tiempo.»

Me quedé sentada un minuto entero, anonadada por sus palabras. Todos mis sentidos estaban en alerta máxima: sentía un cosquilleo en los dedos; el aroma de las flores que Mamie había dejado en mi mesilla de noche me resultaba, de repente, demasiado fuerte.

—Dijiste que, para ti, morir era como una droga —dije al fin.

«Y, aun así, te elijo a ti. Imagino que, llegado el momento, la experiencia será cientos de veces mejor que cualquiera de estas breves satisfacciones sobrenaturales.»

—¿Cuándo llegará el momento? —pregunté, dudando.

«¿Cuándo quieres que llegue?»

—Ahora.

«Una respuesta fácil, ya que no es posible.» Casi podía oír su sonrisa descarada.

—Pues pronto —respondí.

«¿Estás segura?». Las palabras revolotearon por mi mente como pajarillos.

—Sí. Estoy segura —contesté. Mi cuerpo entero parecía vibrar, pero me sentía extrañamente calmada ante mi decisión. No era la primera vez que pensaba en ello. Para mí, el sexo es algo que haces con una persona con la que planeas quedarte. Y no tenía duda alguna de que quería quedarme con Vincent. La intimidad física sería, lógicamente, el siguiente paso.

Me quedé en la cama una hora más, charlando con él. Dejé el teléfono junto a la almohada, por si Mamie entraba sin llamar. Nunca hacía tal cosa, pero, si alguna vez llegaba a ocurrir, podría justificar por qué estaba hablándole al aire.

Vincent tenía que ir a patrullar la ciudad todo el día junto con Jules y Ambrose, así que, cuando terminamos la conversación y se marchó, me levanté, desayuné y salí a la calle. La noche anterior había estado investigando y había descubierto que el obispo Saint-Ouen, cuyo nombre habían dado al pueblo, había muerto en la casa de campo del rey Dagoberto en el año 686, la Villa Clippiacum. Los creyentes peregrinaban hasta ese lugar y el pueblo había crecido en torno al culto a Saint-Ouen.

La casa de campo ya no existía, pero encontré una página web que afirmaba que el edificio podría haber estado situado donde ahora se levantaba una iglesia del siglo XII. Decidí empezar la búsqueda por el área inmediatamente adyacente al templo y, desde allí, ir haciendo círculos, alejándome del edificio, hasta que encontrara algo.

Tomé el metro hasta la parada de Mairie de Saint-Ouen, que quedaba en el margen norte de la zona metropolitana de París —a las doce en punto del mapa—, y me dirigí hacia la iglesia con la ayuda del mapa del barrio que había en la estación.

En el paseo de quince minutos, los edificios pasaron de ser estructuras modernas de cristal y pizarra a torres de apartamentos decrépitas de ladrillo visto con antenas de satélite en cada ventana. Cuando, al fin, llegué a la iglesia, me sorprendió ver que el chato edificio de piedra se encontraba escondido entre varios bloques de pisos de aspecto dudoso. Al ver a una pandilla de muchachos, que me parecieron algo ariscos, apoyados en una barandilla, me dirigí sin pensar a la puerta principal de la iglesia y le di un tirón, momento en el que descubrí que estaba cerrada a cal y canto.

Retrocedí para verla mejor. La fachada de piedra no parecía muy antigua, pero el grabado sobre el dintel era medieval y mostraba un ángel entregándole un cáliz a una reina. A la derecha de la iglesia había un patio adoquinado con varios rosales tras una valla metálica cerrada con candado. En la valla, alguien había colgado un papel con los horarios de las misas, y en la parte superior del cartel ponía «Église Saint-Ouen le Vieux». Estaba en el lugar correcto.

La iglesia se alzaba en lo alto de una colina y desde allí se veía una zona industrial a orillas del Sena. No me costaba imaginar por qué habían elegido aquel lugar, con esas vistas tan buenas y acceso fácil por mar, para construir la casa real en el siglo VII. «Si los peregrinos venían hasta aquí, el vendedor de reliquias no puede andar lejos», pensé.

Miré a mi alrededor en busca de una tienda de artículos religiosos o alguno de esos pequeños comercios que suelen verse junto a las iglesias, llenos de retratos del Papa y postales con imágenes de santos. Pero los únicos edificios que había en la manzana de la iglesia eran apartamentos y una residencia para ancianos. Empecé a alejarme de la iglesia, trazando círculos en zigzag para no perderme nada. No había tiendas de artículos religiosos, ni símbolos de cordeles o sogas.

Incluso eché un vistazo a los bares que había por la zona. Los nombres de los locales no se parecían ni remotamente a lo que estaba buscando, pero ¿qué esperaba? ¿Un *pub* llamado «El cordel y la reliquia»? ¿«El curandero y la cuerda»? No es que esperara ver un cartel en el que se leyera «símbolo del cordel», escrito con todas las letras, pero no hallé nada interesante en un círculo de seis manzanas.

Frustrada, volví a la iglesia y me senté en los escalones; no hice caso de los comentarios de la pandilla y me concentré en trazar un plan B. Un grupo de tres hombres se acercó a un edificio cercano, llamaron a una puerta cerrada y nos miraron a la pandilla de muchachos y a mí con desconfianza mientras esperaban, nerviosos, a alguien que les abriera. «Yo me largo de aquí», pensé, presintiendo que estaba en un sitio peligroso. Cuando me levanté para irme, un hombre con alzacuellos de sacerdote salió del patio vallado. Fui tras él.

—Disculpe —dije. El hombre sonrió pacientemente y aguardó a que continuara—. ¿Hay alguna tienda por aquí cerca que venda reliquias u objetos religiosos?

El hombre sacudió la cabeza y se encogió de hombros.

—Cuando la iglesia está abierta, tras la misa, vendemos velas y postales. Pero no sé de ninguna tienda de por aquí que venda lo que estás buscando.

Le di las gracias y, desanimada, me dispuse a irme.

—Aunque siempre podrías echar un vistazo en el mercadillo —dijo a mis espaldas.

El mercadillo más famoso de París, *le marché aux puces*. Estaba a menos de media hora de allí. Mil años atrás no existía, obviamente, pero debía haber habido algo allí. Algo podría haberse quedado. O algo podría haberse trasladado. Aquel mercadillo era el lugar por excelencia donde se podía encontrar cualquier cosa. ¿Por qué no?

Ya eran las doce pasadas, así que compré un bocadillo en una tiendecita y me lo comí mientras paseaba, aunque sabía de sobra que comer por la calle en París se consideraba de muy mala educación. Mientras masticaba, los transeúntes que se cruzaban conmigo me deseaban un *bon appétit*, que era su manera irónica de decir «tendrías que sentarte para disfrutar de la comida».

Cuando llegué al margen del enorme mercadillo empezaron a aparecer vendedores con mesas plegables cargadas de trastos inútiles, sin siquiera el encanto habitual de los cachivaches que suelen venderse en este tipo de sitios, ofreciendo de todo: desde orinales de plástico viejos que daban asco hasta piezas de motor. Cuanto más me acercaba al centro del mercado, más mejoraba la calidad de los productos, hasta que empecé a ver puestos y tiendecitas de verdad, abarrotadas con todo tipo de objetos: desde máscaras africanas a lámparas de lava de la década de los setenta e incluso arañas de cristal. El aroma a incienso y a cera de muebles se fundía con el fuerte olor a cebollas salteadas que emanaba de los numerosos puestos de comida que se encontraban diseminados por todo el mercado.

Iba leyendo y tratando de recordar los nombres de las tiendas al pasar, buscando cualquier cosa que se pareciera a un cordel. «Quizá un taller en el que se fabricaran cuerdas antaño», pensé. Pero no había nada parecido colgado encima de las tiendas de antigüedades que veía. Al final, me detuve y le pregunté a uno de los vendedores si sabía de algún local que estuviera relacionado con los cordeles. El hombre se frotó la barbilla y sacudió la cabeza.

—*Non*.

—Bueno, ¿hay alguien en el mercado que se especialice en objetos religiosos? Como reliquias y cosas así —pregunté.

Se quedó pensando un momento.

—Si caminas en aquella dirección, hay un local que los vende, pero no forma parte del mercado. Es más bien una tienda normal, con horarios comerciales. Los domingos no abren, pero puedes echarle un vistazo.

Me explicó detalladamente como encontrar la tienda, aunque solo me encontraba a un par de calles de allí. Le di las gracias con una sonrisa y me encaminé hacia dónde el hombre señalaba.

Era un local diminuto que hacía esquina, flanqueado por una tienda de muñecas antiguas y una *boutique* de ropa *vintage*. La fachada era de color verde botella, y los escaparates estaban llenos de estantes abarrotados de imágenes religiosas de todos los materiales imaginables: madera, mármol, metal... incluso hueso. Había crucifijos de mil tamaños y botellitas de agua bendita «de la fuente sagrada de Lourdes», según rezaba en las etiquetas. Tras los estantes, el resto del local estaba a oscuras. Como el hombre del mercado había supuesto, no abrían los domingos.

Retrocedí para echarle un buen vistazo al edificio y advertí un rótulo de madera, antiguo y gastado, que colgaba sobre la puerta. Mostraba un cuervo, reposando sobre las palabras «*Le Corbeau*». Una bombilla intentaba encenderse en mi cerebro, pero no acababa de darle al interruptor.

Volví a leerlo y retrocedí mentalmente hasta el pasaje de *Amor inmortal*, con sus letras medievales, tan difíciles de leer. Entonces, de repente, lo comprendí y el corazón empezó a palpitarme a toda velocidad. «*Le corbeau*», el cuervo. No «*le cordeau*», el cordel. Había leído mal las letras góticas y había estado buscando el símbolo equivocado todo este tiempo.

¿Sería este el lugar que estaba buscando? Vendía reliquias... bajo el símbolo del cuervo... entre los *audoniens*. Pero este edificio no podía tener más que un par de siglos de antigüedad, como mucho.

No sabía qué pensar, pero no podía hacer nada más, la tienda estaba cerrada. En la puerta no se indicaba ni un teléfono ni un horario de apertura. Ni siquiera había un número sobre la puerta.

Miré el número de la tienda de muñecas y el del edificio que se encontraba al otro lado de la calle, apunté el nombre de la calle y, con esa información, supuse la dirección de la tienda de reliquias.

Una mujer salió de la *boutique* de ropa *vintage* y encendió un cigarrillo. Me miró.

—Volverá el martes —me dijo—. Abren de martes a viernes.

—¡Muchas gracias! —contesté.

Bueno, me quedaban dos días de espera por delante. Y solo una hora o dos hasta que Vincent fuera liberado de sus tareas. «Espero que no le importe pasar la tarde en mi habitación», pensé. Tras el fin de semana ajetreado que había tenido, no me quedaba más remedio que pasarme la tarde haciendo las tareas del instituto.

Capítulo 20

El martes por la mañana, mi teléfono móvil y la alarma del despertador empezaron a sonar en el mismo instante. Miré la pantalla y, al ver quién llamaba, contesté.

—Bueno, señor Puntualidad, ¿cómo te encuentras? —pregunté.

—Vivo. Otra vez. He esperado una hora antes de llamarte, no quería despabilarte antes de que sonara el despertador —dijo. Su voz era como un vaso de agua fresca para mi alma sedienta de afecto. Sonreí.

—No tengo tiempo de ir a verte antes de clase, y seguramente estés demasiado débil para moverte. De hecho, ¿te encuentras mejor?

—Sí. Todavía no me he levantado de la cama, pero me he mirado en un espejo y vuelvo a tener el aspecto de siempre.

—Es un alivio.

—Ya lo sé, pero eso no significa que pueda parar ahora. Solo cuatro semanas más, Kate. Te llamaba porque... esta noche no podré verte —dijo. Me dio un vuelco el estómago. Después de habernos sincerado el domingo, me moría de ganas de verle. Quería asegurarme que la conversación no había sido un sueño.

—¿No puedes dejar los experimentos para mañana?

—Lo siento, Kate. Es vital que me encargue de esto en cuanto sea capaz de moverme.

Empezaba a perder la paciencia con ese proyecto secreto suyo.

—¿Qué quieres que te diga? —le espeté. Entonces suspiré—. Por favor, ve con cuidado, sea lo que sea que estés haciendo.

—Gracias por entenderlo —contestó Vincent. Era como si se estuviera disculpando.

—Es que no lo entiendo, Vincent.

—Pronto lo harás. Todo saldrá bien, te lo juro.

«Oh, sí, saldrá bien. Porque encontraré otra manera de lograrlo.»

Seguí todo el día de mal humor y, en cuanto terminaron las clases, salí corriendo hacia el mercadillo. Tardé una hora larga en llegar, entre el autobús y los dos cambios de línea de metro, pero finalmente allí me encontraba, de pie delante de la tiendecita verde, que estaba... cerrada.

La había buscado en Internet, donde no encontré referencias a ninguna cuyo nombre fuera Le Corbeau. Había probado incluso con los mapas de Google, rebuscando por las listas de comercios de la zona. La fachada aparecía en Google Street View, pero no había mención alguna de la tienda. No salió en los resultados de las *Páginas Amarillas* cuando hice una búsqueda de tiendas de objetos religiosos. En Internet, no había ni rastro de Le Corbeau.

Me hubiera gustado llamar con antelación para asegurarme de que estuviera abierta, algo que siempre era buena idea en este país. Los dueños de las tiendas son caprichosos, abren y cierran según les apetece. Más de una vez, había ido andando hasta la otra punta de la ciudad y me había encontrado con las puertas cerradas y una nota que decía «cerrado temporalmente». A veces, ni siquiera dejaban una nota, como ahora.

Sin embargo, las luces de la tienda de ropa estaban encendidas. Cuando abrí la puerta, una campanilla anticuada sonó sobre mi cabeza e inhalé una bocanada de aire que olía a maleta vieja.

—*Bonjour, mademoiselle* —dijo una voz desde detrás de unas perchas con miriñaques. La mujer a la que había visto fumando en la calle el otro día sacó la cabeza por encima de las prendas y me observó, expectante.

—Hola. Me preguntaba si sabría algo sobre la tienda de al lado, Le Corbeau o como se llame. ¿Cuándo abren?

La mujer salió de detrás de las perchas y puso los ojos en blanco.

—¿Esos? Oh, nunca se sabe. Una cosa es cuándo se supone que tienen que abrir, y otra muy distinta es cuándo abren. Me pidieron que le echara un ojo al local mientras tanto. Se fueron ayer tarde, dijeron que no volverían hasta dentro de un par de semanas, quizá más.

¿Dos semanas? No quería ni podía esperar tanto, pero ¿qué elección tenía?

—¿Tienen un teléfono? Así la próxima vez podría llamarles antes de venir.

—No. O, al menos, no que yo sepa.

Suspiré. Ese viaje había sido una completa pérdida de tiempo. ¿O no?

—¿Conoce a los propietarios? —pregunté, obstinada, a ver si averiguaba algo más. Lo que fuera.

La mujer se apoyó las manos en las caderas con autoridad, adoptando una postura que decía «reina de los cotilleos» a gritos.

—Son un hombre y su madre, una anciana. Están un poco... —Dibujó círculos con el dedo índice junto a la sien, el signo universal para indicar que alguien está loco.

—¿Son... *guérisseurs*? —pregunté, dudando.

La mujer se irguió y levantó una ceja al entender lo que decía.

—Ah, ¡por eso tiene tantas ganas de encontrarlos! ¿Qué tiene? ¿Migraña? ¿Verrugas?

—¿Perdone?

—Migraña y verrugas, en eso se especializa la señora.

—Oh —contesté, con el corazón a mil por hora. La tienda pertenecía a una *guérisseur*, ¡iba por buen camino! Tuve que hacer un esfuerzo por calmarme y volver a concentrarme en la conversación—. Esto, migraña. Padezco migraña.

—Bueno, pues que no se le olvide volver. La dejarán la mar de bien. Mi tía fue a pedirle ayuda; solía tener unos ataques de migraña tan graves que tenían que ingresarla en el hospital tres o cuatro veces al año. Pero, desde que fue a ver a la anciana de al lado, no ha tenido ni uno más.

—¿Y el hijo? ¿También es un *guérisseur*?

—Bueno, ya sabe cómo funcionan esas cosas. Lo más probable es que el hijo sea el próximo en recibir el don. Cuando la señora se canse de usarlo, se lo pasará.

Pensé en lo que Mamie me había contado.

—He oído que cada vez hay menos *guérisseurs* porque las nuevas generaciones no quieren aceptar el don.

—Oh, ese chico lo aceptará, se lo digo yo. Como he dicho, los dos están un poco... —volvió a hacer el gesto de «locos»—. Mientras espera a que su madre se jubile, por decirlo de algún modo, se ocupa de la tienda y de ella. Es un buen hijo. No como el mío. —Sacudió la cabeza, exasperada—. Menudo patán está hecho ese. No deja de meterse en líos con la policía.

—Ah, gracias por la información —dije, para librarme de lo que amenazaba con convertirse en una conversación larga e intensa. Al salir, me despedí con un gesto de la mano.

—Vuelva en dos semanas —añadió la mujer, devolviéndome el gesto de despedida—. Mejor dos semanas y media, por si acaso.

El sábado siguiente, pasadas las doce del mediodía, estaba tumbada en la habitación de Vincent cuando recibí una llamada de Ambrose.

—¿Adivina a quién acabo de encontrarme, Mary Kate? O, más bien, quién me ha encontrado a mí y ha secuestrado mi mesa de la cafetería hasta que he accedido a sus deseos.

Sonreí.

—Pásame con Georgia, anda.

La voz de mi hermana, con acento de Alabama incluido, me llegó desde el otro lado de la línea.

—Hola, hermanita. Resulta que había quedado para comer con alguien, pero la cita se ha cancelado de sopetón en el último momento; por suerte, me he cruzado con este pedazo de hombre y se ha ofrecido galantemente a acompañarme esta tarde para dar una vuelta por la ciudad. No pensaba hacer nada hoy, la verdad, pero ¿qué quieres que te diga? Sería un desperdicio no salir a presumir de acompañante.

Oí la voz de Ambrose interrumpiéndola.

—Ya te he dicho que hoy estoy ocupado. No te ofendas, pero tengo cosas mejores que hacer que pasar la tarde visitando estudios de pintores.

—Vamos, vamos —le reprendió mi hermana—. Sabes que quieres. Con la de muchachas guapas y amantes del arte que vas a conocer, en pocas horas me estarás dando las gracias de rodillas.

Me eché a reír.

—¿Dónde estáis?

—En el café Saint-Lucie. Oh, y Ambrose me ha dicho que esta noche vendréis todos al concierto de Sebastien —añadió. Mierda. Se me había olvidado por completo decirle a Vincent lo del concierto.

—¡No es verdad! —exclamó Ambrose, de fondo—. Solo he dicho que lo comentaría con Vincent...

—Dile a tu novio que Ambrose quiere ir —me dijo Georgia, sin hacerle caso—. Ah, e invita también a Jules y a Arthur. Seb y su grupo harán de teloneros para un grupo inglés que toca de maravilla. Puedo conseguiros entradas a todos.

—Por favor, dime que no es cerca de Denfert —recalqué, recordando el barrio plagado de numas en el que había estado la discoteca de Lucien.

—No. Es en la rue des Martyrs, cerca de los demás locales de conciertos. Al sur de Montmatre —respondió—. Ambrose quiere que le devuelva el teléfono.

—Solo quiero dejar claro que yo no me he comprometido a nada —exclamó Ambrose con su voz de barítono. Mi teléfono soltó un pitido que me advirtió de otra llamada entrante. Georgia. Dejé la llamada de Ambrose en espera.

—No había terminado de hablar —dijo. Oí que se reía mientras Ambrose intentaba arrebatarle el teléfono—. Tú ven y punto. A las nueve en Divans du Monde —gritó. Las dos llamadas terminaron.

—¿Crees que Ambrose está a salvo en manos de tu hermana, esa fuerza de la naturaleza? —preguntó Vincent desde el otro lado de la habitación. Yo estaba recostada en su sofá, con el libro de texto titulado *Sociedades europeas modernas* abierto sobre el pecho. Formaba parte de mi trato con Papy y Mamie: podía pasar la mayor parte del fin de semana en casa de Vincent, siempre y cuando hiciera los deberes.

Puesto que no tenía ni idea de lo que haría al terminar el instituto, le había prohibido a mi novio hablar del asunto. Asumía que incluiría algún tipo de educación superior. Y, ahora que tenía un buen motivo para quedarme en París, necesitaba sacar unas notas respetables para poder elegir una buena universidad. Aun así, un año y medio parecía una eternidad y, con Vincent a mi lado, me resultaba difícil concentrarme.

—Georgia nos ha manipulado para que vayamos al concierto del grupo de su novio esta noche —dije, volviendo al libro de historia.

—Buena idea —respondió Vincent, levantando la vista del portátil—. A Arthur y a Violette les hace falta aprender a relajarse.

No mencioné que a Georgia se le había «olvidado» incluir a Violette en la invitación, no me cabía duda que lo había hecho a propósito. Tal vez pasar la velada juntas las ayudaría a resolver las cosas entre ellas, si es que eran capaces de comportarse de manera civilizada durante la noche. Pensé en lo opuestas que eran sus personalidades e hice una mueca.

—Además, todavía no he conocido al nuevo hombre de Georgia —continuó Vincent—. Tendría que haber comprobado ya que no tenga contacto con los numa.

No supe si bromeaba o no.

—A pesar de lo trágicamente modernillo que es, parece inofensivo —dije, pasando una página del libro. Le dediqué una sonrisa traviesa—. Ven aquí un momento.

—Ah, no, ni hablar —respondió él, con una sonrisa igual de pícara—. Tengo que escribir este correo para Charlotte y tú tienes deberes de historia europea por terminar.

—Pero salir contigo es como tener un libro de historia andante. No necesito estudiar. Para las últimas dos redacciones ni siquiera tuve que documentarme, solo me senté y te escuché hablar.

—Ya, bueno, puede que a tu profesor le parezca raro si me llevas al examen para que responda las preguntas por ti.

—Oye, ¡es una idea brillante! —dije con toda la sinceridad del mundo—. ¿Y si estuvieras volante durante los exámenes finales?

Vincent sacudió la cabeza, exasperado, y volvió a concentrarse en la pantalla del ordenador.

—No, en serio, ven aquí un momentito —dije con tono inocente—. Tengo una pregunta importantísima acerca de la Segunda Guerra Mundial.

—De acuerdo —suspiró. Le dio a «enviar», cerró el ordenador y vino a sentarse a mi lado. Apenas hacía unos días que había estado inerte y ya volvía a tener ojeras. La fatiga le daba un aire frágil, lo que contrastaba con su vitalidad habitual. Me daban ganas de protegerle de lo que fuera que le estuviera haciendo daño. Como si me hubiera leído la mente, Vincent me observó con detenimiento—. Bueno... ¿cuál es la pregunta?

Apartando la mirada de su cara, eché un vistazo a la página.

—Pues estoy leyendo acerca de los miembros de la resistencia que iban en bicicleta desde París hasta el campo para traer las órdenes a los guerrilleros como tú, los maquis.

Vincent asintió.

—Era peligroso. A veces capturaban a los mensajeros, así que elegían a gente que no levantara sospechas entre los soldados alemanes. A menudo se encargaba el trabajo a mujeres y niños —explicó. Dudó un momento—. ¿Cuál era la pregunta?

—Es algo más específico —dije, intentando ganar tiempo para inventarme algo. Había querido tenerle cerca, pero ahora su proximidad no me ayudaba.

Vincent entornó los ojos, pero esbozó una sonrisa juguetona.

—Esto, ¿alguna vez los maquis os sentíais solos cuando os escondíais en el bosque y planeabais emboscadas contra los alemanes?

Alargué la mano y empecé a juguetear con su pelo, acercando su cara a la mía lentamente.

—¿Qué tiene eso que ver con tus deberes? —preguntó, escéptico.

—Nada —contesté—. Me preguntaba qué habría pasado si una atractiva mensajera de la resistencia hubiera llegado desde París para encontrarse contigo en el bosque. Por la noche.

—Kate —dijo, con los ojos brillando por la diversión y la sorpresa—. Esta es la estrategia para no hacer deberes más lamentable que he visto jamás. Diría que, según la ley, esto es inducción a la vagancia.

—Bueno, llego con mi antigua bicicleta a tu campamento —continué, sin hacer caso de sus protestas—. Acuérdate de que hace semanas que no has visto a otro ser humano. ¿Qué vas a hacer, soldadito? —pregunté, imitando Greta Garbo.

Vincent me saltó encima, me tumbó sobre el sofá, y me besó con entusiasmo por toda la cara mientras yo me perdía en un ataque de risa.

Capítulo 21

Violette y Arthur estaban esperándonos junto a la puerta principal del local. Con la ropa apropiada para un concierto, Arthur, por una vez, aparentaba la edad de su físico. Llevaba una camiseta ajustada al torso de un grupo de rock que Vincent le había prestado y unos *jeans* negros. Sin su camisa y corbata de nudo francés habituales, la verdad era que se le veía atractivo. «Es una lástima que sea un clasista aristocrático», pensé al ver que Georgia le miraba de arriba abajo. Mi hermana se las había apañado para no hacer caso de la presencia de la pequeña Violette.

La pequeña *revenant* se me acercó y me dio dos besos.

—¡Hace una semana entera que no vamos al cine! —me reprendió, con una sonrisa amable.

—¡Es verdad! A ver si planeamos algo pronto.

Violette echó una ojeada a Vincent, que estaba a mi lado charlando con Arthur, y luego volvió a fijarse en mí. Por su expresión, supe que quería preguntarme algo. Me aparté de él un par de pasos y bajé la voz.

—¿Qué pasa?

—He estado pensando en aquel libro que encontraste en la galería de tu abuelo, *Amor inmortal*. Resulta que Gaspard tenía una copia, pero ha desaparecido. ¿No la tendrás tú?

Sentí que me sonrojaba, ¡maldición! Una vez había conseguido la información que quería, me había olvidado del libro por completo. «¿Por qué no se lo digo y punto? Porque parecería una ladrona.»

—No —respondí.

—Los *revenants* de París usan la colección de Jean-Baptiste como si fuera una vulgar biblioteca; no se molestan ni en dejar una nota cuando se llevan algo. ¡Es de lo más frustrante! —exclamó. Para mí sorpresa, pisó fuerte el suelo al quejarse, como una niña pequeña malcriada. Tuve que hacer un esfuerzo para no reírme.

—¡Vamos adentro! —gritó mi hermana desde la entrada, donde el portero acababa de darle el visto bueno con la lista de invitados en la mano. Suspiré, aliviada.

—Venga —dijo Vincent, tirándome de la mano. El portero nos abrió la puerta y nos metimos en la oscura sala.

Nos quedamos al fondo de la sala abarrotada, contemplando el grupo de Sebastien. Tocaban en un escenario elevado decorado con cortinas de estampado de leopardo. Entre nosotros y el grupo había un montón de adolescentes, bailando y mirando a la banda con admiración.

Jules se había traído a una acompañante, una joven extranjera con aspecto de supermodelo. Habían llegado poco después que nosotros; la chica parecía medio dormida, frunciendo los labios mientras sus ojos gatunos escaneaban el lugar desde la protección del brazo de Jules.

—Esta es Giulianna —dijo Jules cuando me acerqué al lugar de la barra en el que estaban.

—*Ciao* —saludó, y se dio la vuelta para pedir una bebida.

Jules me dio dos besos y aprovechó para susurrarme algo.

—No te llega ni a la suela del zapato, Kate. Pero es que estás tan... ocupada.

Me guiñó un ojo, envolvió con el brazo a la despampanante italiana y se inclinó sobre la barra para pedir su bebida a voces.

—¿Qué tal, Ambrose? —pregunté, mientras me llevaba los botellines de Perrier que había pedido. Ambrose se recostó sobre la barra, cansado, con un jugo de tomate en la mano.

—Esta noche me toca estar inerte —contestó—. Además, creo que tu hermana es un contrincante demasiado duro para mí. Hacía décadas que no estaba tan cansado.

Le sonreí, comprensiva, y me fui con las bebidas junto a Vincent, que charlaba con Georgia.

—Han venido unos amigos míos —dijo mi hermana—. Enseguida vuelvo —añadió, y desapareció entre la multitud.

Le entregué la bebida a Vincent, que parecía preocupado.

—¿Pasa algo? —pregunté.

—No —dijo—. Es que siempre me siento desprotegido cuando vamos a sitios así sin alguien volante que pueda vigilar la zona —explicó. Intentó relajarse e incluso empezó a seguir el ritmo de la música con la cabeza, pero sabía que seguía tenso.

—Es un barrio bastante seguro, ¿no?

—Por lo general, te diría que sí. Pero parece que últimamente no hay ninguna norma —dijo. Me vio la cara—. No te preocupes, estoy seguro de que todo irá bien.

Cuando le conté a Georgia todo lo relacionado con los *revenants* tras la batalla con Lucien, le había hecho jurar que nunca hablaría de aquello con nadie. Sabía que su secreto estaba a salvo con ella. Aunque mi hermana tenía defectos, romper sus promesas no se contaba entre ellos. A ella le daba igual que pasara el tiempo libre con un montón de seres inmortales, siempre y cuando me trataran bien.

Así que en el momento en que hizo las presentaciones después del concierto, resultó obvio que Sebastien no sabía lo que era Vincent. Además, a mi novio se le daba muy bien hacer de humano; al fin y al cabo, ya casi tenía un siglo de práctica.

Georgia me miró contenta cuando vio que nuestros chicos se llevaban bien. Me volví para despedirme de Jules y Giulianna, que volvían a La Maison con un Ambrose agotado, y miré el reloj. Ya era casi media noche. En pocas horas, Ambrose estaría en su cama, frío y rígido como un cadáver. No me sorprendía que no hubiera traído ninguna acompañante.

El camarero cerró la puerta tras ellos y empezó a limpiar la barra, mientras nosotros esperábamos a que Sebastien y su grupo terminaran de desconectar los amplificadores y guardar sus instrumentos.

—Ya sé que querías ir a tomar algo después del concierto, pero están tardando un montón en desmontar el equipo —le dije a mi hermana al cabo de un rato—. Creo que estamos listos para ir a casa.

—Un segundo —dijo Georgia. Correteó hasta donde estaban Seb y su banda, le dio un beso apasionado y empezó a hacer planes. Miré a mi alrededor y vi que Violette y Arthur estaban apoyados contra una pared, con una cara que indicaba que preferirían estar en cualquier otro sitio. Si habían disfrutado de la velada, lo estaban disimulando extremadamente bien. Cuando llegó la hora de irse, nos siguieron en silencio.

—He quedado con Seb y el grupo en un bar que hay a un par de calles de aquí. ¿Os apuntáis? —preguntó Georgia. Nos dirigió la pregunta a Vincent y a mí, sin hacer caso de los otros dos *revenants* que venían con nosotros.

—¿Qué te parece, Kate? —preguntó Vincent. Me rodeó con el brazo y echamos andar por el callejón adoquinado, en dirección a la calle principal.

—Estoy bastante cansada —admití.

—Bueno, podemos acompañarte al bar y esperar contigo hasta que llegue Sebastien —dijo Vincent, envolviendo a mi hermana con el brazo que le quedaba libre.

—No voy a decir que no al servicio de guardaespaldas *revenants* —dijo—. Aunque este barrio no tiene nada de peligroso.

—Me temo que te equivocas —negó Violette, a nuestras espaldas.

Nos volvimos y vimos cuatro siluetas oscuras, caminando hacia nosotros por el callejón. Una oleada de un frío helador me recorrió la espalda. Numa. Tras dos meses de inactividad, allí estaban; cuanto más se acercaban más grandes e intimidantes resultaban.

Vincent y Arthur desenvainaron las espadas que llevaban bajo los abrigos con tanta rapidez que no les vi moverse. «Suerte que no estamos en verano —pensé—. ¿Dónde esconderían un florete de medio metro si fueran vestidos con bermudas y sandalias?»

Mi novio me entregó su espada y se sacó otra de debajo del abrigo, se quitó la prenda y la lanzó a un lado de la calle. Vi que Violette dejaba caer al suelo su grueso chaquetón y que su hoja relucía bajo la luz de la farola. Ella también había venido preparada.

Por el rabillo del ojo, vi que Georgia empezaba a sucumbir al pánico; estaba intentando abrir todas las puertas que veía, tirando con fuerza de los pomos. Gritó una maldición cuando se dio cuenta de que todo estaba cerrado con llave.

—Quédate detrás de nosotros —le grité con la voz temblorosa justo cuando los dos primeros numa llegaban y empezaban a blandir las espadas contra Vincent y Arthur.

Sabía lo que tenía que hacer. Lo habíamos repasado en mis entrenamientos. Al ser la que menos experiencia tenía, se suponía que debía ser la segunda línea de defensa. Lucharía si no me quedaba más remedio, pero, si no, me quedaría tras Vincent o cualquier otra persona que tuviera varias vidas de experiencia en peleas callejeras. Levanté la espada y la mantuve delante de mí, me apoyé sobre las puntas de los pies, preparada para saltar a la batalla si hacía falta. «Cálmate —pensé, intentando acorralar el miedo en un rincón lejano de mi mente—. Asimila el ritmo.»

Vincent alejó a su numa hacia un lado del callejón; luchaba con tal furia que me dio la sensación que la sangre me recorría las venas a toda velocidad. Una vez más, le vi como el ángel vengativo que había sido durante buena parte del siglo pasado.

Violette se enfrentaba a otro numa, recurriendo a las mismas técnicas de artes marciales que había visto usar a Charlotte y que les permitían a ambas compensar su pequeño tamaño. Su adversario no era capaz de seguirle el ritmo; pronto, Violette llevaría las de ganar.

Arthur se estaba enfrentando a los otros dos numa, haciendo de escudo humano para mantenerles alejados de mi hermana y de mí. Asumí que la estrategia consistía en tenerles ocupados hasta que Violette o Vincent pudieran deshacerse de sus contrincantes y así igualar las condiciones de la batalla. Parecía estar consiguiéndolo hasta que, con un esfuerzo coordinado, los dos numa penetraron su defensa, saltaron a su lado y se plantaron delante de mí.

Levanté la espada justo a tiempo para frenar la del numa, que ya descendía directa a mi cabeza, y me hice a un lado para esquivar el golpe. Su espada se deslizó por la mía hasta que la punta chocó contra el suelo. Arthur corrió a mi lado hasta que alcanzó a Georgia, siguiendo al segundo numa, que iba a por mi hermana. No tuve tiempo de mirar hacia ella, pero sabía que Arthur la defendería mejor que yo. Yo tenía otras preocupaciones, como mi propio numa, o el hecho de que solo tenía dos segundos para apartarme de él mientras recobraba el equilibrio.

«No soy capaz.» El pensamiento apareció en mi cabeza. Viví una experiencia extracorpórea inducida por el miedo. Me sentí como si flotara por el aire y me viera a mí misma: una adolescente en un callejón blandiendo una espada contra un hombre que le sacaba dos cabezas. «No soy capaz —pensé otra vez—. El pánico no me permite moverme.»

Mi enemigo se enderezó y volvió a lanzarse contra mí. Mis ojos se clavaron en los suyos, fríos y llenos de rabia, y no me hizo falta nada más. Sentí la adrenalina corriéndome por las venas y el corazón golpeándome el pecho. De repente, estaba metida en la pelea.

Con un grito que no supe que era mío hasta que callé, empecé a moverme, a golpear, a bailar hacia delante y hacia atrás, inclinándome a un lado y a otro para evitar aquella hoja feroz y saltando hacia él y atacando su torso. El numa me bloqueaba constantemente, pero yo también le bloqueaba a él.

El tiempo se detuvo mientras nuestra batalla continuaba, hasta que, de repente, mi enemigo cayó al suelo. Vincent estaba detrás de él, le había atravesado el pecho con la espada.

Instintivamente, me di la vuelta con la espada por delante y recorrí el callejón con la vista, para asegurarme de que todo estaba despejado. Violette se encontraba a pocos metros de mí; apoyó el pie sobre la masa que había caído ante ella y, usando su cuerpo como contrapeso, sacó la espada del cuerpo inerte. Vincent había acabado con su enemigo y con el mío.

Georgia estaba sentada en un portal, acurrucada. Arthur apoyó la espalda contra la pared de un edificio y se deslizó hasta el suelo, hasta que quedó sentado junto a ella. Se sostenía la parte superior del brazo con la mano, la sangre manaba profusamente por un corte en el hombro. Le dio una patada a algo que tenía cerca y la cabeza de uno de los numa salió rodando hasta detenerse junto al cadáver al que pertenecía.

Eché a correr hacia mi hermana, que se incorporó. Alargó una mano hacia Arthur.

—¿Estás bien?

El *revenant* miró hacia el cuerpo de su enemigo con furia; se le veía sorprendentemente fuerte para la herida tan grave que le habían infligido.

—Me recuperaré —gruñó.

Los otros se apresuraron a su lado. Vincent echó un vistazo al corte, se quitó la camiseta, la usó para vendar el hombro del herido y la anudó con fuerza bajo su brazo.

Violette acariciaba el pelo de su compañero para calmarle. Sacó el teléfono móvil.

193

—¿Jean-Baptiste? Han vuelto a las andadas. Tenemos cuatro numa muertos, cerca de Montmatre. ¿Los dejamos aquí o queréis mandar a alguien a buscarlos?

Violette siguió recibiendo instrucciones de JB mientras Vincent recogía los abrigos abandonados.

—Será mejor que vuelvas con nosotros a La Maison —le dije a Georgia. Mientras la ayudaba a levantarse miré a Vincent, que ya había recuperado los abrigos y estaba a nuestro lado. Mientras se ponía el abrigo, sacudió la cabeza y se encogió de hombros. Se me había olvidado que Jean-Baptiste había prohibido a mi hermana volver a pisar la casa. «Malditas sean sus normas.»

—Preferiría ir directa a casa —dijo mi hermana, solucionando el problema.

—Os acompañaré a las dos a buscar un taxi —se ofreció Vincent, ayudándola a andar. Georgia temblaba con tanta fuerza que apenas se sostenía en pie.

—¿Arthur se recuperará? —preguntó Georgia, dirigiéndose directamente a Violette por primera vez aquella noche.

—En unos días entrará en estado inerte. Cuando se despierte, la herida habrá sanado —respondió Violette, con la convicción de alguien que ha vivido este tipo de sucesos antes.

Una vez en la calle principal, Vincent paró un taxi y nos hizo subir.

—Id directas a casa, no paréis por el camino bajo ningún concepto —gritó mientras el taxi arrancaba.

Cuando llegamos a casa, Jules estaba esperándonos frente al edificio. Nos abrió la puerta del taxi, nos ayudó a bajar y se inclinó por la ventanilla para pagarle al conductor.

—He oído que has estado increíble —dijo, acompañándonos hasta el portal.

—¿Cómo? —pregunté, confundida.

—Kate la súper heroína, combatiendo a los numa —respondió, con los ojos llenos de admiración. Me pasó un brazo por los hombros y me apretó fuerte.

Había estado tan preocupada por Arthur y Georgia que se me había olvidado por completo lo que había logrado en el callejón. «Me he enfrentado a un numa —me maravillé—. Y esta vez lo he hecho sin que Vincent me poseyera.» Sacudí la cabeza, incrédula, y me volví hacia Jules.

—Pero no he sido yo la que ha acabado con él, Vincent ha hecho los honores —admití.

—Me ha dicho que has mantenido al tipo a raya hasta que él ha podido echarte una mano. Teniendo en cuenta que solo hace un par de meses que empezaste a entrenar, no es poco —dijo—. Pero bueno, yo siempre he sabido que eras increíble —murmuró mientras abríamos la puerta.

Georgia entró a su lado, tambaleándose en silencio, y presionó el botón del ascensor.

—Ha estado cerca de que la mataran —le dije a Jules—. Arthur ha intervenido en el último momento para salvarla.

—Eso también me lo ha dicho Vincent —respondió Jules, asintiendo—. Asegúrate de que descanse en los próximos días. Se notará débil, Arthur estará cebándose con su energía.

—¿De qué estás hablando? —pregunté.

—¡Ajá! ¡Aún nos quedan secretos! —contestó, con una sonrisa pícara—. Dile a Vincent que te explique cómo funcionan las transferencias de energía. Y recuerda que Georgia necesita descansar para recuperarse del susto.

Jules se dio la vuelta y salió a la calle.

—Oye, ¿qué ha pasado con tu acompañante? —pregunté.

—Tengo mis prioridades —dijo, pasándose los dedos por el pelo con gesto dramático—. Mantenerte viva, Kate, está un poco por encima de una cita con una *signorina*, por guapa que sea.

—Me alegro de saber que te preocupas por mi —contesté, sonriéndole. Dudé un segundo, pero salí tras él y le di un buen abrazo de oso, al estilo estadounidense, antes de volver junto a mi hermana.

Capítulo 22

A la mañana siguiente fui a la habitación de mi hermana a ver qué tal le iba. Estaba en la cama, recostada contra una montaña de cojines, hojeando una revista de música. Tenía el pelo hecho un desastre y la piel, cuyo tono solía recordar a un plato de melocotones con nata, ahora evocaba más bien un yogur caducado con kiwi.

—Ahí estás —dijo, mientras me sentaba en el borde de su cama—. Normalmente te levantas a la salida del sol.

—Ya, bueno, las peleas con monstruos en callejones oscuros a media noche me han dejado un poco exhausta —contesté. Tenía unas agujetas terribles en los hombros—. ¿Cómo te encuentras?

—Como un plato de mierda recalentado en el microondas —replicó—. No me queda ni una gota de energía. Estaba deseando que vinieras para pedirte que me trajeras el desayuno a la cama.

—¡Conque esas tenemos! —exclamé, riendo—. Bueno, supongo que por esta vez te haré el favor, pero solo porque anoche estuviste a punto de morir a manos de un zombi malvado.

—Y me rescató un zombi bueno —comentó, con una sonrisa.

—Si nos ponemos técnicos, supongo —dije, traviesa. Me levanté y fui hacia la puerta—. Jules me advirtió anoche de que muy probablemente estarías agotada, así que tienes que descansar. Yo en tu lugar optaría por un buen baño caliente. Es mi elección favorita para librarme del trastorno por estrés post-traumático. Pero antes, voy a por el desayuno.

Volví cinco minutos más tarde con una bandeja para ambas. Me senté en el suelo, con la espalda apoyada en la cajonera de Georgia y un tazón de cereales en la mano.

—Cuéntame más sobre ese tal Arthur —dijo mi hermana, tras masticar la tostada, pensativa, durante un buen rato.

Dejé el tazón en el suelo.

—Oh, no, Georgia. Por favor, dime que no te has prendado de Arthur solo porque anoche te salvó la vida.

—No he dicho que me haya quedado prendada de él. Solo siento curiosidad por saber quién es. ¿Me lo permites, señorita protectora de los no muertos?

Puse los ojos en blanco.

—No sé demasiado sobre él. Violette y Arthur ya se conocían cuando eran humanos; al parecer, Violette era una de las damas de compañía de Anna de Bretaña, y él era uno de los consejeros de su padre... al menos, eso es lo que me contó Charlotte. Lo que significa que son aristócratas.

—Se les nota, te lo aseguro —dijo, con una sonrisa traviesa.

—Ambos murieron alrededor del año 1500, así que son viejos de verdad. Y han estado viviendo en un castillo en el valle de Loira, aislados, durante mucho tiempo.

—¿Cómo es?

—La verdad, Georgia, es que no lo sé —admití—. Después de que dijera, en mi cara, que no se debería permitir la presencia de humanos en las reuniones de *revenants*, no es que me hayan quedado ganas de conocerle. Es una espinita que tengo clavada con Superglue.

Georgia sonrió.

—Violette y él... ¿Son pareja?

—Eso pensaba yo. Violette parece muy posesiva, pero Vincent me dijo que su relación es platónica. Platónica pero de dependencia mutua. Suena a algo que no crea problemas psicológicos, ¿verdad?

—Anoche, vestido de persona normal, estaba guapísimo —musitó, tomando un sorbo de café.

—¡Georgia! —exclamé—. Tienes novio. Además, tú misma lo has dicho, a los tipos muertos no quieres ni tocarlos. ¡Si ni siquiera puedes entrar en su casa!

—No estoy tocando nada. Especialmente hoy —añadió. Se recostó contra el cabezal; parecía más débil que antes.

—No puedo creer que estemos manteniendo esta conversación —dije, sacudiendo la cabeza—. ¡Tiene quinientos años, por el amor de Dios! Además, mantiene una relación de amor-odio con la humanidad. No eres su tipo.

«Oh, no», pensé. Ese era el tipo de comentario que no se le podía hacer a mi hermana. Ahora lo vería como un desafío. Opté por cambiar de tema lo más rápido posible.

—Además, ¿qué tiene de malo el bueno de Seb?

—No tiene nada malo —contestó, mirando al techo, ensimismada. De repente su expresión cambió y puso cara de susto—. Nada excepto que... ¡Santo cielo, Kate! ¡Anoche le dejé tirado y no le llamé! Rápido, pásame el teléfono móvil. Lo tengo en el bolso.

Recogí la bandeja del desayuno mientras ella dejaba una explicación balbuceante justificando que hubiera desaparecido la noche anterior en el contestador automático de Sebastien. Al menos todavía estaba dispuesta a hacer un esfuerzo por él, buena señal. Su interés por Arthur no era más que un capricho por el héroe que la había salvado. Conociendo a Georgia, para cuando llegara la hora de comer ya se habría olvidado del *revenant*.

Vincent y yo estábamos sentados el uno junto al otro, contemplando la crueldad de *La balsa de la medusa*, de Géricault. Me había convencido para ir al Louvre, aunque en fin de semana siempre estaba abarrotado de gente.

—Quiero que me enseñes todo lo que sabes sobre arte, quiero entender por qué te conmueve tanto —había dicho.

Era un comentario tan romántico que había echado a andar hacia el museo antes de que terminara de hablar.

Estábamos en una de mis salas favoritas, la que albergaba pinturas de género histórico y melodramático sobre lienzos grandes como camas. La escena sensacional que colgaba delante de nosotros parecía el fondo apropiado para una discusión sobre los poderes de los no muertos.

—¿De qué va todo eso de la trasferencia de energía? —pregunté.

—¿Trasferencia de energía? —repitió Vincent, confundido, sin apartar la vista del cuadro. Al parecer, lo estaba analizando desde el punto de vista lógico. Los cuerpos en descomposición no parecían afectarle; me di cuenta que estaba haciendo cálculos sobre la geometría de los supervivientes y trazando una estrategia mental para averiguar a cuantos podría salvar de un golpe.

—Sí, Jules lo mencionó anoche. Dijo que Georgia estaría débil porque Arthur se estaría alimentando de su energía. ¿Qué significa eso?

Vincent apartó la mirada del cuadro.

—Bueno, ¿sabes por qué nos sacrificamos por los demás?

—¿Aparte de porque sois buenas personas y eso os alegra esos corazones que no palpitan? —bromeé. Vincent me tomó de la mano y se la llevó a su pecho—. De acuerdo, los corazones que sí lo hacen —rectifiqué. Aparté la mano con reticencia—. Si mueres salvando a alguien, cuando te reanimas vuelves a la edad que tenías cuando falleciste por primera vez. Es una compulsión que existe para conservar vuestra inmortalidad, ¿no?

—Correcto —dijo—. Pero ya sabes que solo morimos de manera ocasional; en tiempos de paz, como mucho una vez al año. La mayoría de los rescates que llevamos a cabo no implican que lo hagamos. ¿Alguna vez has pensado por qué dedicaríamos nuestra vida inmortal a cuidar de los humanos si no hubiera un buen motivo para ello?

No sé qué has oído en las películas de superhéroes, pero ninguno de ellos se pone a salvar a la raza humana solo por amabilidad.

De repente, me acordé de Violette. Arthur y ella habían resistido hasta alcanzar los sesenta años de edad antes de sacrificarse por alguien, y solo lo habían hecho porque Jean-Baptiste les necesitaba. No parecía que les encantara su trabajo, precisamente.

Vincent se volvió hacia mí y enlazó los dedos con los míos.

—Supón que todo el mundo tiene una cierta energía en su interior.

Asentí, imaginando que los turistas que paseaban a nuestro alrededor poseían una nube brillante dentro.

—¿Sabes que, a veces, cuando una persona experimenta una situación cercana a la muerte, puede llegar a sufrir de trastorno por estrés post-traumático? Bueno, pues imagina que esa energía, esa fuerza vital, les hubiera sido arrebatada temporalmente.

Recordé mi propia experiencia cercana a la muerte, del año anterior.

—Cuando aquella cornisa estuvo a punto de aplastarme en la cafetería, me pasé un par de días débil y temblorosa.

—Exacto —dijo Vincent—. Así que, si es un *revenant* el que salva a la persona, esta fuerza o energía que «pierde», metafóricamente hablando, va al *revenant* durante las horas o días que el humano tarda en recuperarse.

Lo pensé durante un minuto y le miré, sorprendida.

—¿Así que cuando Charlotte y tú me rescatasteis, me arrebatasteis la energía? ¿Y lo mismo ocurrió con Arthur y Georgia?

Vincent asintió.

—¿Y la chica que casi fue atropellada por el camión el otro día? La vi después del accidente, estaba sentada en la acera, conmocionada.

—Y por eso fui capaz de levantarme y marcharme del lugar del accidente —confirmó Vincent—. La trasferencia de energía nos hace físicamente más fuertes. Nuestros músculos, pelo, uñas, todo

201

pone la quinta marcha. Es un subidón, como si la energía fuera una droga —explicó, observando cómo reaccionaba yo ante eso.

—Así que lo que me estás diciendo, básicamente, es que eres un zombi drogadicto con deseos suicidas. Que me usó para robarme la energía. Vaya. —Le dediqué una mirada gélida—. Menudo partidazo estás hecho.

Las carcajadas de Vincent hicieron que varios visitantes se volvieran a mirarnos, así que nos fuimos para no llamar la atención.

—Así que Arthur se recuperará? —pregunté, mientras pasábamos por delante de un retablo gigantesco que mostraba la coronación de Napoleón.

—Sí, gracias a que Georgia le ha prestado su energía, entre otras cosas. —Vincent apartó la mirada de manera increíblemente sospechosa—. Lo cierto es que no siente ningún dolor y ha recuperado su fuerza.

«¿Qué ha sido eso?», pensé, llena de curiosidad. Pero tuve que abandonar mis cavilaciones para concentrarme en lo que estaba diciendo.

—Pero su herida no sanará por completo hasta que entre en estado inerte. Y, puesto que es un corte grave, lo más seguro es que tenga que pasar un día entero en la cama tras despertarse.

—¿Por qué?

—Cuanto más serias son las lesiones antes del estado inerte, más tarda un *revenant* en recuperarse —explicó, encogiéndose de hombros como si aquello fuera lo más lógico del mundo—. Si se reconecta un miembro amputado durante el estado inerte, puede que hagan falta uno o dos días de descanso incluso después de despertarse. Si hay que regenerar alguna parte del cuerpo, tenemos que pasar semanas en la cama.

«¡Puaj!». Aunque ansiaba saberlo todo acerca de los *revenants*, a veces me daba demasiados detalles. Como ahora. Intenté no visualizar lo que acababa de describir, y me distraje pensando en las repercusiones de todo aquello. Lo medité mientras nos alejábamos paseando del Louvre y nos dirigíamos al puente que cruzaba el Sena en dirección a nuestro barrio.

La relación entre humanos y *revenants* era simbiótica, sin duda alguna. Los humanos dependían de ellos, aunque no lo supieran, tanto como de los médicos y de la ciencia: para que les salvaran la vida. Los *revenants* necesitaban a los humanos, no solo para seguir existiendo, sino para aliviar el dolor emocional y físico que les producía su estilo de vida. «Estilo de muerte, más bien», pensé con cierta morbosidad.

Sin ellos, la humanidad no dejaría de existir... aunque habría individuos que morirían antes. Sin los humanos, los *revenants* no podrían sobrevivir. Además, cabía recordar que estos últimos empezaban siendo humanos.

El sistema llevaba mucho tiempo en funcionamiento. Los problemas solo aparecían cuando sucedía algo fuera de lo común, como el enamoramiento entre un humano y un *revenant*. Y, una vez más, mi mente vagó hacia nuestro conflicto. Si iba a consultar a la *guérisseur* —o, más bien, si alguna vez conseguía visitar la tienda cuando ella estaba—, necesitaba saber qué preguntas formular. Puesto que Vincent parecía dispuesto a darme explicaciones, decidí hurgar un poco más.

—Entonces, ¿cómo funciona? ¿Puede un *revenant* morir, por causas naturales, y simplemente dejar de existir?

—Estrictamente hablando, es posible —contestó—. Pero, llegados a ese punto, nadie es capaz de resistir la tentación de sacrificarse por otro.

—Un momento, pensaba que cuanto más tiempo pasaba, más fácil os resultaba —dije, hecha un lío.

—Hasta cierto punto. Cuando se acerca el momento en el que un humano moriría de viejo, el impulso vuelve como un péndulo, más fuerte que nunca.

Me estremecí. Vincent se dio cuenta, me rodeó con un brazo y me apretó contra él mientras seguíamos andando.

—Gaspard me habló una vez de un *revenant* italiano que conocía. Lorenzo algo. El tipo llevaba varios siglos a las espaldas y ya apenas sentía el impulso de sacrificarse. Llegó un punto en el que todas las muertes y rescates que había vivido fueron demasiado, y decidió aislarse. Se mudó a una colina para vivir como un ermitaño, lejos de la civilización. No fue hasta décadas más tarde cuando consiguió mandar un mensaje a sus semejantes, pidiendo ayuda.

»Fueron a por él, que por entonces rondaba los ochenta años, y tuvieron que ayudarle a encontrar alguien a quien salvar. Dijo que el sufrimiento mental y físico apareció como un tsunami, en pocos días. El impulso de sacrificarse por un humano le superó y no le permitió morir sin más, que era lo que él quería.

Los dos nos quedamos callados, pensando en lo que aquello implicaba.

Por mucho que Vincent encontrara la manera de librarse de sufrir, no podríamos evitar un final trágico. Si conseguía vivir tanto como yo, algún día llegaría al punto en que no sería capaz de resistir más, al cumplir los ochenta, o cuando fuera. Sacrificaría la vida por la de un humano y se despertaría tres días más tarde con dieciocho años. Yo moriría y él continuaría siendo inmortal. No podíamos hacer nada para evitarlo.

Sospechando mi desesperanza, Vincent me llevó hacia la barandilla del puente. Nos quedamos de pie, juntos de la mano, observando el agua del río, que fluía creando pequeños y rápidos remolinos. La metáfora perfecta para representar el tiempo que fluía imparable.

Capítulo 23

Al día siguiente, recibí un mensaje de texto de Violette mientras estaba en el instituto; quería saber si me apetecía ir a ver una película con ella.

Le contesté:

Yo: *Tengo demasiados deberes, ¡lo siento!*

Violette: *¿Y si vamos a tomar un café?*

Yo: *¡Perfecto! Al salir de clase. Sainte-Lucie.*

Violette: *Nos vemos allí.*

Sonreí al ver cómo había mejorado su dominio de la forma de hablar actual. ¡Ya no mezclaba palabras de distintos siglos! En pocas semanas, había empezado a parecer más una adolescente normal y menos una duquesa viuda. La había oído hablar francés con los demás y estaba claro que había adoptado muchas expresiones modernas.

Cuando llegué a la cafetería, ya estaba sentada y se levantó para saludarme.

—¡Kate! ¡Estuviste increíble el sábado! —exclamó, tras darme dos besos.

Nos sentamos y ella continuó alabándome, pero en voz baja para que no nos oyera nadie más.

—Aún no puedo creer que pelearas tan bien tras solo un par de meses de entrenamiento. Se lo contamos a Gaspard y, aunque insiste en que el mérito no es suyo, se le notaba que estaba orgulloso de verdad.

—¡Tú también estuviste fantástica! —contesté, con total sinceridad—. Aquel tipo era el triple de grande que tú, pero no podía contigo.

Violette hizo un gesto con la mano para indicar que aquello no tenía importancia.

—Bueno... ¿qué te pareció la actuación de Vincent? Un momento... ¿*Monsieur*? —dijo para llamar la atención del camarero.

Pedí un chocolate a la taza y me incliné hacia ella para continuar la conversación.

—Estuvo maravilloso. Aunque me alegro de que acabara con mi numa cuando lo hizo, te lo aseguro. No sé cuánto tiempo habría podido aguantar.

Violette dudó un momento, mirándome.

—¿Qué pasa? —pregunté. Su expresión me había preocupado.

—Me pareció que no estaba al cien por cien —contestó en voz baja—. Tiene esas ojeras enormes y la piel demacrada. No me malinterpretes, batalló como el luchador experto que es, pero no parecía tener la fuerza física de siempre.

Bajé la mirada y me concentré en la mesa.

—Tienes razón, Violette. Es cierto que solo le he visto cuando entrenamos, pero en circunstancias normales habría podido con los cuatro numa él solo, si no fuera por... —se me cortó la voz.

—Porque no está en plena forma —terminó ella. Me acarició la mano—. Yo pensé lo mismo. Pero quería saber tú opinión, ya que no sé cómo lucha normalmente. No me había percatado de cuánto le está afectando este proyecto suyo hasta que le vi con la espada. Pero no te preocupes demasiado. Ya verás cómo las cosas mejoran —dijo con suavidad—. Pero bueno, háblame de tu investigación. ¿Has descubierto algo nuevo?

—Nada de nada —respondí.

Violette frunció los labios, sintiendo lástima por mí, y suspiró.

—No te preocupes, Kate. Estoy segura de que todo irá bien —dijo, aunque no parecía sincera. Sonaba como si no se lo creyera, preocupada. Quizás afligida. En cualquier caso, su cara no reflejaba lo que había dicho.

Justo entonces, el camarero me sirvió el chocolate. Tomé un sorbo de la espuma hirviente que flotaba por encima, inhalé el intenso aroma del cacao y me pregunté por enésima vez por qué Vincent no podía ser un muchacho humano sin más.

—¡Buenos días, *mon ange*! ¿Y tu vestido? —exclamó Vincent desde su punto de espera habitual: la valla del parque que había enfrente de mi casa. En vez de los *jeans* y la camiseta que solía vestir, aquel día venía de traje. Y, madre mía, qué bien le sentaba. Me quedé allí de pie, con mi ropa deportiva, y le miré de arriba abajo.

—Es la hora del entrenamiento. ¿A qué viene el traje, señor Wall Street?

—¿No has recibido mi mensaje?

Saqué el teléfono y vi que me había mandado un sms a las tres de la madrugada: *Mañana vístete de gala, voy a llevarte a un sitio elegante.*

—¿Un sitio elegante? —pregunté, boquiabierta— ¿Qué tipo de evento en un sitio elegante puede tener lugar un sábado por la mañana?

—Una boda —respondió Vincent, sin más.

—¿Vas a llevarme a una boda? —pregunté, horrorizada—. ¿Te parece normal avisarme a las tres de la madrugada del mismo día?

—No estaba seguro de querer llevarte.

Mi expresión debió comunicar lo que estaba pensando, porque enseguida se puso a darme explicaciones.

—No es eso lo que quería decir. O sea, no sabía si quería que vieras una boda *revenant*. Tú y yo ya andamos sobrados de preocupaciones, y pensé que una ceremonia así podría sacar a relucir... ciertos asuntos.

—¿Qué te ha hecho cambiar de opinión? —pregunté, no del todo apaciguada.

—He decidido que evitar estos temas no es la solución. Te prometí que no te ocultaría nada que debieras saber, y ya me has permitido romper esa promesa... aunque sea temporalmente.

»Puede que una boda sea demasiada información de golpe, pero... —Vincent se miró los pies y se toqueteó la corbata—. Al menos sabrás más acerca del mundo en el que te he metido. Te lo debo.

Me quedé anonadada un momento, pero me puse de puntillas y le di un beso en la mejilla.

—Creo que podré soportarlo, Vincent. Gracias por... —No supe qué decir—. Gracias.

—¿Cuánto tardarás en arreglarte? —preguntó, apartándome el pelo de los ojos con la mano—. Aunque ya estás perfecta.

Me sonrojé, pero no quise admitir que, con una mansión llena de *revenants* a pocas calles de mi casa, que aparecían de la nada en cada esquina, jamás salía de casa sin asegurarme de tener buen aspecto.

—Diez minutos, te lo prometo. Me pongo los zapatos y el vestido y vuelvo a bajar.

—Como quieras —dijo Vincent, mirando el reloj—. Tenemos tiempo de sobra.

Una hora más tarde, entramos en la capilla baja de la Sainte Chapelle, una iglesia real de más de ochocientos años de antigüedad situada a pocas manzanas de la catedral de Notre-Dame, en una islita del Sena llamada Île de la Cité.

—¿Aquí es donde se casan? —pregunté, anonadada.

Vincent me tomó de la mano y me llevó por unas sinuosas escaleritas de piedra que nos permitieron acceder a la nave. Cuando entré en la sala, empecé a notar una embriagadora sensación de saturación de los sentidos —una especie de mareo— que ya había experimentado las pocas veces que había visitado la capilla como turista. El espacio resultaba abrumador, sin más.

La sala era más alta que larga, las decoraciones del techo quedaban a tal distancia que apenas las veía. Pero no era la altura palaciega lo que me quitaba el aliento, sino las paredes. Quince ventanales con vidrieras policromadas, cada una de quince metros de altura, decoraban la superficie entera de la capilla. Básicamente, la sala no era más que cristal unido por esqueléticas columnas de piedra. La luz que se filtraba llegaba de un color azul tan oscuro que parecía violeta y los cristales eran tan gruesos que parecían piedras preciosas. El efecto general me hacía sentir como una figurilla en miniatura dentro de un huevo Fabergé, como si mi mundo entero estuviera cubierto de joyas.

Respiré hondo para calmar mi corazón desbocado y enlacé mi brazo con el de Vincent.

—¿Cómo diablos han podido reservar este lugar para una boda? —susurré mientras nos acercábamos al grupo de gente que había alrededor del altar.

—Todo es cuestión de conocer a la persona apropiada —contestó en voz baja, con una sonrisa pícara. Sacudí la cabeza, anonadada.

Puesto que no había sillas, los treinta o cuarenta *revenants* —incluidos unos cuantos que había visto en la fiesta de Año Nuevo— estaban de pie. Nos acercamos a Jules y Ambrose, que interrumpieron su conversación con Jean-Baptiste y Violette para hacer varios comentarios halagadores acerca de mi aspecto.

—Caray, Mary Kate, qué bien te sienta arreglarte. Casi no te reconocía sin los *jeans* y las Converse —dijo Ambrose, dándome un abrazo.

Jules se encogió de hombros.

—No está mal —dijo, como si no le interesara. Entonces, alzó las cejas y se frotó el mentón con gesto dramático.

—¿Dónde está Gaspard? —pregunté.

—Inerte —dijo Vincent—. Arthur se ha despertado esta noche y todavía está haciendo reposo.

Asentí y me volví hacia el sacerdote, que se disponía a dirigirse a la multitud.

—Queridos amigos aquí presentes —empezó—. Nos hemos reunido hoy para celebrar la unión de nuestro hermano Georges y nuestra hermana Chantal.

Miré a Vincent con una ceja en alto.

—¿Es un...? —murmuré. Asintió; el sacerdote era uno de ellos.

Vincent me puso delante de él para que pudiera ver mejor la ceremonia, y apoyó las manos en la cintura de mi vestido color ciruela, que me llagaba hasta las rodillas.

La novia estaba deslumbrante. Llevaba un vestido de boda tradicional, con todos los elementos: velo, cola larga y metros y metros de satén de color crema. Su aspecto clamaba «siglo XX» a gritos, mientras que el novio parecía provenir de una época mucho más antigua. Iba vestido como uno de los tres mosqueteros; llevaba gorguera, chaleco de terciopelo y unos pantalones que terminaban por encima de la rodilla, justo donde empezaban sus botas altas. Todo aquello, en vez de darle un aire cómico, le hacía parecer... galante. No pude evitar preguntarme si había venido hasta la iglesia vestido así.

—¿A qué viene el *look* d'Artagnan? —le susurré a Vincent.

—Los novios suelen vestirse con ropas de su época para la boda. Es una tradición *revenant*.

Sonreí, aunque no pude evitar vigilar por el rabillo del ojo, no fuera a ser que sus amigos decidieran irrumpir en la sala por las ventanas, colgando de cuerdas, con sombreros emplumados y espadas en mano.

El discurso del sacerdote era muy parecido al de las bodas mortales, aunque venía acompañado por las actuaciones de un cuarteto de cuerda. La música flotaba por la sala como una niebla sinfónica, con lo que aquella ceremonia tan extraordinaria parecía aún más de otro mundo. Cuando llegaron a los votos, el novio y la novia se encararon y prometieron ser fieles y amarse «mientras ambos existamos». «Bueno —pensé—, eso sí que es un cambio interesante.»

Empecé a darle vueltas a las implicaciones de lo que estaba viendo. Cuando dos humanos se casaban, ya prometían mucho al jurar que permanecerían juntos durante varias décadas. Esta pareja estaba declarando, ante de sus semejantes, que querían estar juntos para siempre. O, por lo menos, durante mucho, mucho tiempo.

Cuando la ceremonia terminó, los novios se besaron, se tomaron de la mano, y encabezaron la comitiva por las escaleras y hacia la calle. Una vez fuera, la procesión caminó diez minutos hasta llegar al extremo de la isla, bajamos unas escaleras y llegamos a la place Dauphine; un parque pavimentado y rodeado de árboles en medio del río Sena. Una enorme carpa blanca se alzaba en medio de la plaza, con estufas de gas que calentaban el interior.

Vincent y yo aceptamos platos con comida y salimos de la carpa. Fuimos a sentarnos al borde del embarcadero, donde había mantas mullidas dispuestas para la ocasión. Nos sentamos con los pies colgando sobre el agua y, en silencio, nos comimos el solomillo con patatas gratinadas.

—¿No tienes preguntas? ¿Comentarios? ¿Angustias existenciales? —dijo Vincent al cabo de un rato.

—Tengo tal torbellino de ideas en la cabeza ahora mismo, que no sé ni por dónde empezar —contesté.

—Pues empecemos por lo fácil y dejemos lo existencial para más tarde —dijo. Dejó el plato vacío sobre la manta, a su lado, y me miró con expectación.

—De acuerdo. ¿Quiénes son? El novio y la novia, quiero decir.

—Georges y Chantal. Él es del siglo XVIII, ella es de la década de los cincuenta. Él es francés, ella belga.

—¿Cómo se conocieron? Que yo sepa, vosotros no viajáis mucho.

—En una asamblea; reuniones de nuestro Consorcio que se convocan cada equis años. A las más importantes acuden representantes de todas las partes del mundo. Normalmente, nosotros solo vamos a las asambleas europeas.

—¿Un encuentro internacional de *revenants*? ¿Cómo las Naciones Unidas? —pregunté. Reprimí la risa al ver la expresión solemne de Vincent.

—Es una tradición muy antigua. Las asambleas son altamente confidenciales, claro, por motivos obvios de seguridad. Si no, sería como ofrecernos a los numa en bandeja de plata.

—¿Y allí se conocieron los novios? ¿En una asamblea política?

—Sí. Además de ser reuniones en las que intercambiamos información, también sirven para que los *revenants* se conozcan entre ellos. Es difícil encontrar pareja cuando tienes un círculo social tan limitado.

Charlotte me había comentado algo parecido, una vez. Así justificó que no tuviera novio. Claro que aquello había sido antes de que descubriera que estaba enamorada de Ambrose, y llevaba varios años bebiendo los vientos por él. Por un momento, me pregunté cómo le iría a mi amiga ahora que no tenía a Charles a su lado. Habíamos estado enviándonos mensajes por correo electrónico, pero no había sabido nada de ella desde que su hermano gemelo había desaparecido.

Vincent se puso a juguetear con mis dedos perezosamente, con lo que mis pensamientos volvieron a la boda.

—¿Suelen tener pareja, los *revenants*? —pregunté—. O sea, Ambrose y Jules parecen estar contentos de solteros.

—Todavía son «nuevos». Que quisieran sentar la cabeza sería como un adolescente que ya se quisiera casar. ¿Para qué comprometerse con una persona cuándo apenas acabas de empezar a vivir la vida? —dijo—. Bueno, digo «vida», pero ya me entiendes —añadió.

—A ti no parece importarte comprometerte—le dije en broma, pero, de repente, me sentí cohibida.

Vincent sonrió.

—Yo soy distinto, ¿recuerdas? Estaba a punto de casarme en mi vida humana. Tal vez es que, simplemente, el compromiso se ajusta mejor a mi personalidad —dijo. Se inclinó sobre el agua, pensativo, y se volvió hacia mí—. Volviendo al tema —siguió, con una sonrisa tímida—. Tras unos cuantos siglos de soltería, los *revenants* como Georges suelen echar de menos un compañero con el que pasar los días. Supongo que es una parte de nuestra humanidad básica que no perdemos tras la muerte. La necesidad de amar y ser amados.

—Bueno, ¿y qué me dices de Jean-Baptiste? Él está soltero.

Vincent observó el agua de nuevo, con una sonrisa descarada.

—No es una persona abiertamente afectuosa, eso es todo.

—¿Qué? —exclamé—. ¿Jean-Baptiste tiene novia?

Vincent levantó una ceja y, sonriéndome de reojo, sacudió la cabeza.

—¿Me estás diciendo que tiene una querida? ¿Un no...? ¡Ah! —dije al fin, cuando caí en la cuenta—. ¡Gaspard!

—No me digas que no se te había ocurrido hasta ahora —dijo, con una amplia sonrisa.

Sacudí la cabeza. Pero, ahora que lo sabía, tenía todo el sentido del mundo. Eran perfectos el uno para el otro.

Vincent se levantó de un salto y devolvió nuestros platos a la carpa. Cuando volvió a sentarse a mi lado, siguió hablando.

—Tengo algo para ti, Kate —dijo.

Se llevó la mano al bolsillo de su abrigo y, al retirarla, sacó una bolsita de terciopelo.

Soltó los cordeles que la cerraban, extrajo un colgante con un cordel de lino negro y lo depositó, con cuidado, sobre la palma de mi mano.

Era un disco de oro, del tamaño de una moneda de dólar, y tenía dos círculos granulados, uno dentro del otro, dibujados con diminutos gránulos de oro. Incrustada en el centro del disco había una piedra triangular de color azul oscuro, con la superficie suave y ligeramente redondeada. El espacio que quedaba entre la piedra y el

213

granulado había sido decorado con una filigrana de oro en forma de llamas. Parecía una antigüedad, como las joyas griegas que tenía Papy en la joyería.

—Cielo santo, Vincent, es precioso —murmuré. Estaba tan emocionada que apenas conseguí pronunciar aquellas palabras.

—Es un *signum bardia*. Un símbolo para que todos los *revenants* sepan que eres una amiga; que sabes lo que somos y que eres digna de nuestra confianza. Jeanne también tiene uno, nunca se lo quita.

Se me llenaron los ojos de lágrimas. Con el colgante apretado en la mano, me lancé sobre Vincent y le abracé con todas mis fuerzas durante unos segundos. Cuando le solté, me sequé las lágrimas.

—Entonces... ¿te gusta? —preguntó, con una sonrisa que indicaba que no estaba demasiado seguro de mi respuesta.

—Vincent, «gustar» se queda corto. Es tan bonito que no podría ni describirlo. ¿De dónde lo has sacado? —dije, incapaz de apartar los ojos de aquella exquisita joya.

—De la colección.

Le miré brevemente.

—¿Así que es de Jean-Baptiste?

Vincent me sonrió de modo tranquilizador.

—No. Aunque está almacenada en La Maison, la colección pertenece a los *revenants* de Francia. Las piezas han sido pasadas de generación en generación durante milenios. Según los archivos, la última vez que se usó este colgante fue en el siglo IX, cuando se lo entregamos a uno de nuestros emisarios en Constantinopla.

Abrí los ojos de par en par.

—¿Estás seguro de que deberías dármelo? ¿A todos les parece bien?

—Se lo mostré a Jean-Baptiste y a Gaspard; ambos me felicitaron por mi elección y estuvieron de acuerdo en que era el colgante perfecto para ti. Ahora, es tuyo, no tienes que devolvérnoslo. O, por lo menos, espero que no nos lo devuelvas —explicó. Había adoptado una expresión alegre, pero su mirada seguía siendo seria.

«Caramba.» Examiné el colgante una vez más y acaricié las llamas tiernamente con el dedo. Vincent lo observaba a mi lado.

—Hay varias interpretaciones sobre el significado de los símbolos, se han escrito libros enteros sobre los *signa bardia* en general, pero se supone que la pirámide representa la vida después de la muerte y las tres esquinas simbolizan los tres días del estado inerte. Las llamas representan nuestra aura y la única manera de destruirnos. El círculo es la inmortalidad.

Me limité a mirarle, no era capaz de creer que aquel colgante antiguo, símbolo de los semejantes de Vincent, fuera mío. Lo tomó de mi mano y, con cuidado, me pasó el cordel por la cabeza y me puso el collar. Cuando se apartó para observarme, su expresión resultó tan impagable como la joya que acababa de entregarme.

—Gracias.

—Te diría «de nada», pero no puedo atribuirme todo el mérito. El colgante no es solo algo que te doy yo a ti, es de parte de todos nosotros. Sé lo mal que te sentó que Arthur te hiciera sentir como si no pertenecieras al grupo. Quiero que sepas que no es así. No eres una *revenant*, pero eres de los nuestros. Este *signum* significa que te contamos entre nuestros semejantes.

Me dejé caer entre sus brazos. Vincent apoyó la mejilla en mi pelo, y cerré los ojos y deseé que nada cambiara jamás, que se detuviera el tiempo y que pudiéramos quedarnos así para siempre.

Capítulo 24

Las dos semanas que habían pasado desde mi última visita a Le Corbeau me habían parecido eternas. Pero, finalmente, era martes y estaba lista para salir corriendo después de clase y dirigirme a la tienda de artículos religiosos.

Así que cuando crucé la puerta principal del instituto y vi que Jules me estaba esperando, me sentí como si alguien me acabara de colocar unas esposas en las muñecas.

—Jules —dije, sin disimular mi decepción—. ¿Qué haces aquí?

—Yo también me alegro de verte, Kate —contestó él, divertido—. Tu novio me ha pedido que te haga de guardaespaldas.

—¿Que mi novio qué? —exclamé.

Jules se inclinó para darme dos besos, pero yo retrocedí para esquivarle, lo que le hizo estallar en carcajadas.

—¡Oye, no me eches a mí la culpa! —dijo, dando un paso atrás con las manos en alto, el signo universal de «me rindo»—. Vincent es un tipo con suerte, se ocupa de las misiones más peligrosas mientras yo me quedo con la damisela en apuros.

—No estoy en apuros, perdona. Pero había algo que quería hacer... por mi cuenta —dije. Entonces procesé lo que acababa de decir—. ¿Qué misión peligrosa? —pregunté, observando su cara en busca de pistas.

—¡Ajá! Por fin logro que me dediques toda tu atención —exclamó, con expresión traviesa—. ¿Te importa que te lo cuente cuando estemos a bordo y fuera del carril bus? —preguntó, señalando hacia su BMW, que estaba aparcado en medio del carril bus, a pocos metros. Vi que se acercaba el autobús, haciendo señales con las luces para que se apartara, y me apresuré a meterme en el vehículo, antes de que el conductor del autobús hiciera una escena.

—¿Tenemos que esperar a la siempre efervescente Georgia? —preguntó Jules, mientras se sentaba en el asiento del conductor y arrancaba.

—No, tiene teatro hasta las seis —respondí, distraída, pensado en lo que podría estar haciendo Vincent.

Esperé a que Jules se hubiera incorporado al tráfico.

—De acuerdo, ya estoy dentro. Ahora, ¡ya puedes empezar a cantar!

Mientras conducía, me dijo que los *revenants* que habían quedado a cargo de la casa de Geneviève habían llamado a Jean-Baptiste, aquella mañana, para avisar de que alguien había entrado a robar. Mientras la casa estaba vacía, alguien se había metido en la casa y lo había revuelto todo. La puerta estaba forzada y habían roto el cerrojo, pero, al parecer, no se habían llevado nada. Jean-Baptiste y Vincent habían acudido al lugar para investigar.

—Y por eso me hace falta un guardaespaldas, ¿por...?

—Porque todos nos preguntamos si esto significa que los numa están de nuevo en activo, así que Vincent estaba preocupado por ti. Y, puesto que JB ha insistido en que él le acompañara a casa de Geneviève, me he ofrecido voluntario para venir a buscarte —dijo Jules, con una sonrisa de satisfacción, sin apartar los ojos de la carretera—. Bueno, ¿qué es lo que querías hacer? Puedo llevarte adonde sea.

—Es un asunto privado. Ya lo haré en otro momento —suspiré. Se me hizo un nudo en el estómago al pensar que podría no tener otra oportunidad de visitar la tienda durante una temporada—. Oye, ¿por qué no me llevas a casa de Geneviève, con Vincent?

—¿Y si te llevo a mi estudio? Mucho menos peligroso. Además, necesito una modelo, podrías hacerme el favor.

—¿Quieres que haga de modelo para un retrato?

—De hecho, ahora mismo estoy concentrándome en desnudos integrales reclinados, al estilo de Modigliani —replicó. Estaba haciendo un esfuerzo por mantener la cara de póker.

—¡Si te has creído, aunque sea remotamente, que voy a quitarme la ropa delante de ti, Jules...! —empecé.

Él estalló en carcajadas, dando palmadas al volante.

—Es broma, Kate. Tú eres una dama. No te pediría que comprometieras tu pureza como si fueras una de las modelos a las que pago... ¡Meretrices de poca monta, todas ellas!

Después de haberme encontrado a una modelo semidesnuda posando en el estudio de Jules, Vincent me había dicho que las chicas solían ser estudiantes universitarias que iban cortas de dinero, así que no se trataba exactamente de «meretrices de poca monta». Jules estaba exagerando como método de ataque. Y funcionó.

—De acuerdo, posaré para ti —concedí—. Pero no me quitaré ni una prenda de ropa mientras esté en tu estudio, bajo ningún concepto.

—¿Y si no estamos en mi estudio? —replicó él, pícaro.

Puse los ojos en blanco mientras cruzábamos un puente y la torre Eiffel aparecía ante nosotros.

Inhalé profundamente al entrar por la puerta del estudio de Jules, disfrutando de uno de mis aromas favoritos: el olor a pintura húmeda. Desde que era una niña pequeña, había notado aquel olor cada vez que entraba en el estudio de restauración de Mamie. En mi mente, era un aroma que iba de la mano de la belleza. Mis ojos siguieron a mi nariz, expectantes, sabiendo que la recompensa debía de estar cerca.

¡Y qué recompensa! Las paredes del estudio de Jules estaban llenas de color. Paisajes urbanos geométricos en colores primarios y desnudos pintados de rosas lujuriosos y tonos carne. Mi cerebro cambió de marcha para adaptarse al arte. Rodeada de toda aquella belleza, me sentía completa, satisfecha. Como si se hubiera encendido una luz en mi interior, iluminando todos los rincones oscuros y polvorientos de mi mente.

Mi ensimismamiento se vio interrumpido por el ruido de algo que se rompía en la habitación de al lado. Jules se abalanzó sobre lo que fuera antes de que yo pudiera reaccionar, con una espada que había sacado del paragüero, y se lanzó pasillo abajo. Oí un aullido y, por la puerta, vi que un hombre saltaba por los aires.

El tiempo se detuvo mientras le observaba, suspendido en el espacio, incapaz de creer lo que estaba viendo; entonces, me devolvió a la realidad el estruendo ensordecedor que causó el impacto de su cuerpo contra el gigantesco ventanal y desapareció al otro lado. Eché a correr hacia la ventana destrozada, oyendo el crujido de los cristales rotos bajo mis pies, y vi que el hombre había aterrizado sobre los dos pies en el asfalto, dos pisos más abajo. Impertérrito tras la caída, se sacudió los cristales y, con una mano en el torso para detener el flujo de sangre de un corte, cruzó el patio corriendo y desapareció por la calle.

Me di la vuelta y vi a Jules, con una espada ensangrentada en la mano, mirando la ventana rota. A su lado, un pequeño escritorio estaba cubierto de libros de arte y folletos de exposiciones, repartidos como si alguien los hubiera tirado al aire y los hubiera dejado donde habían caído. El cajón del escritorio estaba tirado por el suelo, vacío.

—¿Se ha...? —empezó a decir Jules, pero fue incapaz de terminar la pregunta.

Asentí.

—Ha aterrizado de pie y ha salido corriendo. Pero creo que le has dado —añadí, para animarle—. Ha salido huyendo con una mano en el costado.

—¿Qué hacía un numa en mi estudio? —murmuró, estupefacto— ¿Y cómo diablos ha entrado? Tanto la puerta como las ventanas tienen los cerrojos más seguros que hay.

Entre las esquirlas de cristal, un brillo metálico me llamó la atención. Me acerqué, pisando con cuidado, me agaché y encontré un pequeñísimo juego de herramientas plateadas unidas a una cadenita. Parecían exactamente el tipo de cosa que usaría alguien para forzar una cerradura. Las levanté para que Jules las viera. Mientras las observaba, se le puso la cara morada. Sacó el teléfono móvil del bolsillo y marcó un número.

—¿Vince? Sí, está aquí. ¡Calla y escucha! Han venido aquí también, a mi estudio... Solo uno, se ha escapado. No, está bien. Sí, estoy seguro. —Jules me pasó el teléfono.

—Kate, ¿estás bien? —preguntó Vincent, con el tono de voz calmado que usaba cuando estaba entrando en pánico.

—Perfectamente. El numa ni siquiera me ha visto. Jules ha ido directo a por él y el tipo ha saltado por la ventana.

—Ahora mismo voy.

—No hace falta, Vincent. Los dos estamos bien. Termina lo que estás haciendo. En cualquier caso, voy a verte esta noche.

—No tenemos mas remedio que ir, Kate. Es importantísimo que averigüemos qué estaba buscando. No tardaremos más de veinte minutos en taxi, así que no te muevas, ¿de acuerdo? Hasta que no te vea con mis propios ojos no me creeré que estás bien. ¿Puedes devolverle el teléfono a Jules?

Hice lo que me pedía. Jules se quedó escuchando a Vincent un momento, entonces, metiéndose el teléfono en el bolsillo y sacudiendo la cabeza para quitarse de encima la sorpresa, me miró como si acabara de percatarse de mi presencia. Dejó caer la espada al suelo, se me acercó y me agarró por los hombros, con un poco más de fuerza de lo estrictamente necesario.

—Kate, ¿estás bien? ¿No tienes ningún corte? —preguntó, escudriñándome la cara.

Me quedé tan pasmada por la intensidad de su mirada que no fui capaz de responder. Jules siempre andaba bromeando, tomándome el pelo, pero esta vez me estaba observando con los ojos abiertos de par en par, y su expresión no podría haber sido más seria. Sacudí la cabeza.

—No me he hecho nada —conseguí murmurar.

Exhaló profundamente al asimilar que estaba ilesa, me abrazó y me apretó con tanta fuerza que no me dejaba respirar. Tras unos segundos, aflojó un poco los brazos, pero no me soltó hasta que, al fin, me moví. Retrocedí un poco y le llamé por su nombre.

Dejó caer las manos a ambos lados de su cuerpo, pero se quedó a mi lado, con la cara a pocos centímetros de la mía y su aliento cálido acariciándome la piel, durante un instante que se me hizo eterno. Entonces, de repente, se dio la vuelta y salió del estudio. Oí sus pasos en las escaleras de madera; por la ventana rota, vi que cruzaba el patio y que se quedaba, inmóvil, junto a la entrada al edificio, esperando a los demás.

Capítulo 25

Una vez en el estudio, Vincent y Jean-Baptiste se habían dedicado a examinar el lugar en busca de pistas, mientras Jules y Ambrose clavaban una tabla de madera para cubrir la ventana rota. Ahora estábamos en el BMW, camino a La Maison para lo que JB denominaba «reunión de emergencia».

Me sonó el teléfono. Al ver el número de Charlotte en la pantalla, respondí inmediatamente. Era la primera vez en más de un mes que una llamaba a la otra.

—¡Hola, Charlotte! —dije, intentando que no se notara en mi voz la tensión que afectaba a todos los presentes.

—Kate —respondió. Sonaba como si estuviera allí mismo, y no a la otra punta del país.

—¿Cómo estás?

—Bien. Pero tenía que llamarte... anoche recibí noticias de Charles. Está en Alemania, viviendo con un grupo de *revenants* en Berlín. ¡Y está bien!

—Oh, Charlotte, te habrás quitado un buen peso de encima.

—No te lo puedes ni imaginar. Cuando llamó para decirme que estaba bien casi me desmayé, y entonces me puse a gritarle como si estuviera loca por no haber dado señales de vida antes. Pero ya está todo arreglado.

—Me alegro muchísimo de oírlo. ¿Lo ves? Todos aquellos insultos que le dedicaste, al final resulta que... bueno, la mayoría siguen siendo válidos.

Charlotte se echó a reír, pero luego recuperó la seriedad.

—De hecho, Kate, los tipos con los que está alojado han oído rumores de que algo gordo está pasando entre los numa de París. Charles dice que no está preparado para hablar con los demás y me ha pedido que advierta a JB.

—Vaya, pues llega justo a tiempo. ¿Te has enterado de lo que pasó en casa de Geneviève?

—Sí. Jean-Baptiste ha llamado esta mañana para preguntar si había algo en la casa que pudiera ser de interés para los numa.

—Acaba de ocurrir lo mismo en el estudio de Jules, hace un par de horas.

Charlotte ahogó un grito.

—Oh, Kate, ojalá pudiera volver. Ya no tengo motivos para quedarme aquí abajo, ahora que sé que Charles no va a aparecer en el portal.

—Entonces, ¿por qué no lo haces? —pregunté, mirando de reojo a Vincent, que estaba sentado a mi lado en silencio.

—Es Geneviève. No quiere volver a París. Y salta a la vista que estar aquí, lejos de los recuerdos de su vida con Philippe, la está ayudando. No puedo dejarla tirada y no quiero sugerir nada que vaya a hundirla. Pero, con todo lo que está sucediendo en París, ¿crees que Jean-Baptiste me necesita?

—No lo sé, Charlotte. De momento, aquí todo parece ser un caos absoluto. Si Geneviève te necesita allí, puede que sea mejor para las dos que te quedes.

Charlotte suspiró.

—Tienes razón. Se lo comentaré a Jean-Baptiste, solo por si acaso. Pero ¿Kate?

—¿Sí?

—¡Estoy tan contenta de que Charles esté a salvo!

—Lo sé, Charlotte, yo también. Es bueno saber que está con otros *revenants* —dije. «Y no con los numa», pensé, sabiendo que Charlotte había estado temiendo lo mismo.

Una vez más, nos habíamos reunido alrededor de la gigantesca chimenea del salón. Jean-Baptiste explicó lo que habían encontrado en casa de Geneviève y en el estudio de Jules, que era, básicamente, nada de nada. Sin embargo, al ver los lugares en los que habían buscado, resultaba obvio que el objetivo de los robos debía de ser algún tipo de documento. Pero ni a Jules ni a Geneviève se les ocurría nada que los numa pudieran estar interesados en robarles.

—Lo he pensado largo y tendido —dijo Jean-Baptiste, apoyando dos dedos en el entrecejo para darle énfasis a su expresión—, y no se me ocurre nada, no tengo ni idea de qué documento podría resultar de interés para nuestros enemigos.

—¿Tal vez información bancaria? —preguntó Violette—. Puede que estén buscando números de cuenta o cosas similares.

—Bueno, es una idea —dijo Jules—. Pero ahora ya no hacemos nada en papel, todas las gestiones las hacemos por Internet. E incluso si los numa no fueran ya más que ricos gracias a todos sus negocios ilegales, dudo que nuestras cuentas bancarias fueran su primer objetivo si anduvieran cortos de efectivo.

Violette frunció el ceño.

—¿Si me permitís? —preguntó Gaspard. Su exagerada buena educación le impedía intervenir en una conversación sin pedir permiso antes. Jean-Baptiste asintió—. Aunque estoy de acuerdo en que debemos concentrarnos en descubrir qué es lo que buscan, no hay que descartar la posibilidad de que todo esto sea una mera distracción. Puede que quieran desviar nuestra atención mientras llevan a cabo un plan más importante.

Decidí que había llegado mi turno.

—Charlotte ha mencionado algo por teléfono cuando estábamos de camino —dije. Todos se volvieron hacia mí centrando su atención en la nueva información—. Charles la ha llamado. Está en Berlín, con un grupo de *revenants*. La ha llamado para advertirle de que les han llegado rumores que indican que los numa de París se traen algo gordo entre manos.

—Sí, a mí también me ha llamado... —empezó Gaspard, pero Violette le interrumpió.

—¿Por qué me entero ahora de todo esto? —exclamó. Tenía la cara roja de indignación, lo que indicaba que estaba alcanzando su nivel máximo de cabreo.

—Iba... iba a consultarlo contigo, Violette —balbuceó Gaspard—. Pero Charlotte me llamó anoche y, con los robos de esta mañana, no he tenido ocasión.

Violette se presionó las sienes, exasperada.

—¿Cómo pretendéis que os asista si insistís en ocultarme la información más importante que poseéis?

Todos se quedaron mirándola. Ambrose me miró, puso los ojos en blanco y articuló las palabras «menudo teatro».

Violette miró a su alrededor, como si acabara de percatarse de nuestra presencia, y se volvió hacia Gaspard.

—Lo siento —dijo—. Es que he hecho tales esfuerzos... indagando en todos los sitios posibles y encontrándome siempre con callejones sin salida... y resulta que la información está aquí, así de fácil, delante de mí.

Se levantó, se acercó a Gaspard, colocó una delicada mano en su brazo y le apartó del grupo.

—¿Qué ha dicho Charlotte, exactamente? —preguntó mientras salían de la sala.

Al otro lado de la chimenea, separado de los demás, Arthur permanecía recostado en un butacón, sacudiendo la cabeza con cansancio, como el marido que lleva años soportando a una esposa con mal genio. Miró hacia arriba.

—¿Está tomando notas? —le susurré a mi novio, haciendo un gesto de cabeza hacia Arthur. Los ojos de Vincent cruzaron la estancia.

—No, está escribiendo —respondió.

—¿Qué quieres decir? —pregunté, intrigada.

—Es escritor. De novelas —dijo. Vincent se echó a reír al ver mi cara de sorpresa—. ¿Qué pasa? ¿Acaso crees que dedicamos todo nuestro tiempo a salvar vidas? Arthur y Violette tienen que hacer algo con su tiempo libre, ni siquiera tienen televisión.

—¿Qué escribe?

—Bueno, ¿has oído hablar de Pierre Delacourt?

—¿El que escribe las novelas históricas de misterio? Sí, creo que una vez me leí un libro suyo en el aeropuerto. ¿Es el pseudónimo de Arthur?

Vincent asintió.

—Ese y Aurélie Saint-Onge, Henri Cotillon y Hilaire Benois.

Me quedé boquiabierta al darme cuenta de que el escritor que estaba tras algunos de los pseudónimos más famosos de la literatura francesa de los últimos dos siglos se encontraba sentado frente a mí, escribiendo en una libreta.

—Este desastre de reunión queda suspendido —espetó Jean-Baptiste, dejando en evidencia el hecho de que nadie le estaba prestando atención—. Hablaré con cada uno de vosotros individualmente sobre lo que necesito que hagáis. Vincent —dijo, acercándose a nosotros—, tú tienes que ir a Berlín mañana mismo. Habla con la fuente de información de Charles. Entérate de todo lo que sepan y averigua de dónde sacan la información.

Vincent asintió y Jean-Baptiste pasó a Jules.

—Caramba, en un abrir y cerrar de ojos tienes que irte a Berlín —dije—. ¿Cuánto tiempo crees que te quedarás?

—Supongo que un par de días. Todo depende de lo que encuentre cuando llegue, de cuanta información haya en realidad. Aunque sospecho que parte del motivo por el que JB me manda a mí en persona, en vez de llamar por teléfono, es para que compruebe que todo va bien con Charles.

Asentí. Aunque me entristecía pensar que se iba (habían pasado tantas cosas que me parecía que no habíamos podido hablar como Dios manda desde que se había despertado del estado inerte), también resultaba un alivio. Porque, ahora, lo único que ocupaba mi mente era volver a visitar Le Corbeau.

Capítulo 26

Cuando Georgia y yo salimos de casa a la mañana siguiente y vimos a Jules esperándonos en la calle, me dio un vuelco el corazón. Vincent ya debía de haberse ido. Comprobé el teléfono móvil y, efectivamente, me había mandado un mensaje de despedida. Mi corazón se recuperó del vuelco y empezó a palpitar con un ritmo *staccato*. Hoy era mi gran oportunidad.

—¿A qué viene el servicio de chófer? —pregunté. Me senté en el asiento del copiloto y Georgia se acomodó en la parte trasera del automóvil.

—Vincent quería venir en persona, pero su vuelo salía a las seis de la mañana. Lo que significa que tenía que estar en el aeropuerto a las cinco.

—Es una suerte que no os haga falta dormir —dije.

Vi que Jules miraba automáticamente por el retrovisor para comprobar que Georgia no nos hubiera oído. Entonces, se relajó de repente al recordar que mi hermana ya conocía su secreto.

«Es cierto que me consideran una más», medité. Sonreí para mí misma y acaricié el colgante que llevaba bajo la camiseta.

—En cualquier caso, no era eso lo que quería saber. ¿Qué he hecho para merecer que me lleves al instituto? ¿Ha habido otro ataque numa durante la noche?

Mi comentario había sido en broma, pero al ver la expresión seria de Jules comprendí que había dado en el clavo.

—¡No! —exclamé.

—Sí, otros dos hogares de *revenants* de París han sido registrados. Uno anoche y otro esta mañana, en ambos casos el ataque ocurrió mientras los dueños no estaban.

—¿Y qué tiene eso que ver con nosotras? —preguntó Georgia desde el asiento trasero—. Aunque aprecio el servicio personalizado de trasporte, te lo aseguro.

—Primero se produjo la emboscada después del concierto de tu novio, luego, una semana después, tenemos cuatro robos perpetrados por nuestros enemigos. Todo indica que los numa han vuelto a la acción. A Vincent le preocupa que tú, Kate, puedas ser uno de sus objetivos —contestó Jules.

—¿Por qué yo?

—Los numa saben que Vincent es la mano derecha de JB, y saben que eres su novia. Secuestrarte, o algo peor, sería la provocación perfecta. Vincent quiere que alguien te tenga vigilada hasta que vuelva de Berlín y pueda mantenerte a salvo él mismo.

Aquello era demasiado y me costaba hacerme a la idea.

—Me gustaría decir que puedo defenderme yo sola. Pero, tras enfrentarme a los tipos del callejón, creo que os agradeceré el esfuerzo y me quedaré calladita.

—Bueno, Jules —dijo Georgia, inclinándose hacia delante—. No es que no agradezca que protejas a mi hermana de los malvados zombis homicidas. Pero, puesto que ya os habéis dicho todo lo que hace falta... —empezó, e hizo una pausa para añadir dramatismo a sus palabras—... Kate me ha comentado que Arthur es escritor.

Georgia no se había olvidado de Arthur, vaya por Dios. La semana anterior había terminado la relación con Sebastien y, desde entonces, hablaba del *revenant* al menos una vez al día.

—Pues, de hecho, me ha preguntado por ti —dijo Jules, como si no tuviera importancia.

—Ah, ¿sí? —ronroneó mi hermana—. ¡Cuéntame más!

—Quería saber si te habías recuperado del trauma del ataque de los numa. Te vio por la calle y comentó que se te veía muy «lozana».

—¿«Lozana»? ¿Significará eso «atractiva» en el idioma del siglo xv?

—Allá vamos —murmuré, lo que hizo que Jules se echara a reír.

—No te ofendas —continuó nuestro chófer—, pero creo que llamas su atención porque Violette te odia con una pasión extrema. Así tiene algo con que entretenerse en esa aburridísima vida de prácticamente-casado-pero-sin-derecho-a-roce que lleva.

—Mmm... derecho a roce —repitió Georgia, saboreando las palabras como si se tratara de caramelos—. Que no se te olvide mencionarle que vuelvo a estar soltera, por si surge el tema.

Sacudí la cabeza y Jules estalló en carcajadas. Cuando el BMW se detuvo frente al instituto y Georgia se apeó, me incliné hacia él.

—¿Puedes esperarme un momento? —pregunté.

Jules puso cara de confusión, pero asintió. Bajé del vehículo.

—Georgia, voy a saltarme las clases de hoy. ¿Puedes dar alguna excusa a los profesores?

Mi hermana me observó con curiosidad.

—Esto es tan impropio de ti que asumo que se trata de algo de vital importancia. El tipo de importancia que incluye indagaciones a lo Nancy Drew sobre curanderos cuya existencia es bastante cuestionable. Hmm. ¿Qué me ofreces a cambio de mi silencio? —preguntó, con una sonrisa astuta.

—De acuerdo, de acuerdo, me aseguraré de que Jules le hable bien de ti a Arthur.

—Consígueme una cita y yo entregaré una nota de justificación firmada por Mamie.

Me eché a reír.

—Ya veré lo que puedo hacer —dije, y me volví hacia el BMW.

—Oye, Kate —añadió ella, en tono serio. Dudé—. Ten cuidado, sea lo que sea que vayas a hacer.

—Te lo prometo —dije. Le mandé un beso con la mano y volví a sentarme en el asiento del copiloto.

—¿Qué plan tienes, Kate? —preguntó Jules, titubeante, mientras toqueteaba los botones de la radio.

—Una excursión —contesté. Eso hizo que me dedicara toda su atención.

—¿A dónde?

—A Saint-Ouen.

—¿Te saltas la clase para ir al mercadillo? ¿Sabe Vincent lo que te traes entre manos? Espera... no me lo digas. Claro que no lo sabe. Si lo supiera, esperarías a que volviera de Berlín.

—¿Te ha pedido que me vigiles? —pregunté. Jules asintió—. Bueno, pues me voy a Saint-Ouen. Puedes dejarme en la estación de metro o llevarme hasta allí tú mismo. Haz lo que te dicte el sentido del deber.

Jules esbozó una sonrisa divertida.

—Kate, ¿te han dicho alguna vez que eres muy persuasiva? ¿Formas parte del club de debate del instituto? —preguntó. Sacudí la cabeza—. Pues es una lástima —comentó, mientras arrancaba el motor de nuevo.

Dio la vuelta para dirigirse hacia el centro de París, pisó el acelerador y nos fuimos.

—¿Jules?

—Um... ¿hmm?

—¿Cómo moriste?

Llevábamos media hora atrapados en un atasco de tráfico en la Périphérique. Hasta ahora, la conversación había consistido en comentar cosas sin importancia; que, en el caso de los *revenants*, significaba charlar acerca de cómo Ambrose y Jules habían rescatado a varias personas de un autobús de turistas que había caído al Sena.

Pero llevaba un tiempo preguntándomelo y, ahora que estábamos parados en un embotellamiento terrible, parecía un buen momento para averiguarlo.

—O sea, me dijiste que habías muerto durante la Primera Guerra Mundial —continué—. Pero ¿te llegó la muerte salvando a una persona en particular? ¿O te convertiste en *revenant* por el hecho abstracto de haber muerto defendiendo a tus compatriotas?

—No hay nada de abstracto en la creación de un *revenant* —contestó—. Participar en una guerra y punto no cuenta. Si no, habría muchos más de los nuestros.

—¿Pues a quién salvaste?

—A un amigo mío. Bueno, no éramos exactamente amigos, era otro artista; antes de la guerra, conocí a sus amigos en París. Se llamaba Fernand Léger.

—¿El famoso Fernand Léger? —exclamé.

—Oh, ¿has oído hablar de él? —preguntó Jules. En su voz no había ni pizca de sarcasmo.

—Venga ya, Jules. Ya sabes que me encanta el arte.

—Bueno, no alcanzó la fama de algunos de sus colegas: Picasso, Braque, Gris.

—Es lo suficientemente famoso como para que le conozca. ¿No fue en su galería del Museo de Arte Moderno donde te vi el verano pasado? Ya sabes, cuando fingiste que eras otra persona porque te reconocí después del accidente en el metro.

Jules sonrió ante aquel recuerdo. Su aparición post mortem me había hecho volver corriendo a casa de Jean-Baptiste para pedirle perdón a Vincent, y me lo había encontrado muerto en la cama. Lo que me llevó a descubrir su verdadera naturaleza. Un día inolvidable en la vida de Kate Mercier, sin duda.

—Sí, tiene un retrato mío irreconocible allí colgado. Muy poco favorecedor. Parezco un robot. Más bien un robot esqueleto, lo cual es comprensible si tenemos en cuenta que lo pintó cuando ya había muerto.

—¿Estás hablando de *Los jugadores de cartas*? —pregunté, asombrada.

—Sí. Teníamos mucho tiempo libre entre batalla y batalla. Pasábamos horas jugando a las cartas. Después de la guerra, una vez que estaba volante, oí que le contaba a alguien que el soldado de la derecha era el que le había salvado la vida. Pero, por mucho que lo intento, no le encuentro el parecido —dijo Jules, sonriendo ante su propio chiste.

—¿Cómo ocurrió? Lo de salvarle, quiero decir.

—Le di mi mascarilla cuando los alemanes nos atacaron con gas mostaza. Una vez inconscientes, los soldados enemigos barrieron el campo y dispararon a todos los que encontraron en el suelo.

«Qué manera tan terrible de morir», pensé. Aunque estaba horrorizada, intenté que mi voz sonara igual para que Jules siguiera hablando.

—¿Por qué lo hiciste?

—Era joven y él era un artista mayor y reconocido. Le respetaba. En cierto modo, le veneraba.

—Aun así, ¿cuántos jovenzuelos impresionables darían su vida por su héroe?

Jules se encogió de hombros.

—Lo he comentado muchas veces con los demás *revenants*. Todos estamos de acuerdo en que, durante nuestra vida humana, teníamos unos impulsos que, de tan altruistas, eran suicidas. Es la única característica que todos compartimos.

Se quedó callado un rato. Yo me dediqué a pensar qué haría falta para que yo entregara mi vida por otra persona. Suponía que se trataba de algo que no sabría hasta que me ocurriera, hasta que me encontrara en esa situación, mirando a la muerte a los ojos.

Veinte minutos más tarde, aparcamos a pocas calles de distancia de Le Corbeau.

—¿Vas por fin a decirme de qué va todo esto? —preguntó por milésima vez.

234

—No —dije, bajando del automóvil. Vi que había una cafetería cerca, así que la señalé y añadí—: Pero puedes esperarme allí.

—La respuesta a esa orden es «*non, madame la capitaine*». Ni borracho te dejaría ir a encargarte de un proyecto misterioso tú sola, en especial si es algo que no quieres que Vincent averigüe. Me has obligado a traerte aquí apelando a mi sentido del deber y a mi obligación de vigilarte. Ahora tienes que vivir con ello.

Le sostuve la mirada unos segundos, pero, cuando vi que no pensaba ceder, asentí y nos pusimos a andar en dirección a la tienda. Lo cierto era que resultó agradable tenerle conmigo, porque empezaba a ponerme nerviosa y no sabía qué haría cuando llegara el momento.

Desde la calle anterior pude ver que las luces de la tienda estaban encendidas y el corazón empezó a latirme a toda velocidad. El cuervo grabado en el cartel del local parecía observarnos amenazadoramente mientras nos acercábamos. Nos detuvimos ante la puerta y Jules se volvió hacia mí con una expresión de lo más incrédula.

—¿Me has hecho cruzar París en hora punta para comprar... —Echó un vistazo al escaparate y se volvió de nuevo hacia mí—... una virgen María de yeso?

—No.

—¿Pues qué? —preguntó. Se concentró una vez más en el escaparate— ¿Una lamparita en forma de papa Juan Pablo? Kate, ¿qué diablos estamos haciendo aquí?

—La pregunta es: ¿Qué estoy yo haciendo aquí? Y la respuesta es: nada que te incumba, Jules. Siento haberte arrastrado hasta aquí, pero hay algo que debo hacer. Y preferiría que me esperaras fuera.

—¿Por qué? —exclamó Jules.

—Tengo que hablar con el dueño sobre un asunto. Si me equivoco, saldré enseguida. Si tengo razón, puede que tarde algo más en salir. Pero es algo que quiero hacer sola.

—Kate, sinceramente, no sé cómo te soporta Vincent. Eres... exasperante.

—Pero ¿harás lo que te pido?

Jules se pasó la mano por los rizos, no parecía muy contento.

—Te doy quince minutos. Si no has salido, entraré a buscarte —dijo. Se alejó, enfurecido, y se sentó en el escalón de una tienda cerrada que había al otro lado de la calle.

Capítulo 27

Empujé la puerta con suavidad. No se abrió, así que me esforcé más y, cuando la puerta atascada cedió al fin, casi caí de bruces. Miré a mi alrededor, cohibida, y vi una sala atestada de cosas, todavía más abarrotada que los escaparates. Por el aspecto de lo que había a la vista, resultaba obvio que habían puesto la mercancía más barata en el escaparate, porque estaba rodeada de los objetos más interesantes que había visto jamás fuera de un museo.

Una Madonna antigua de marfil (el movimiento de la cadera sobre la que sostenía al niño Jesús seguía la curva natural del colmillo del elefante) estaba colocada junto a una caja ricamente ornada —un relicario— con un dedo metálico muy realista unido a la tapa. También había montones de monedas antiguas con imágenes de santos grabadas, rosarios colgando de todo aquello que sobresalía, crucifijos elaborados de oro, plata y piedras preciosas... Aunque cada pieza, por separado, poseía su propia belleza individual, el hecho de que estuvieran todas amontonadas caóticamente le daba un aire siniestro al lugar. Como si fuera una tumba repleta de chucherías para la otra vida.

Contemplé el mostrador un segundo entero antes de darme cuenta de que había alguien detrás, mirándome a mí. Estaba tan inhumanamente quieto que, cuando habló, me llevé un sobresalto.

—*Bonjour, mademoiselle.* ¿Cómo puedo ayudarla? —dijo. Hablaba francés con un ligero acento.

Me llevé la mano al corazón.

—Lo siento —dije entrecortadamente—. No le había visto al entrar.

El hombre inclinó la cabeza hacia un lado, como si le pareciera curioso que alguien se sorprendiera ante una estatua parlante. «Que hombre tan peculiar», pensé. Tenía el pelo teñido de negro y engominado hacia atrás, y un par de ojos enormes ampliados de manera surrealista por unas gafas de culo de vaso; parecía una versión cómica del nombre aviario de la tienda. «Siniestro hasta el infinito», decidí, estremeciéndome.

—Esto... alguien me ha dicho que aquí encontraría una *guérisseur* —dije. La voz me salió con un tono patéticamente tímido.

El hombre asintió de manera extraña y salió de detrás del mostrador, revelando una figura esquelética vestida con ropajes raros y pasados de moda.

—Mi madre es la *guérisseur*. ¿Qué mal la aflige?

Pensé en la conversación que había mantenido con la mujer de la tienda de al lado.

—Migraña —solté. Aquel hombre tenía algo que me ponía de los nervios, o quizás era toda aquella situación. Si conocer a los *revenants* se podía comparar con un viaje a un país exótico, ese lugar me hacía sentir como Neil Armstrong apoyando el pie en la superficie lunar.

El hombre asintió de nuevo para indicar que me había entendido y levantó un brazo, delgado como un lápiz, para señalar hacia una puerta que había al fondo de la sala.

—Por aquí, por favor.

Avancé entre montañas de libros viejos y estatuas de santos que me llegaban a la cintura, y le seguí por unas escaleras estrechas y empinadas. Desapareció por una puerta en el rellano y luego volvió a aparecer, haciendo gestos para que entrara.

—Puede pasar a verla —dijo.

Al entrar en la habitación vi a una anciana sentada frente a una chimenea en una silla verde y gastada, haciendo punto.

—Acércate, niña —dijo, levantando la vista de su labor. Hizo un gesto con la cabeza hacia un butacón que se encontraba cerca de su silla. Cuando entré en la habitación, el hombre se fue y cerró la puerta.

—Así que sufres migraña. Eres joven para tener ese tipo de aflicción, pero he curado a niños que la sufrían ya con cinco años. Ahora mismo lo arreglamos.

Me acomodé en el butacón.

—Bueno, cuéntame. ¿Cuándo empezaste a sufrir migraña? —preguntó, y siguió haciendo punto.

—La verdad es que nunca —confesé—. He venido a hablarle de otra cosa.

La mujer levantó la vista con expresión de curiosidad, pero no sorprendida.

—Adelante, pues.

—Encontré un manuscrito muy antiguo. Se llama *Amor inmortal*. Habla de una *guérisseur* que vivía en Saint-Ouen y tenía unas habilidades especiales en lo que respecta a... a cierto tipo de ser.

Aunque había planeado el discurso antes de venir, no me estaba saliendo bien. Porque, ahora que me encontraba allí, no las tenía todas conmigo. Aunque todo parecía apuntar a que aquel fuera el lugar indicado, sinceramente... ¿qué posibilidad había de que aquella anciana fuera la descendiente de la curandera del libro? ¿Tras tantos años? ¿De entre todos los *guérisseurs* que debían de existir en Francia?

Las agujas de hacer punto de la mujer se detuvieron. La anciana me prestó toda su atención por primera vez. De repente, me sentí extremadamente estúpida.

—Un cierto tipo de ser inmortal... llamado *revenant* —aclaré.

La anciana me miró durante un segundo más y, tras dejar su labor de punto en una bolsa de tela que tenía junto a la silla, se llevó la mano al pecho y se inclinó hacia delante. Al principio, pensé que estaba sufriendo un ataque al corazón, pero entonces me di cuenta de que se estaba riendo.

Tras unos segundos, paró para tomar aire.

—Lo siento, cariño. No me río de ti. Es que... la gente cree que los *guérisseurs* tenemos poderes mágicos, lo que lleva a toda clase de malentendidos. Y ya sé que la tienda del piso de abajo debe de llevar a todo tipo de confusiones; todos esos artículos religiosos hacen que la gente del barrio piense que soy una bruja o algo parecido. Pero no lo soy. No soy más que una anciana que recibió un simple don de su padre: el de curar. Pero eso es todo. No soy capaz de invocar espíritus, ni de maldecir a tus enemigos. Y no sé nada sobre los... tipos inmortales de los que me hablas.

Noté que me ardían las mejillas, no solo por la vergüenza, sino por la expectación que había estado acumulando durante semanas. Acababa de darme de lleno contra un muro. Se me llenaron los ojos de lágrimas y tuve que respirar hondo para no echarme a llorar allí mismo.

—Siento haberla molestado —dije, levantándome para irme—. Dígame ¿le debo algo por el tiempo que le he hecho perder? —pregunté, rebuscando en el bolso.

—*Non* —replicó bruscamente. Entonces, su voz volvió a suavizarse—. Lo único que pido es que escribas tu nombre en una de esas tarjetitas y que la dejes en el bol. Así podré incluirte en mis plegarias.

Hizo un gesto de cabeza para indicar una pila de tarjetas que reposaba sobre la mesa, junto a mi butacón. Apunté mi nombre en una y fui a dejarla en el bol. Entonces me quedé inmóvil.

En el interior del bol, había una pirámide pintada dentro de un círculo. Una pirámide rodeada de llamas. Me volví inmediatamente y vi que la anciana estaba contemplándome con una ceja en alto, esperando.

Me metí la mano bajo la camiseta, saqué el colgante y levanté el *signum* para mostrárselo.

La mujer se quedó callada un momento, sorprendida, y entonces se levantó.

—Bueno, si me lo hubieras enseñado nada más llegar, no habríamos tenido que hacer este numerito, cariño —dijo. Su cara había pasado de mostrar una expresión distante y profesional a una de complicidad amistosa—. Bienvenida, hermana menor.

Con la sensación de tener una docena de abejas zumbándome en la cabeza, me dejé caer sobre el butacón. No lo podía creer, ¿aquello estaba ocurriendo de verdad?

—¿Estás bien, *ma puce*? —preguntó. Parecía preocupada. Se dirigió a un aparador, sacó una jarra de agua y me sirvió un vaso. Lo dejó en la mesa, a mi lado, y volvió a sentarse.

—¡Sí! —dije, un poco demasiado cerca de gritarlo. Mi voz me resultaba extraña y todavía me pitaban los oídos—. Sí, estoy bien, es que... es una sorpresa tan grande que de verdad sea... —No sabía qué más decir, así que me callé.

—¡Ja! Sí, de verdad soy. O, más bien, mi familia lo es. Aunque nunca antes me han preguntado por los *revenants*. Han pasado varios cientos de años desde la última vez que alguien preguntó. Así que todo esto me resulta muy emocionante —dijo, con los ojos brillando—. Debes de haber encontrado los dos libros.

—Esto... sí. ¿Cómo lo sabe?

—Ah, bueno, tuvimos un pequeño problema en el siglo XVIII. Algunos de esos malhechores... los numa, se llaman... bueno, pusieron sus zarpas en el manuscrito y vinieron a llamar a la puerta. Una ocasión muy desagradable, te lo aseguro. Así que mis ancestros se apoderaron del libro y buscaron al aristócrata que poseía la única copia que existía. Ellos son los responsables de la jugarreta con la tinta; pretendían que encontrarnos fuera difícil, pero no imposible. Al fin y al cabo, tenemos nuestra función —dijo. Soltó una risita orgullosa—. Por casualidad no habrás traído los libros contigo, ¿no?

—No —admití.

—Vaya, es una pena. Me habría encantado verlos. Lo único que tengo yo es una copia manuscrita del texto, hecha por mi antepasado. No era cuestión de quedarnos con los originales. Sería un poco contraproducente, ¿verdad?

—Esto... sí —dije, intentando con todas mis fuerzas que mis ideas se movieran a la misma velocidad a la que aquella anciana despachaba información.

—Bueno, dime... —Se quedó esperando.

—Kate. Kate Mercier.

—Dime, Kate Mercier, ¿cuál es tu pregunta? —dijo. Pronunció las palabras como si fueran un guión que tenía que seguir.

—Estoy... estoy enamorada. De un *revenant*.

A la anciana se le ensombreció el semblante.

—Oh, cariño.

Su mirada de lástima solo sirvió para que me sintiera más decidida.

—Todavía es joven, solo hace ochenta y cinco años que es un *revenant*. Así que el impulso por sacrificarse es muy fuerte en él. Le quiero, pero no tengo fuerzas para quedarme junto a alguien que sufre las horribles muertes por las que ellos pasan... una y otra vez.

—Pocos las tendrían, cariño. A no ser que eliminaras todo sentimiento de tu corazón, sería una vida terriblemente traumática. Y, si fueras capaz de reprimir tus emociones hasta ese punto... bueno, pues no serías la misma muchacha sensible que eres ahora; la muchacha de la que él se enamoró.

Di las gracias mentalmente por su comprensión.

—Busco la manera de aliviar el sufrimiento que siente cuando se resiste a la muerte. Para que pueda hacerlo más tiempo... quizás incluso toda mi vida —dije, pero, en mi mente, las palabras que pensé fueron «hasta mi muerte»—. No quiero que sufra por mí.

—Lo comprendo —respondió con un suspiro—. Pero debo decirte que no tengo ninguna cura mística aquí guardada. En mis armarios no hay una botella que contenga una poción o un ungüento

242

curativo. Como recordarás, el protagonista del libro nunca llegó a conocer a mis antepasados. Pero cuando la historia llegó a nuestros oídos, los *guérisseurs* de mi familia empezaron a dejar por escrito, a lo largo de los siglos, sus ideas acerca de este y otros temas.

»Tendré que buscar entre mis archivos, Kate, a ver qué encuentro. Hay cosas que conozco sobre los *revenants*, secretos que me han sido revelados. Pero ninguno de ellos ofrece una solución a tu problema en concreto. Has elegido un camino difícil, en eso no te envidio. Pero haré todo lo posible por encontrar algo que alivie el sufrimiento de ambos —dijo. Se levantó y se dirigió a la puerta—. Vamos al piso de abajo —añadió.

La seguí escaleras abajo hasta la tienda, donde nos detuvimos de repente al ver la escena que teníamos delante.

Jules estaba erguido en medio de la habitación, con la punta de la espada rozando el pecho del hombre de las gafas de culo de botella, que parecía haberse encogido medio metro ante la mirada feroz del *revenant*.

—No... no sé de qué habla —tartamudeó el hombre—. ¡Aquí no hay nadie más que yo!

—Sé que la chica está aquí, yo mismo la he traído y la he visto traspasar la puerta, ¡llévame con ella inmediatamente! —rugió Jules. Apretó la punta de la espada contra el hombre, que retrocedió hasta quedar atrapado contra el mostrador.

—¡Jules, basta! —grité.

Los dos se dieron la vuelta. Jules bajó la espada, la envainó y se apresuró hasta donde estábamos.

—Kate. ¿Estás bien? —preguntó, alargando la mano hacia mí.

—Un aura como un incendio forestal —dijo la anciana, mirando a Jules—. Eres uno de ellos.

Entonces, poco a poco, la anciana hizo una reverencia, como si Jules fuera un miembro de la familia real que estuviera de visita.

—Pero ¿qué...? —dijo Jules, anonadado.

La anciana se puso recta otra vez y le ofreció la mano.

—Soy Gwenhaël y este es mi hijo, Bran —declaró, señalando hacia el hombre de los ojos extraños, que se apretaba el pecho con la mano como si Jules le hubiera herido de verdad.

Jules me dedicó una mirada de «¿qué diablos está pasando?» y carraspeó, incómodo.

—¿Es este el muchacho del que me has estado hablando? —preguntó la mujer.

—No —respondí.

—Bueno —contestó ella, estudiando su cara como si quisiera memorizar cada detalle para meditar sobre ello más tarde. Jules levantó las cejas y me miró enfáticamente.

—Es un honor recibir su visita, señor —dijo la anciana al fin. Se volvió hacia mí—. Igual que lo es recibir la tuya, Kate. Dame una semana antes de volver. Así tendré tiempo de buscar entre los textos de mis antepasados. Quizá consiga información que te sirva de ayuda.

—*Merci, madame...*

—Llámame Gwenhaël, sin más —respondió, dándome unas palmaditas en la mano—. Te veré dentro de una semana.

Intentando cuidadosamente no acercarse a Jules, Bran me entregó una tarjeta que no tenía más que un número de teléfono impreso.

—Puedes llamar antes de venir. Quizá de ese modo te ahorres un viaje. Adiós —dijo. Nos dedicó una breve reverencia y se quedó mirándonos con sus ojos enormes, ampliados aún más por las gafas, mientras salíamos a la calle.

Apenas habíamos dado tres pasos cuando Jules se volvió hacia mí.

—¿Vas a contarme qué acaba de pasar?

—No —respondí, terca.

—¿Y a Vincent?

—Cuando llegue el momento, sí.

—Has pasado veinticinco minutos ahí dentro —dijo, sacudiendo la cabeza—. Al menos podrías haberme saludado por la ventana para indicarme que todo iba bien.

Se le veía enfadado, pero me di cuenta de que era porque había estado preocupadísimo por mí.

—Lo siento —dije, con total sinceridad.

Nos subimos al BMW, salimos del aparcamiento y nos dirigimos al sur. Tras quince minutos de silencio, Jules volvió a tomar la palabra.

—Kate, tienes que contarme lo que estabas haciendo ahí dentro, con aquella anciana loca y el niño cuervo.

—¿El niño cuervo?

—Bran. Es un nombre bretón, significa «cuervo».

«Mira por dónde», pensé.

—Kate... ¿Cómo ha sabido identificarme la anciana?

—Es una *guérisseur*, su familia ha estado relacionada con los *revenants* durante generaciones.

Jules se quedó callado un momento, absorbiendo aquella información.

—Y la has ido a visitar, ¿por...?

—Estoy buscando una manera de ayudar a Vincent. Para que no tenga que seguir adelante con el ridículo experimento que se trae entre manos. Sea lo que sea, parece estarle haciendo más mal que bien.

Aquel comentario hizo que Jules se relajara un poco; continuó hablando en un tono de voz más dulce, más comprensivo.

—Sinceramente, Kate, no sé ni qué decirte. Creo que no te has dado cuenta de dónde te estabas metiendo al querer explorar nuestro mundo así, tú sola. Esa gente podría haber sido peligrosa. Todavía podrían serlo. Todo lo que está relacionado con los *revenants* lo es, porque si tiene que ver con nosotros, también tiene que ver con los numa. Esos dos podrían estar en contacto con nuestros enemigos.

—No tienen ningún vínculo con los numa, Jules, estoy segura. Gwenhaël incluso ha mencionado que su familia tuvo problemas con ellos hace algunos siglos.

—¡¿Qué?! ¿Lo ves, Kate? —vociferó Jules, dándose cabezazos contra el volante.

—No están conchabados con los numa, Jules. Están de nuestro lado. El lado de los *revenants*. ¡Nuestro lado! En ningún momento he corrido peligro.

—¿Y todo eso lo has extrapolado de una conversación de veinte minutos? —espetó Jules.

—Lo sé y punto.

—Si los numa estaban al corriente de esta familia de *guérisseurs* hace cientos de años, puede que no se hayan olvidado de ellos —musitó Jules, hablando consigo mismo. Me miró brevemente y volvió a fijar la vista en la carretera—. Kate —empezó, sopesando las palabras—, me importas mucho. No sabes cuánto... —Se interrumpió a sí mismo y apoyó la mano sobre la mía. Sentí su calor durante un segundo y, entonces, me dio un apretón tierno y volvió a agarrarse al volante—. Lo que estás haciendo ahora me da un miedo terrible. Quiero que me prometas que no volverás a correr un riesgo así otra vez. Tú sola, no. No sin avisarnos de lo que tienes en mente.

—Te lo prometo —dije.

—No sé si creerte, pero al menos ya sabes lo que pienso —dijo. Me miró de reojo y volvió a concentrarse en la conducción, apretando los dientes—. Bueno, Kate, me consideras un amigo, ¿no?

Asentí, preguntándome qué diablos podría venir después de tal declaración.

—Entonces, ¿por qué me has metido en este lío? Vincent es la persona que más me importa en el mundo. Cuando se entere de que te he traído a este sitio, sin que él lo supiera, se pondrá hecho un basilisco. Y no estará furioso contigo. Será mi cabeza la que querrá ver rodar.

—¿No pretenderás contárselo? —exclamé.

—No, eso te lo dejo a ti.

—Bueno, se lo diré —dije. De repente me sentía desafiante—. En cuanto tenga más información. No me voy a quedar cruzada de brazos, esperando a que encuentre una solución a nuestros problemas, mientras él se convierte en un insomne anémico.

Al aparcar delante de mi casa, Jules me miró con cara de cansancio.

—Kate, no me importa admitirlo: tienes una determinación de mil demonios y eres una muchacha de armas tomar. Pero si vuelves a planear algo que vaya a cabrear a Vincent, no cuentes conmigo —declaró. Su tono de voz, que delataba la lealtad que sentía por sus semejantes, me llegó al corazón.

—Te juro que eso no se me había ocurrido antes de pedirte que me ayudaras —dije, con un nudo en la garganta—. Lo último que quiero es causar problemas entre tú y Vincent. Es de lo único de lo que me arrepiento.

Jules asintió, aceptando mis disculpas.

—Fuera —dijo, con una sonrisa de agotamiento.

Tras bajar del vehículo, me incliné de nuevo hacia el interior del BMW.

—Gracias —dije, y le di un beso en la mejilla.

—¿A tus abuelos no les parecerá sospechoso que hayas vuelto a casa tan temprano?

—Papy está en la galería y Mamie trabajando en un proyecto en el Louvre esta semana. A no ser que se lo digas tú, nunca sabrán nada.

—De acuerdo. Nos vemos mañana a las siete y media en punto.

Me costó esbozar una sonrisa, seguía teniendo el nudo en la garganta.

—¿Seguirás siendo mi guardaespaldas?

—Te protegeré con mi vida —contestó Jules. Me saludó con una mano, cambió de marcha y se alejó.

Capítulo 28

Vincent me llamó por la noche, mientras estaba haciendo los deberes.

—*Guten tag* —dije. Vincent respondió con una retahíla de palabras en alemán, pronunciadas con tanta rapidez y soltura que sospecho que, incluso si dominara el idioma, no habría entendido—. ¿*Danke*? ¿*Lederhosen*? Lo siento, eso es lo único que puedo aportar a la conversación, apuntaré «aprender alemán» en mi lista de asuntos pendientes. Pero, en fin, metiéndonos en el tema de los ropajes alpinos de cuero... ¿has encontrado a Charles?

—Sí, en efecto. Estoy en la casa de los *revenants* con los que se aloja nuestro amigo.

Por el teléfono se oía *speed metal* a tal volumen que apenas discernía lo que decía Vincent.

—¿Y si sales a la calle? —le grité al teléfono.

—Estoy en la calle —dijo—. Un segundo. —La música pareció alejarse—. De acuerdo, estoy en otra manzana. ¿Me oyes?

Me eché a reír.

—¿Pero qué tipo de *revenants* han adoptado a Charles?

—Bueno, puedo asegurarte que este lugar es un cambio radical comparado con la casa de Jean-Baptiste.

—¿Charles está bien?

249

—No solo está bien, sino que incluso parece feliz, para variar. Aunque siente remordimientos por haber abandonado a Charlotte. Sencillamente, no está listo para volver. Y, por increíble que parezca, yo también pienso que estar aquí es lo mejor para él.

—¡Cómo me alegro!

—Sí. Ahora solo me queda encontrar al *revenant* que le dio el chivatazo al grupo de Charles. No le conocen demasiado bien, así que no están seguros de dónde encontrarle. Lo más probable es que me quede un par de días más. Después, estaba pensando en ir al sur a visitar a Charlotte, para contarle cómo le va a Charles y ver qué tal están Geneviève y ella.

Aquello me desanimó.

—Así que no volverás hasta la semana que viene.

—Bueno, tenía la esperanza de que quisieras venir conmigo. Se me ha ocurrido que quizá te apetezca ver a Charlotte y, siendo egoísta, tengo ganas de hacer una escapada contigo. Llevarte a algún sitio fuera de París.

Mi ánimo dejó de hundirse y se recuperó con tal rapidez que apenas fui capaz de contestar.

—¿Los dos? ¿De viaje? ¿A la Costa Azul? ¿De verdad?

—¿Crees que a tus abuelos les parecerá bien?

Intenté recuperar la compostura, pero mis pulmones insistían en seguir hiperventilando.

—¡Oh, Vincent, sería increíble! Si nos alojamos con Geneviève y Charlotte, estoy segura que Mamie y Papy no pondrán pegas.

—Entonces, está decidido. Me aseguraré de volver de Berlín antes del viernes. Si tomamos el tren de las cuatro de la tarde, llegaremos a Niza a las diez de la noche. Podemos volver el domingo por la tarde. Solo tendremos un día y medio para disfrutar del lugar, no quiero que pierdas días lectivos.

Me sonrojé. ¿Qué diría Vincent si supiera que ya me había estado saltando clases? Encima, para dedicarme a algo que podría no gustarle nada. Y, para colmo, habiendo obligado a Jules a hacer de cómplice. De hecho, tendría que pensar en qué le diría cuando lo averiguara. «Voy a contarle la verdad —pensé—. Solo tengo que encontrar el momento adecuado.»

El jueves, le pedí a Jules que hiciéramos una parada en La Maison de camino a mi casa.

—¿Qué pasa? ¿Echas tanto de menos a Vincent que quieres pasar un rato en su habitación? —bromeó.

—No, la verdad es que tomé prestado un libro de la biblioteca de Jean-Baptiste y siempre se me olvida devolverlo.

«¡Pero bueno! ¿Por qué había sido tan fácil decirle a Jules lo que no había podido confesarle a Violette?», me pregunté.

—Oh, ¡ándate con cuidado! Te arriesgas a sufrir la ira de Gaspard, el guardián de los libros. Y es algo que deberías temer, te lo aseguro —dijo en plan dramático. Me eché a reír.

—Estoy segura de que, si le hubiera pedido permiso para llevármelo, no le habría importado. Pero, puesto que no lo hice, quiero devolverlo antes de que se percate de que no está.

—Eres una señorita muy meticulosa —se burló Jules, así que le pegué un puñetazo en hombro, con cariño.

Mi acompañante se quedó esperando en el BMW mientras yo entraba corriendo en La Maison. Al ver que no había nadie, fui directa a la biblioteca.

La puerta estaba abierta, así que saqué el libro de la mochila que usaba para ir al instituto, que llevaba envuelto en una bufanda para protegerlo de bolígrafos, cepillos de pelo y demás enseres que allí guardaba, y lo desenvolví. Acababa de sacar la caja de la estantería cuando oí que alguien carraspeaba. Me volví a toda prisa, examinando la habitación, y vi que Arthur estaba sentado en una esquina, bolígrafo en mano, con una libreta sobre la rodilla y un montón de libros abiertos a su alrededor.

—Hola, Kate —dijo.

—Esto, hola, Arthur —contesté. Deslicé el libro hacia el interior de la caja y la devolví a la estantería, todo lo rápido que pude, como si la velocidad fuera a impedir a Arthur percatarse de lo que estaba haciendo. Tonta de mí.

—¿Qué tienes ahí? —preguntó.

—Oh, es solo un libro que encontré el otro día —dije, intentando sonar despreocupada y sabiendo perfectamente que podría ganar un premio a la peor actriz del universo. Casi irradiaba culpabilidad.

—¿De qué trata?

De repente, me cambió el humor y pensé «¿y a este qué le importa lo que lea o no?».

—De hombres lobo. No, espera... quizás eran vampiros. No te lo sabría decir. No soy más que una humana atolondrada, me cuesta tanto distinguir a unos monstruos de otros.

Arthur se levantó y dio un paso hacia mí.

—Kate, quiero disculparme por haberte humillado ante los demás. Lo cierto es que no... —empezó a decir, dubitativo, sopesando las palabras— no quería hacerlo. Pero es cierto que hay cierta información que no debería caer en manos humanas. Cosas de las que hablamos en las reuniones. Incluso los libros de esta biblioteca. No mantenemos a los humanos al margen porque no merezcáis esta información, sino porque podría poneros en peligro.

Furiosa, levanté una mano con los dedos extendidos, indicando que, por mí, como si hablara con la pared.

—No empieces, Arthur, porque no quiero ni oírlo —espeté. Acaricié el *signum* por encima de la tela de mi camiseta, como si quisiera extraer fuerzas del hecho de que al menos había un *revenant,* el único que me importaba de verdad, que pensaba que era uno de ellos. Entonces, no pude contenerme más—. Puede que provengas de una época en que la que despreciabais a los humanos. Una época en la que se consideraba que solo los hombres tenían capacidad para ser instruidos, —hice un gesto hacia su pila de libros—, y que las mujeres como Violette necesitaban ser protegidas.

»Pero estamos en el siglo XXI, y tengo esto —dije, sacando el *signum* y mostrándoselo—, que indica que soy una más entre los *revenants*. Y además esto —añadí, señalándome a la cabeza—, que indica que soy tan lista como tú. Y por si fuera poco, esto otro —continué, levantando el dedo corazón—, que indica que, por mí, puedes irte a la mierda, racista inmortal.

Con eso, me volví y salí de la biblioteca con paso decidido. Me guardé la cara de Arthur en el archivo mental de «los mejores momentos de Kate».

El viernes por la tarde, Vincent y yo llegamos a la estación de Lyon y nos encontramos con un caos absoluto. Los empleados de la compañía ferroviaria estaban en medio de una de sus frecuentes huelgas, y solo uno de cada tres trenes circulaba con normalidad. Comprobamos el horario de salidas, buscando información sobre nuestro tren.

—Cancelado —leyó Vincent. Al verme alicaída, me apretó la mano—. No te rindas. Vamos a ver cuándo sale el siguiente —dijo. Repasó la lista de los trenes, murmurando los nombres de los destinos por debajo de la nariz, hasta que lo encontró—: París-Niza, mañana por la mañana, y tiene la llegada prevista a las dos del mediodía.

—Oh, no —gemí—. No podremos ni pasar veinticuatro horas con Charlotte. Eso suponiendo que haya un tren para volver el domingo —dije. Dejé de examinar el horario de salidas y me volví hacia Vincent—. ¿Cuánto se tarda en conducir hasta allá?

—Ocho horas y media, si no hacemos paradas y no hay demasiado tráfico. Siendo viernes por la tarde, no lo lograríamos en menos de diez —explicó. Se quedó pensando un momento, sacó el teléfono y empezó a escribir un mensaje de texto—. Tengo una idea —anunció—. Vamos a por un taxi.

Media hora más tarde estábamos en aeropuerto de Le Bourget, subiendo a bordo de un diminuto jet privado.

—Es de Jean-Baptiste. Solo lo usamos en caso de emergencia —vociferó, para que le oyera por encima del ruido del motor mientras subíamos por las escaleras

—¡No me extraña! ¡Debe de costar una fortuna ponerlo en movimiento! —dije, y entré en la cabina, que tenía espacio para ocho pasajeros.

—No es por eso —replicó Vincent—, es difícil justificar el impacto ambiental.

«Obvio que un ser sobrenatural cuya misión es salvar a la raza humana se preocupa por el medio ambiente», pensé, mientras miraba a mi alrededor embargada por la felicidad.

Una hora y media más tarde aterrizamos en Niza. Charlotte estaba esperándonos en la puerta de llegadas. En cuanto dejamos atrás el control de seguridad, nos envolvió a cada uno con un brazo y nos aplastó en un abrazo triple.

—No os imagináis cuánto me alegro de ver vuestras caras. Si hubiera tenido que aguantar mucho tiempo más sin mis amigos habría regresado a París, así que ¡gracias por ahorrarme el viaje!

Los ojos de Charlotte saltaron de mi cara a la de Vincent, y mi amiga ahogó un grito.

—¡Santo cielo, Vincent! ¡Tienes un aspecto horroroso!

Acarició con un dedo las ojeras que tenía, que ya parecían moratones. Habían pasado casi tres semanas desde que había estado inerte. Ya tenía peor aspecto que al final del mes anterior y todavía le quedaba una semana más por delante antes de poder descansar.

Aunque Vincent aseguraba sospechar que su método pronto daría resultados, a mí no me gustaba nada que siguiera adelante. La semana siguiente hablaría con Gwenhaël y, si esta había descubierto un plan alternativo, le pediría a Vincent que se olvidara de aquel horrible experimento.

—¡Estás guapísima! —exclamé, cambiando de tema. Le había crecido el pelo y ya lo llevaba por los hombros—. Solo hace seis semanas que te fuiste, ¿cómo diablos tienes ya esta melena? —pregunté. Entonces me acordé de con quién estaba hablando, o más bien con qué, y me eché a reír.

—Geneviève y yo no hemos estado solamente relajándonos, ¿sabes? —dijo Charlotte, con una risita—. Y me da la sensación de que Vincent y tú no habláis demasiado del cuidado del pelo. Cuando estamos ocupados salvando a humanos, con toda la energía que recibimos, tenemos que cortarnos el pelo más o menos una vez a la semana.

—¿Y tu peluquero no sospecha nada?

—Tengo a cuatro en País —respondió Charlotte—. Les tengo en rotación y así nadie sospecha nada.

«Un detalle más en el que nunca hubiera pensado», reflexioné. Me pregunté si llegaría el momento en el que dejaría de sorprenderme y sabría todo lo relacionado con los *revenants*.

Enlazando mi brazo con el suyo, salimos de la pequeña terminal del aeropuerto. En la calle ya empezaba a oscurecer y, aunque el aire era fresco, no hacía tanto frío como en París. Respiré hondo; la brisa tenía un ligero aroma a sal de mar.

Geneviève estaba esperándonos en un Austin Mini de color rojo brillante, aparcada junto a la cuneta. Saltó del vehículo cuando nos vio y vino corriendo a abrazarme con entusiasmo.

—¡Cuánto me alegro de verte! —exclamó. Se inclinó para darle dos besos a Vincent y se estremeció—. Vincent, no puedo mentirte: tienes un aspecto terrible. Vamos a llevaros a casa —añadió, apresurándose en volver al Mini.

Charlotte y yo nos sentamos en el diminuto espacio trasero del automóvil; mi novio se quedó con el asiento del copiloto y tuvo que doblar tanto las piernas para caber que casi tenía las rodillas en el pecho. Aunque estaba oscuro, un millón de lucecitas brillantes iluminaban la muy poblada costa entre Niza y Villefranche-sur-Mer. Conducimos paralelos a la playa antes de continuar por una carreterita traicionera, de dos carriles, que ascendía por los acantilados que daban al mar.

Veinte minutos después de salir del aeropuerto, nos desviamos por un sendero privado empinado y aparecimos delante de una casa de cristal y madera, posada en la pendiente de una colina. Parecía más un museo de arte moderno que una casa.

—¡Aquí estamos! —anunció Charlotte con entusiasmo mientras nos desencajábamos del vehículo diminuto—. Y habéis llegado justo a tiempo para cenar.

—Pasad, pasad —nos invitó Geneviève, haciéndonos gestos desde la puerta principal.

Me volví hacia Vincent, que estaba pendiente de mi expresión.

—Esto es increíble. Gracias —murmuré. Me puse de puntillas para darle un beso.

—El placer es mío —contestó. Me pareció extraño y novedoso verle fuera de su contexto parisino habitual, y se le notaba que él estaba pensando lo mismo de mí.

La casa no podría haber sido más distinta del *hôtel particulier* de Jean-Baptiste. El minimalismo del siglo XXI de la arquitectura hacía eco en el mobiliario: estaba diseñada para enfatizar las vistas. Crucé la habitación, abrí una puerta corredera de cristal y salí a una terraza de madera que sobresalía a mucha altura por encima del mar. Estábamos prácticamente colgados sobre las olas. Las luces centelleantes del pueblo de Villefranche-sur-Mer se extendían bajo nosotros, situadas en forma de «U» alrededor del puerto, que tenía un batallón entero de yates de lujo anclados en el litoral.

—No puedo creer que estés viviendo aquí —le dije a Charlotte, que se había apoyado contra la barandilla, a mi lado—. ¡Es como tener asientos de primera fila para el lugar más bonito del planeta! ¡Qué envidia!

—¡Lo sé! —contestó ella, mirando hacia el mar—. Es como vivir en un sueño. No debería quejarme de estar tan lejos de casa, pero echo de menos a los demás.

—Bueno, pues hemos venido a animarte —dije. La rodeé con el brazo con total tranquilidad y me impactó al darme cuenta de lo mucho que la había añorado. Violette se había convertido en una amiga con la que me gustaba salir, pero no habíamos conectado de la misma manera que con Charlotte. Con Violette, la amistad era un esfuerzo; con Charlotte, surgía como la cosa más natural del mundo.

Cenamos en un comedor adyacente a la terraza con paredes de cristal; dispusimos las sillas en forma de media luna de cara a aquellas vistas tan espectaculares.

—Bueno, ¿qué me cuentas de Charles? —dijo Charlotte en cuanto nos sentamos.

—Está estupendamente, Charlotte —contestó Vincent. Su voz sonó reconfortante y sincera a la vez—. Al parecer, conoció a alguien de Berlín hace unos años en una asamblea y decidió ir a visitarle.

—Oye, me acuerdo de aquel tipo. Charles se quedó fascinado con él. Era tipo... punk. Tenía el pelo azul y un montón de *piercings*.

Vincent alzó una ceja.

—Ya, en ese clan en particular, todos tienen el mismo aspecto.

—¿Charles también? —preguntó Charlotte, boquiabierta.

—La verdad es que le queda bien —rió Vincent.

—¡Qué dices! —exclamó Charlotte—. ¿Le has hecho alguna foto?

—No, la misión que me encargó Jean-Baptiste me mantuvo demasiado ocupado como para irle haciendo fotos al pelo de Charles.

—Nos da igual su pelo —intervino Geneviève, riendo—. Cuéntanos cómo está, qué está haciendo allí, cuándo pretende volver...

—Veréis, me parece que Charles está en el lugar perfecto —explicó Vincent. Se inclinó hacia delante ansiosamente—. Ese clan en particular está formado por *revenants* jóvenes, y todos ellos, en algún momento, se han sentido decepcionados por nuestra misión. Todos se han amargado pensando en su destino. Ese sitio en Berlín es como Alcohólicos Anónimos para los no muertos, tienen reuniones constantemente para hablar de sus sentimientos.

»Y su líder es una persona muy motivadora. Siempre está explicando cómo los *revenants* encajan en el círculo de la vida. Dice que somos ángeles de la misericordia, al permitir que los humanos que no han cumplido todavía con sus destinos sobrevivan hasta que puedan hacerlo. Así que cuando Charles y sus semejantes salen a caminar, es como si de verdad estuvieran llevando a cabo una misión. Se lo toman muy a pecho... es una maravilla verlo.

Charlotte le estaba escuchando con los ojos cerrados, imaginándoselo todo. Cuando Vincent terminó, sonrió con tristeza.

—No sabes lo que me alegro de oírte decir esas cosas. Ha sido terrible no saber dónde estaba o qué estaba haciendo —dijo—. Nunca llegó a recuperarse de la depresión que pasó después de todo el asunto con Lucien, y me daba miedo que fuera a hacer lo mismo otra vez; que quisiera encontrar a unos numa que le destruyeran. Supuse que esta vez había ido más lejos a propósito, para evitar ponernos en peligro a los demás.

—Quizá nuestro pequeño grupo en París le resulte demasiado sofocante —teorizó Geneviève—. No tenía espacio para crecer, para hacerse un hueco. Es innegable que vivir con los mismos individuos durante décadas puede ser algo intenso.

—Tienes razón —dijo Charlotte—. Es obvio que lo que le hace falta ahora es estar a solas. Pero... ¿creéis que volverá?

—Si te soy totalmente sincero, no lo sé —contestó Vincent.

Tras un minuto de silencio pensativo, decidí intervenir.

—¿Y tú cómo estás, Geneviève? —pregunté.

—Me concentro en el día a día —respondió. Perdió el brillo de los ojos—. A Charlotte se le da muy bien distraerme. Habría sido un infierno quedarme en la casa de París en la que vivíamos Philippe y yo. El entorno nuevo me sienta bien, y estamos cerca de

Niza, donde hay un grupo de unos doce *revenants* que llevan allí muchos años.

—¿Alguien interesante? —le dije a Charlotte, en broma. Mi amiga sacudió la cabeza.

—Interesantes para mantener una amistad, pero nadie en especial. Sigo sintiendo lo mismo —dijo ella. Miró brevemente hacia Vincent, que apartó la vista para darnos la ilusión de privacidad.

Estuvimos charlando hasta que se me empezaron a cerrar los ojos, bien entrada la noche.

—Lo siento, pero estoy deshecha. Ya sé que vosotros os pasaréis la noche despiertos, pero aquí una servidora necesita una cama.

—He elegido tu habitación —dijo Charlotte—. Ven, te la enseñaré.

—Ahora iré a ver qué tal es —dijo Vincent, guiñándome un ojo de manera seductora. Me levanté y seguí a Charlotte.

—Caray —fue lo único que pude decir al dejar mi maleta junto a una cama de matrimonio que estaba frente a una cristalera con vistas al puerto.

—Bonita, ¿no? —dijo Charlotte, con una sonrisa pícara.

—Es perfecta, Charlotte. Muchísimas gracias —le dije, dándole un abrazo—. Te echo muchísimo de menos.

—Y yo a ti —respondió ella—. A todos vosotros —añadió. Miró por la ventana, hacia el mar, su tristeza era casi tangible.

—¿Alguna vez te llama?

Charlotte respiró hondo antes de contestar.

—Ambrose llama constantemente. Pero no es conmigo con quien quiere hablar.

—¿Qué? —exclamé. Entonces, lo comprendí—. ¡No!

—Sí. Quiero decir, es todo muy inocente. De momento, Geneviève solo piensa que está siendo amable, preocupándose por nosotras. Pero me lo confesó. Me dijo que llevaba décadas enamorado de ella. Ambrose pensaba que, cuando Philippe muriera, quizá tendría ocasión de conquistarla. Me ha pedido que no le diga nada. No quiere presionarla, porque sabe que Geneviève necesitará tiempo para superar la muerte de su marido. Pero está tan enamorado de ella que siempre quiere saber lo que está haciendo.

—Santo cielo, Charlotte, es horrible.

—Horrible para mí. Pero quizá no lo sea para ellos. ¿Quién sabe? Quizá, algún día, Geneviève quede prendada de Ambrose.

La envolví en mis brazos de nuevo y, mientras la abrazaba, Charlotte se echó a llorar.

—Oh, Kate —susurró—. Hubiera querido que me eligiera a mí.

—Yo también, Charlotte. Lo he estado deseando todo este tiempo. No es justo. Seríais la pareja perfecta.

—Yo pensaba lo mismo —dijo. Suspiró y se enjugó las lágrimas—. Pero tengo que dejar de pensar así. Quiero a Geneviève y quiero a Ambrose y, si pueden ser felices juntos, jamás querría impedírselo.

Charlotte me dio un último abrazo y me dejó sola. No me molesté en desvestirme. Preguntándome por qué la vida —o la muerte, en el caso de Charlotte—, no podía ser más fácil, me tumbé en la cama, cerré los ojos y dejé que el sonido de las olas me arrullara.

Capítulo 29

A la mañana siguiente, me desperté y vi a Vincent tumbado a mi lado, mirando cómo dormía.

—*Bonjour, mon ange* —dijo, jugueteando con un mechón de mi pelo.

Entonces, rodó hacia el borde de la cama, sacó algo de un bol que había en la mesita de noche y, sin dejarme ver qué era, me lo metió en la boca. Lo mordí, sorprendida, y se me llenó la boca con la dulzura de una fresa.

—¿Qué...? —empecé, pero no podía hablar claramente con la boca llena. Vincent intentó no reírse.

—Cuando estaba volante, siempre le dabas mucha importancia a no tener que cepillarte los dientes antes de hablar conmigo. Así que he pensado que ahorrarte la indignidad del mal aliento de por la mañana mejoraría mis posibilidades de obtener un beso de buenos días.

—Así que ahora tengo aliento de fresa.

—Mi favorito —respondió Vincent, con una sonrisa traviesa.

—¿Quieres probar? —propuse, y me incliné para darle un beso.

—Mmm —dijo, asintiendo con expresión pensativa—. No está mal, no está mal. Pero que quede constancia de que prefiero a Kate *au naturel*.

261

Me eché a reír y le abracé.

—Despertarme a tu lado es maravilloso.

—Hemos pasado la noche juntos antes —contestó—. Cuando estaba volante.

—Ya, pero no podía hacer esto —dije, y uní mis labios a los suyos. Vincent me sujetó la cabeza con las manos, devolviéndome el beso. Entonces, me envolvió en sus brazos y me acerco hacia sí. Nuestros brazos y piernas se entrelazaron hasta que nuestros cuerpos se confundieron; no sabía dónde terminaba yo y dónde empezaba él.

Su mano se deslizó por mi espalda, por debajo de la camiseta, y la novedad de sentir su piel cálida rozando la mía despertó un poderoso anhelo en mi interior. No quería que parara hasta que hubiera marcado cada centímetro de mi cuerpo con su tacto. No se detuvo y me sentí como si me estuviera expandiendo, como si mi cuerpo fuera demasiado pequeño para contenerme y estuviera a punto de estallar como una supernova.

—Kate. —La voz de Vincent me llegó como si estuviera muy lejos de allí—. ¿Estás lista para seguir adelante? ¿Quieres que ocurra ahora?

—Sí —contesté automáticamente. Entonces, al abrir los ojos, dudé. Él se había incorporado y se estaba quitando la camiseta, y vi que tenía el pecho marcado con moratones, como copias más grandes y aterradoras que las sombras que lucía bajo los ojos. Aunque no me repelieron (si acaso, despertaron en mí las ganas de cuidar de él), la sorpresa fue suficiente para aclararme la cabeza y quitarme cualquier idea lujuriosa.

«Los dos escondemos algo.» Las palabras aparecieron en mi mente con una claridad que me hizo preguntarme si las había pronunciado en voz alta.

Era cierto. Los dos le ocultábamos algo importante al otro. Y, de repente, me pareció deshonesto unir nuestros cuerpos cuando nuestras almas estaban divididas. «No quiero que empiece así», pensé.

—Espera, Vincent. No estoy... no estoy preparada todavía —dije, cuando volvió a acercarme hacia sí.

Vincent aflojó un poco los brazos. Se quedó quieto un momento y acercó la boca a mi oído.

—Te he esperado hasta ahora, no me cuesta nada seguir esperándote. Tenemos todo el tiempo del mundo.

Nos quedamos tumbados, inmóviles, durante unos minutos, y saboreé la dulzura de sentir su cuerpo junto al mío. Al final, nos separamos lo suficiente como para mirarnos a los ojos.

—Kate, no llores —dijo, preocupado.

No lloraba de frustración: deseaba a Vincent, pero no solo físicamente. No estaba concentrada solo en aquel lugar y momento. Le quería entero, en cuerpo y alma. Quería que las horas que pasáramos juntos estuvieran llenas de vida, amor y felicidad por habernos encontrado el uno al otro.

Pero mirar al muchacho que había tumbado a mi lado era como oír a la muerte y la desgracia burlándose de mí. Además de los moratones que tenía en el pecho, su bello rostro estaba marcado por la palidez del agotamiento y las ojeras. Y, aunque seguía siendo más fuerte que todas las personas que conocía, su fuerza había disminuido de manera notable.

Ver cómo se consumía ante mis ojos hacía que nuestro futuro me pareciera más funesto que nunca. No era así como se suponía que tenían que ir las cosas. Ya habíamos evitado demasiado aquel asunto, había llegado el momento de hablar.

—¿Que hiciste qué? —exclamó Vincent, horrorizado.

Estábamos sentados en medio de la cama, el uno delante del otro. Apreté sus manos entre las mías con firmeza, sin saber si pretendía calmarle u obtener la determinación necesaria para terminar de contarle la historia.

—Vincent, ¿has oído lo que te he dicho? Hay una *guérisseur*. Un larguísimo linaje de *guérisseurs*, de hecho, que tienen una relación especial con los *revenants*. Estoy segura de que Gaspard no sabe nada de ellos, porque la curandera dijo que su familia no había siquiera visto a los *revenants* desde hacía siglos. Esto es información nueva. Podría sernos de ayuda.

—¿Cómo se te ocurrió hacer algo así sin mí? Podrías haber estado en peligro. Estamos hablando de mi mundo, Kate, un mundo en el que la muerte siempre está a la vuelta de la esquina.

—Ahora también es mi mundo.

Esa contestación le dejó mudo. Me aproveché de su silencio y le conté la historia entera; desde el principio, cómo encontré las referencias en los libros, cómo busqué y busqué hasta conseguir dar con la tienda, cómo encontré el *signum* dentro del tazón de la *guérisseur* y todo lo que había ocurrido a continuación. Al terminar, vi el brillo en sus ojos. Si no era esperanza, por lo menos sí se trataba de una pizca de interés.

—Muy bien, Kate, estoy de acuerdo en que esto podría ser prometedor. Pero desearía que me lo hubieras dicho antes. No puedo evitar perder la compostura cuando pienso en que fuiste a ver, tú sola, a alguien que podría haber sido un auténtico pirado. Podrías haber resultado herida... o algo peor. Y nunca habría sabido dónde encontrarte.

—Jules fue conmigo —dije. Intenté decirlo en un tono de voz firme, pero la confianza en mí misma que había tenido al empezar la conversación de estaba desvaneciendo a toda velocidad. Sabía la impresión que iba a causarle.

—¿JULES? —vociferó Vincent, incrédulo— ¿Jules te llevó a ver a la *guérisseur*?

—Bueno, él no sabía exactamente a dónde me llevaba, o por qué, hasta que todo hubo pasado.

Cuando reconocí la expresión de Vincent, se me cayó el alma a los pies. Su cara reflejaba lo traicionado que se sentía al oír que su novia y su mejor amigo habían hecho algo a sus espaldas.

—¡Vincent, basta! —insistí—. Fui yo la que convenció a Jules. Si tienes que enfadarte con alguien, que sea conmigo. Si te sirve de consuelo, montó en cólera y me dijo que, si no te contaba yo lo que había ocurrido, lo haría él. No he hecho esto para engañarte, Vincent, sino para solucionar nuestros problemas.

—Yo ya estoy haciendo todo lo que puedo para solucionar nuestros problemas —dijo Vincent, con los ojos llenos de ira.

—¿Qué? ¿Qué estás haciendo exactamente? —pregunté, subiendo la voz—. Porque, desde mi punto de vista, lo que sea que estés haciendo parece estar destrozándote más que otra cosa.

—Eso es porque no entiendes cómo funciona —replicó Vincent frustrado, frotándose las sienes.

Le puse la mano sobre la rodilla.

—Entonces, explícamelo.

Sus ojos encontraron los míos y nos quedamos mirándonos.

—De acuerdo —suspiró, al cabo de un largo rato—. Pero dame un poco de tiempo para pensar. Lo hablaremos esta noche, te lo prometo.

Capítulo 30

La mañana pasó volando; los cuatro paseamos con tranquilidad por el pueblecito y la invernal playa abandonada. Tras una comida alegre, en la que Geneviève prohibió hablar de asuntos serios o deprimentes, nos dirigimos al puerto, donde una elegante lancha motora de color azul estaba atracada entre dos enormes yates de lujo.

—¡Caray! Me pregunto de quién será esa lancha —comentó Charlotte. Entonces, saltó por encima de la barandilla y se dejó caer sobre el asiento del capitán—. ¡Todos a bordo! —exclamó, y se echó a reír cuando me vio la cara—. No te preocupes, Kate, es nuestra —explicó. Le dio unas palmaditas al asiento que tenía al lado—. ¡Venga!

Pasamos las dos horas siguientes recorriendo la costa a toda velocidad; el paisaje cambiaba rápidamente, de playas magníficas a escarpados acantilados que se alzaban sobre el mar. Llegados a cierto punto, Vincent se inclinó hacia mí.

—Creo que nunca te he visto tal cara de felicidad.

—Es lo más cercano a volar que he vivido —admití.

—Lista de asuntos pendientes con Kate —dijo Vincent, fingiendo hablar consigo mismo—: Más lanchas.

Aquella noche, tras la cena, Vincent se levantó y me tomó de la mano.

—Si nos disculpáis, voy a dar una vuelta con mi novia —les dijo a Geneviève y Charlotte. Bajamos por los escalones de la terraza, dejamos atrás una piscina cubierta y atravesamos la verja en dirección a los árboles. Tras un minuto, alcanzamos una repisa de piedra que tenía unas vistas perfectas de la bahía.

—He estado viniendo aquí desde que conozco a Jean-Baptiste —dijo, sentándose al borde de la repisa y ofreciéndome la mano para ayudarme a hacer lo mismo—. Es su segundo hogar. Lo edificó en la década de los treinta, tras ver fotografías de los edificios de Le Corbusier. La casa es increíble, pero yo siempre acudo aquí, a este lugar, cuando necesito tomarme una pausa y reconectar conmigo mismo —explicó. Me pasó un brazo por los hombros y nos quedamos un rato en silencio, con las piernas colgando del lado de la roca, observando las luces de los barcos brillar en las olas.

»Cierra los ojos y dime qué oyes —dijo, y no añadió nada más.

—¿Es un juego? —pregunté, sonriente.

—No, es meditación.

Cerré los ojos y respiré hondo, dejando que mis sentidos tomaran el control.

—Oigo el batir de las olas. El susurro del viento entre los árboles.

—¿Qué hueles?

Cambié de sentido.

—Pinos. Salitre.

Vincent me tomó la mano y me hizo acariciar con los dedos la piedra sobre la que estábamos sentados. Le respondí sin que hiciera falta que preguntara.

—Roca fría y lisa, con hendiduras del tamaño de las yemas de mis dedos.

Abrí los ojos, inspiré el aire frío del mar y lo saboreé. Era un cambio radical comparado con la ciudad de París.

Sentí el movimiento de la naturaleza, a mi alrededor y en mi interior, mientras mi pulso se adaptaba al ritmo de las olas y al de la brisa marina. Nuestros insignificantes cuerpos humanos se fundieron en los elementos titánicos y eternos que nos rodeaban. Sentados en silencio, supe que Vincent estaba experimentando la misma calma cautivadora que yo.

—¿Te acuerdas de tus meditaciones cuando estás frente a una obra de arte? —dijo al fin—. Bueno, pues yo hago lo mismo con la naturaleza; necesito recordar que mi universo no es una fantasía ni una ficción, que existo en el mundo real. Y que mi inmortalidad no es una broma cósmica. Este es el lugar más puro que conozco. Lo que siento aquí es lo más próximo a la felicidad que sentí en todos los años que siguieron mi muerte.

»Pero ahora tengo algo que supera ese sentimiento con creces. Cada vez que necesito subirme el ánimo, pienso en ti. Eres mi solaz, Kate. Solo el saber que estás en este mundo hace que todo tenga sentido —continuó. Se inclinó hacia mí, me apartó el pelo de la cara con una caricia y me dio un beso, corto y dulce, antes de seguir hablando.

»Quiero que lo nuestro funcione, Kate. Por eso he estado buscando algo, lo que fuera, que sirva para que el tiempo que pasemos juntos resulte lo más fácil posible, sin el dolor que mi existencia *revenant* y mis muertes te causarían. Y, aunque a primera vista las cosas parezcan desalentadoras, creo que he encontrado la solución.

A pesar de que su entusiasmo resultaba contagioso, un pavor inexplicable me estropeó el momento. Sería peor de lo que había imaginado; Vincent estaba abordando el asunto con demasiado cuidado, sus ojos me decían que estaba preocupado por mi reacción. «Allá vamos», pensé, preparándome para lo que viniera.

—¿Sabes que sacrificarnos por los humanos satisface una de nuestras necesidades básicas? —preguntó, sosteniéndome la mirada—. ¿Y que salvar vidas es el propósito de nuestra existencia?

Asentí, aunque mi miedo no disminuyó.

—Los textos antiguos lo llaman el «Camino de la luz» —dijo—. Es el orden natural de las cosas. Sacrificarnos nos devuelve el equilibrio, nos permite vivir un año más antes de volver a sentir el impulso.

»Pero hay otra manera de apaciguar las ansias de morir. Se llama el «Camino oscuro». Es una cura temporal y no nos devuelve a la edad de nuestra muerte original. Pero se conocen casos de *revenants* que han usado este método para resistir... cuando ha habido un motivo lo suficientemente importante.

Me estremecí y, aun sin saber en qué consistía el Camino oscuro, no quería que lo siguiera.

—¿Te acuerdas de la energía que Arthur obtuvo de Georgia después de salvarla?

—Sí.

—Bueno, el Camino oscuro sigue el mismo principio, pero a la inversa. Cuando un *revenant* mata a un numa, recibimos su energía de manera temporal.

«Esto es muy, muy grave», dijo una voz en mi interior. Temblando, me obligué a seguir escuchándole.

—Históricamente hablando, hay un buen motivo para que esto sea así: si un *revenant* herido es capaz de matar a un numa en batalla, la sobrecarga inmediata de energía le da las fuerzas necesarias para escapar y ponerse a salvo. Ya viste la fuerza que ganó Arthur tras acabar con el numa del callejón. Puesto que recibió su energía, además de la que obtuvo por salvar a Georgia, no sufrió en absoluto.

Asentí, intentando asimilar todo aquello. Aunque, al principio, la mayoría de las normas existenciales de los *revenants* me sonaban a chino, era cierto que la mayoría tenían sentido lógico.

—Ese es uno de los beneficios a corto plazo de matar a un numa. Además, si el *revenant* en cuestión lleva un tiempo sin morir, también alivia el deseo de sacrificarse... le quita el mono, por decirlo de alguna manera.

»Para los que siguen el Camino oscuro, matar a un numa no solo alivia el deseo de morir, sino que lo elimina por completo. Al menos, eso es lo que Gaspar y Violette han concluido tras estudiar los textos antiguos. En realidad, no sabemos si alguien lo ha intentado recientemente.

—¿Por qué? —pregunté, con la voz apagada— ¿Por el peligro que entraña?

—No es peligroso de por sí.

—Entonces, ¿por qué?

—La idea es poco atractiva —dijo Vincent, con un largo suspiro. Estaba claro que no le apetecía en absoluto hablar de aquel asunto—. Por naturaleza, los humanos son buenos. Cuando recibimos su energía, se nos infunde su poder positivo de bondad innata. Los numa son malvados, igual que su energía. Así que, cuando los matamos, lo que se transfiere es el poder negativo de su rabia.

—Ese... poder numa malvado... ¿es lo que has estado absorbiendo? —pregunté, intentando disimular el asco. Vincent había tenido razón al asumir que la idea me pondría los pelos de punta. No solo me asustaba, sino que me perturbaba profundamente.

Vincent asintió.

—Pero no es que se me vaya a contagiar su carácter —se apresuró a añadir—. El Camino oscuro no cambia a quien lo sigue. No me voy a volver malvado, ni nada parecido. Es que, simplemente, tiene una serie de efectos secundarios desagradables —dijo, pasando un dedo por las sombras oscuras que tenía bajo los ojos—, pero no son permanentes. Solo significan que mi cuerpo está adaptándose.

—Entonces, ¿por qué este mes estás mucho peor que el mes pasado? —estallé—. Si estás adaptándote, ¿no deberías mejorar, en vez de empeorar?

—Los textos dicen que funcionará.

—A la mierda los textos, Vincent.

Me levanté y él me imitó.

—No puedo quedarme aquí sentada —dije. Sentía que moverme dispersaría las nubes de tormenta que se estaban formando en mi interior. Estaba abrumada y asustada. Y, para ser sincera, ya no sabía qué pensar.

—Vamos a la playa —sugirió Vincent. Me tomó de la mano y me llevó colina abajo, hasta que estuvimos andando sobre la arena, con el vaivén de la marea a pocos metros de distancia. No me sentía capaz de mirarle a los ojos, así que mantuve la mirada fija en mis pies mientras paseábamos.

—Matar a los numa es algo honorable —dijo al fin—. Lo que pasa es que, normalmente, no nos dedicamos a buscarlos y matarlos solo para seguir el Camino oscuro. Lo hacemos únicamente porque estamos programados para salvar a los humanos, ese es el motivo principal de nuestra existencia.

Sentía tanto frío que me castañeteaban los dientes, pero intenté hablar en un tono de voz normal.

—Incluso si absorber la asquerosa... —Hice una mueca—... energía de los numa no es peligroso, ¿no te preocupa que a raíz de esto todos los numa de París quieran vengarse de ti?

—Me ocupo de ellos cuando están solos, y me aseguro de que no haya testigos. Destruimos los cuerpos con fuego, así que no queda rastro. Que los numa sepan, sus compañeros están desvaneciéndose, no sucumbiendo al enemigo.

El horror que sentía ya era tangible. No solo me castañeteaban los dientes, ahora me temblaba el cuerpo entero.

—¿Cuánto tiempo llevas dedicado a eso? —pregunté.

Vincent se dio cuenta de que estaba tiritando, se detuvo e intentó abrazarme, pero me resistí. Arrugas de frustración le aparecieron en la frente.

—Empecé poco después de Nochevieja —contestó—. Seis semanas. A varios numa por semana. Jean-Baptiste y Gaspard me dieron el visto bueno, ya que, en cualquier caso, siempre necesitan que alguien investigue los movimientos de los numa.

—¿Saben los demás lo que estás haciendo?

—Una de las condiciones que impuso Jean-Baptiste es que nunca lo haga solo. Así que... sí, Jules y Ambrose han estado ayudándome —dijo. Sus ojos encontraron los míos y su mirada no flaqueó.

—Estabas ocultándome todo esto porque te daba miedo que cambiara mi opinión sobre ti —declaré, observándole.

Su silencio y su expresión vulnerable confirmaron mi hipótesis.

—¿Ha cambiado? —preguntó, al rato.

—Quiero que acabes con esto —dije, evitando responder a su pregunta—. Estás yendo demasiado lejos.

—Kate, si el Camino oscuro funcionara sería la solución a nuestros problemas. Podré evitar la muerte hasta que...

—Hasta que muera yo —terminé por él.

Vincent sacudió la cabeza, como si quisiera expulsar la idea de su cabeza.

—¿Acaso la muerte de los numa no es preferible a la mía propia?

—Esa no es la cuestión. Te arriesgas a quedar permanentemente muerto si algo sale mal. Si te descubren, te destruirán. Eso si el Camino oscuro y su magia negra no acaban antes contigo a base de efectos secundarios de consecuencias impredecibles. Mírate, Vincent. Tiene que haber otra manera de solucionar lo nuestro sin que tengas que asesinar a centenares de numa.

—Pues no la hay —respondió con rotundidad

—¿Y qué hay de mi *guérisseur*, Vincent? Es obvio que no has investigado todas las posibilidades que existen. No voy a quedarme cruzada de brazos mientras vas por ahí arriesgando tu existencia inmortal por la posibilidad de pasar algunos años felices a mi lado. Al menos, déjame buscar una alternativa. Algo seguro. Tú mismo lo dijiste, una vida mortal es corta; un parpadeo en los siglos, o incluso milenios, que vivirás tú. No pondrás todo eso en peligro por mí.

Para entonces, nos habíamos encarado en la playa, con las manos en jarras y los puños apretados. Como si estuviera haciéndose eco de nuestras emociones, la brisa marina ganó fuerza y mandó una oleada de espuma de mar por el aire, rociándonos con heladas gotas de agua que se deslizaron por mis mejillas como si fueran lágrimas. Vincent me tomó de la mano, me alejó del agua y me agarró por los hombros, suplicante.

—Sin ti, mi existencia inmortal, como la llamas, no es más que supervivencia. Eso es lo que había sido hasta ahora, por lo menos.

Pero contigo, Kate, no solo sobrevivo, sino que puedo vivir de verdad. Cambiaría este segundo contigo... —Cerró los ojos y me besó con suavidad—... por mil años sin ti. Y si puedo hacer que este segundo dure unas cuantas décadas... bien vale el precio de arriesgar ni inmortalidad.

—Odio pensar en la energía que corre por tu interior. Y no puedo ni soportar la idea de lo que ocurriría si un numa vengativo te echara las zarpas encima —dije, llena de determinación—. Termina esta locura de experimento si lo crees necesario, pero yo seguiré buscando alternativas. Si la *guérisseur* no es capaz de encontrar una solución, no me detendré en mi búsqueda.

Vincent torció la cabeza, examinando mi expresión.

—Si eso es lo que quieres, ambos buscaremos una solución. Cuando vuelvas a visitar a la curandera la semana que viene, iré contigo.

Permanecimos inmóviles otro minuto; medio enfadados, medio aliviados. No habíamos solucionado nada, pero al menos ya no había secretos entre los dos. Así que, ¿por qué me sentía más lejos de él que nunca?

Subimos por la colina corriendo y nos refugiamos en la calma de la casa de Jean-Baptiste para escapar de las bofetadas del viento.

—¿Vincent? —empecé— Quédate conmigo esta noche.

Me dormí con los dedos sobre su mejilla. Durante la noche, me desperté dos veces, y en las dos ocasiones le vi tumbado, mirando al techo.

Por la mañana, cuando me levanté, no estaba en la habitación. Le encontré en la cocina; estaba preparando el café mientras una sartén con huevos chisporroteaba sobre el fuego. Charlotte y Geneviève ya estaban en la mesa, tomando café y comiendo cruasanes.

—¿No tenías tiempo ni para un achuchón? —le susurré después de darle un beso de buenos días en la cocina.

—Puede que sea un ser sobrenatural, pero no estoy hecho de piedra, Kate —dijo, sonriendo—. Y, como no sabía si habrías cambiado de opinión en las últimas veinticuatro horas, he pensado que sería más seguro estar en otra habitación cuando te levantaras. —Se inclinó y me dio un beso lento y cálido—. ¿Te sirve esto como compensación?

—De momento —dije, coqueta. Vincent levantó una ceja, sonriendo con picardía. Acepté la taza de café que me ofrecía y me dirigí a la mesa.

El día pasó lentamente. Fuimos hasta Italia con el Mini, nos desviamos de las carreteras costeras para adentrarnos en un paisaje de colinas adornadas con viejos pueblecitos. Visitamos la ciudad medieval de Dolceaqua, donde Geneviève se aprovisionó de aceite de oliva y Charlotte de galletas *amaretti*; y disfrutamos de una comida sencilla pero buena en un pequeño restaurante que solo tenía cinco mesas. Oír a Vincent charlar en aquel bellísimo idioma me hizo desear unas vacaciones más largas en Italia. Resultaba difícil no hacer planes de futuro y recordar que no éramos una pareja normal, como el resto de comensales.

El fin de semana pasó demasiado rápido. Cuando llegamos a la casa, ya era hora de marcharse. Cerramos las maletas y nos amontonamos de nuevo en el Mini.

—Ojalá pudiéramos quedarnos una semana más —dije mientras abrazaba a Charlotte y a Geneviève en el aeropuerto.

—Vuelve en cuanto puedas. ¡Y tan a menudo como te sea posible! —contestó Charlotte.

—No te preocupes —dijo Vincent—. No le hará falta que le insistas.

Despidiéndonos con la mano, salimos a la pista, donde nuestro avión nos esperaba para llevarnos a casa. De vuelta a la realidad.

Capítulo 31

El día siguiente lo pasé en una nube; mi cuerpo estaba en París, pero mi cabeza flotaba por la casa de Villefranche-sur-Mer. Los recuerdos del fin de semana se infiltraban en mis pensamientos cada vez que intentaba —hasta que dejé de intentarlo— concentrarme en las clases, los deberes y las demás cosas que me mantenían lejos de donde quería estar: junto a Vincent. A ser posible, entre sus brazos.

Cuando Ambrose, mi guardaespaldas de día, me llevó a casa al terminar las clases, estaba tan ensimismada que tuvo que darme unos golpecitos en el hombro para avisarme de que me estaba sonando el teléfono. Era Papy, y su voz sonaba extrañamente tensa.

—Kate, ¿crees que podrías venir directamente a la galería en vez de pasar por casa?

—Claro, Papy. ¿Qué ocurre?

—Solo necesito que me eches una mano. Te daré los detalles cuando llegues.

Ambrose aparcó en la acera de enfrente de la galería y se quedó esperando en el automóvil. Entré en la galería y me encontré a Papy hablando con dos policías uniformados. Me presentó a toda prisa.

—Agentes, esta es mi nieta, Kate —dijo. Los hombres me saludaron con gestos de cabeza. Papy me tomó del brazo y me alejó un poco—. Anoche entraron a robar —explicó.

—¿Qué? —exclamé.

—No pasa nada, tesoro. Todo estaba asegurado. Es solo… un fastidio. Nunca antes habían entrado a robar en la galería.

—¿Qué se han llevado?

—Un poco de todo. Todos los objetos que eran fáciles de transportar. Ninguna de las estatuas, gracias a Dios —contestó. De repente, Papy parecía haber envejecido diez años. Se frotó la frente con las yemas de los dedos y cerró los ojos con fuerza—. Esperaba que pudieras quedarte en la galería mientras yo voy a la comisaría con el detective. Ya han terminado con la investigación, ahora solo queda el papeleo.

—Claro, Papy —contesté. Al cabo de un rato, salió a la calle con los dos hombres, despidiéndose de mí con el sombrero mientras se alejaba. Llamé por teléfono a Ambrose, que seguía aparcado, y le dije que tendría que quedarme en la galería durante una hora o dos. Me comunicó que no le importaba esperar, que me tomara todo el tiempo que hiciera falta.

Miré al desastre que había a mi alrededor. Las vitrinas que habían roto estaban completamente vacías. Intenté recordar lo que habían contenido; joyas antiguas, pequeñas figuritas griegas, piezas de cristal romano. Parecía una selección aleatoria, como si los ladrones no hubieran sabido lo que se llevaban y se hubieran interesado solo por los objetos pequeños y fáciles de transportar. «Rufianes de poca monta, no ladrones de arte especializados», teoricé.

De repente, el ardiente aguijón del terror me penetró el corazón. Eche a correr hacia el armario de inventario y vi que las puertas estaban destrozadas y abiertas de par en par. Las cajas que había dentro estaban tiradas y volcadas, y su contenido había quedado desperdigado por el suelo. Revisé los libros, en busca de *Amor inmortal*. Pieza a pieza, saqué todo lo que contenía el armario al pasillo a medida que buscaba. Ya no me quedaba ninguna duda. Se habían llevado el libro.

Me acordé de lo ocurrido la semana anterior, cuando Gewnhaël me dijo que los numa habían encontrado el libro siglos atrás y habían causado problemas a su familia. Lo había llamado «una ocasión muy desagradable».

Rebusqué en la mochila hasta dar con la tarjeta que su hijo me había dado. Con la mano temblando, marqué el número. Respondió al primer timbre.

—Bran, soy Kate Mercier. Soy la que fue a visitar a tu madre la semana pasada.

—Se ha ido. —Las palabras sonaron tan distantes que no supe si le había oído correctamente.

—¿Qué has dicho?

—Se ha ido. Han venido esta mañana, los malvados.

—Dios mío, ¿la han capturado los numa? —pregunté, sin oxígeno en los pulmones.

—No. Cuando han venido nos hemos escondido. No nos han encontrado. En cuanto se han ido, mi madre se ha marchado.

—¿A dónde ha ido?

—Está escondida. No me ha dicho dónde. Si lo supiera, podrían sacarme la información. Como no lo sé, no podré decirles nada.

—Oh, Bran, lo siento mucho.

—No es culpa tuya, Kate. Las cosas ocurren cuando tienen que ocurrir y, ahora que se acerca la era del vencedor, nuestros servicios serán necesarios. Me quedaré, Kate, y mi madre volverá. Diles a tus amigos que, cuando nos necesiten, allí estaremos.

—Bran, no entiendo de que estás hablando. ¿Qué vencedor?

—Es el motivo por el que los numa nos buscan. El texto dice que el Descubridor del Vencedor aparecerá en nuestro clan.

Entonces me vino a la cabeza una frase del libro que me había resultado prácticamente incomprensible. Algo acerca de que el *guérisseur* sería el único que vería al vencedor.

—Sigo sin...

—Los *revenants* le llaman Paladín. Seremos nosotros los que le identifiquemos.

Tras procesarlo unos segundos, todo quedó muy claro.

—Tu madre es capaz de identificar al Paladín —declaré, para asegurarme de que no hubiera malentendidos—. Y los numa vinieron a por ella. Porque si el Paladín es descubierto, los numa conocerán quién será el *revenant* que les derrotará.

—Así es. Pero si le encuentran antes de ser derrotados, intentarán hacerse con su poder.

—¿Hacerse con su poder? —pregunté, confundida.

—Los textos dicen que el poder del Paladín se pueden transmitir por fuerza bruta. Si le capturan, el numa que le destruya recibirá su poder. Como podrás imaginar, los resultados serían desastrosos.

—Y los numa quieren obligar a tu madre a que les diga quién es.

—Así es. Pero se equivocan, no es mi madre la que encontrará al Paladín.

—¿Qué quieres decir?

—Ella solo posee las teorías de mi familia acerca de cuándo y dónde ocurrirá todo. Y algunas pistas en código sobre quién será el Paladín. Pero, en lo que a la identificación a simple vista se refiere, el don del Descubridor del Vencedor, mi madre asegura no es ella quien lo posee.

—¿Entonces eres tú quien lo tiene?

—O yo, o uno de mis descendientes.

—¿Tienes descendientes?

—Sí.

Espiré.

—Hay quien dice que mi novio es el Paladín.

El teléfono se quedó en silencio durante un rato.

—Mi madre todavía no me ha hecho entrega del don —dijo Bran al fin—. Cuando lo haga, me pondré en contacto contigo. Tráeme a tu novio, entonces. Si, efectivamente, soy el que puede ver al vencedor y él es, en efecto, el Paladín, lo sabremos en el acto.

Le di mi número de teléfono. Y entonces añadí el de mis abuelos. No sabía cuánto iba a tardar en llamarme, pero suponía que podrían ser incluso años.

Capítulo 32

Solo habían pasado tres días desde el fin de semana en el sur, pero me sentía como si hubieran sido tres semanas. Vincent había estado trabajando con Jean-Baptiste sin parar desde el momento en el que habíamos aterrizado, y yo me había mantenido ocupada con el instituto y, una tarde, viendo *Casablanca* con Violette.

Pero había estado esperando aquel día con ansias, tenía que pasar la tarde ocupándome de la galería de Papy y sabía que Vincent vendría a verme. Tras el robo, Papy había intentado cancelar mis sesiones de trabajo en la galería, apelando a la peligrosidad, pero le había convencido al decirle que, en el extraño caso de que los ladrones volvieran, no sería a plena luz del día.

Ambrose me dejó en la galería después de clase y solo accedió a irse cuando le aseguré que Vincent llegaría en cualquier momento. Papy le había invitado para que viera el casco militar griego que había adquirido recientemente, usando el interés que sentía Vincent por las armas antiguas como excusa para verle. No me cabía duda de que ninguno de los dos necesitaba demasiadas excusas, ambos disfrutaban de la compañía del otro.

Paseé por la galería, admirando las reparaciones que había hecho Papy desde el lunes. Había reemplazado las vitrinas inmediatamente, pero tardaría un poco en reponer las piezas en exposición. Sonó el timbre y salté hacia el escritorio para pulsar el botón que abría la puerta. Pero la amplia sonrisa que había dibujado se desvaneció rápidamente cuando vi que no era Vincent el que entraba por la puerta, sino dos hombres a los que no había visto nunca. Y supe, incluso antes de que hablaran, que eran numa.

En un instante, habían cruzado la galería y se habían plantado delante de mí. No me tocaron. No les hacía falta; les bastaba con mirarme amenazadoramente.

—¿Qué queréis? —pregunté, aunque, más que voz, me salió un chirrido; tenía tal nudo en la garganta que me sentía como si llevara una boa constrictor por bufanda. De manera instintiva, miré a mi alrededor en busca de algo con lo que defenderme, pero no encontré nada al alcance de mi mano, y dudaba que pudiera llegar muy lejos antes de que me detuvieran.

—Queremos saber lo que te dijo.

—¿Quién? —pregunté, confundida.

—Ya sabes quién. La anciana curandera. ¿Qué te contó sobre el Paladín?

Parpadeé, comprendiendo de repente lo que querían.

—No me dijo nada sobre el Paladín.

—Sabemos que hablaste con ella. Ahora su hijo dice que se ha marchado y que no sabe dónde está.

—Aunque tenemos el lugar controlado, no vaya a ser que nos haya mentido —se burló el otro, como si aquello fuera un chiste. Mi miedo se evaporó y la furia ocupó su lugar.

—¡Más os vale no hacerles daño! —exclamé.

Los dos se quedaron mirándome, sorprendidos por aquella reacción. Entonces, con una risa grave y malvada, uno de ellos dio un paso hacia mí y me agarró por la muñeca. Con fuerza.

—Queremos saber lo que te dijo.

Justo entonces, oí la llave en la cerradura y Papy entró en la galería, dejando la puerta abierta a sus espaldas; acarreaba una caja enorme que no le permitía ver lo que estaba ocurriendo. Cruzó la sala, depositó la caja junto al expositor con las armas, dejó el sombrero encima del cristal y empezó a quitarse el abrigo.

—Papy —le dije, con un tono de voz agudo y poco natural. Él miró hacia mí y se quedó paralizado.

—Aparta las manos de mi nieta —espetó, y empezó a andar hacia nosotros.

—No te muevas, abuelo —dijo el tipo que me tenía agarrada, y aflojó un poco la mano.

Mi abuelo se detuvo y entornó los ojos.

—Sois los tipos de las grabaciones de seguridad —dijo—. Este lugar ya lo habéis saqueado, ¿qué queréis ahora?

—Lo único que tiene que hacer tu nieta es decirnos lo que queremos saber y nos iremos sin haceros daño a ninguno de los dos.

—No —dijo Papy, severo—. Os iréis ahora o me veré obligado a llamar a la policía. —Se sacó el teléfono móvil del bolsillo.

—No será necesario —dijo una voz grave a nuestras espaldas. Vincent cruzó la puerta abierta, con una expresión tormentosa. El compañero de mi captor se lanzó contra él y, entonces, retrocedió trastabillando cuando el puño de mi novio impactó contra su mandíbula. Cayó y quedó inmóvil en el suelo.

El numa que me tenía agarrada me movió a su lado con un empujón; me sujetaba la muñeca con una fuerza sobrehumana.

—Solo estábamos manteniendo una pequeña conversación con tu novia. No hacía falta que te metieras.

—Suéltala —dijo Vincent, bajando el tono de voz. La preocupación que vi en la mirada rápida y urgente que me dedicó me rompió el corazón—. Deja que se vayan los dos. Sea lo que sea de lo que quieras hablar, puedes discutirlo a solas conmigo.

—Es que, verás, no estamos interesados en ti —replicó el numa. Hizo una mueca burlona—. Al menos por esta vez.

—¿Qué tiene que ver la chica con todo esto? —gruñó Vincent.

—¿Aparte de que fue ella la que destruyó a nuestro anterior líder, quieres decir? Aunque eso, ahora, no tiene importancia. Posee información que queremos obtener. —El numa llevó la mano libre a mi cuello—. Así que te aconsejo que te quedes donde estás mientras la muchacha responde a mis preguntas... o se me puede resbalar la mano.

Sentir su piel contra la mía me daba ganas de vomitar. Con un gesto motivado más por el asco que por el miedo, empecé a retorcerme y le di una buena patada en la espinilla, pero el tipo se limitó a reír y me agarró con más fuerza. Me arrastró hacia el fondo de la sala, lejos de Vincent.

El sonido metálico de una espada siendo desenvainada silbó por el aire e hizo que mi captor se detuviera. Los ojos de Vincent ardían como el carbón mientras alzaba un sable de aspecto terrible.

El numa le miró estupefacto y hundió los dedos en mi cuello de manera dolorosa.

—No te atreverías. ¡No delante de un humano! —balbuceó. Echó una mirada hacia Papy, cuya expresión de sorpresa revelaba que, aunque quizá no había oído el resto de la conversación, las últimas palabras habían llegado claramente a sus oídos.

—La verdad es que lo haría. Sería un placer —replicó Vincent. Alzó la espada curvada hacia la luz y dio un paso adelante.

El numa retrocedió tambaleándose, arrastrándome con él.

—¿Por qué te arriesgarías a revelarte....? —empezó a preguntar, con la cara contraída por la confusión.

La voz de Vincent fue tan cortante como el acero que sostenía en la mano.

—A partir de ahora, no hay más normas. Acabas de declarar la guerra en nombre de los tuyos.

Mi captor sopesó la situación. Entonces, sin darle más vueltas, me soltó. Manteniendo la distancia entre él y la espada de Vincent, se acercó a su compañero caído, que justo en ese momento empezaba a moverse. Le dio una patada para que se levantara y le empujó hacia la calle. Se detuvo en el umbral de la puerta para mirarme con odio.

—Que no te quepa duda de que volveremos a vernos. *Au Revoir*, Kate Mercier —declaró. Y, con eso, siguió al otro numa calle abajo.

Mi abuelo saltó a la acción de inmediato; cerró la puerta de la galería de golpe, echó la llave y corrió las gruesas cortinas para cubrir las ventanas.

—¿Qué querían? —preguntó Vincent con urgencia. Envainó la espada y la escondió de nuevo bajo su abrigo.

—La *guérisseur* —susurré. Me quedé paralizada cuando comprendí que mis acciones, por muy bienintencionadas que hubieran sido, habían atraído a los numa. Jules me lo había advertido. Había ido husmeando por su mundo y ahora el peligro me había seguido hasta casa.

Vincent me vio la cara y alargó la mano, pero se detuvo cuando las palabras severas de Papy hicieron eco por la sala:

—No toques a mi nieta —espetó. Se nos acercó con cuidado.

Y allí estábamos, bajo la luz tenue de la galería. Brillantes motas de polvo flotaban en espirales, iluminadas por los rayos de sol que se colaban por los resquicios laterales de las cortinas. Los tres nos habíamos quedado inmóviles, mirándonos mientras las hileras de estatuas contemplaban la situación. La expresión de Papy resultaba extraña en su cara. No había ni rastro de su bondad, de su gentileza. Tenía la mirada glacial fija en Vincent y le miraba como si fuera un desconocido.

—¿Qué eres? —dijo, finalmente. Pronunció las dos palabras, tajantes y concisas, en un tono de voz que exigía una respuesta.

Vincent me miró por el rabillo del ojo. Viendo cómo le observaba Papy, supe que no le dejaría marcharse sin dar explicaciones. Aunque la espada que llevaba no hubiera alertado a Papy de que algo no era normal, las palabras de los numa nos habían delatado claramente. Asentí moviendo la cabeza una fracción de centímetro.

—*Revenant* —dijo Vincent, mirando a Papy a los ojos. En su favor, hay que decir que mi abuelo ni siquiera parpadeó ante aquello.

—¿Y los hombres que han atacado a Kate?

—Numa.

La palabra pareció congelarse en el aire y quedarse suspendida entre los tres, hasta que la respuesta de Papy la hizo estallar.

—Fuera.

—Disculpe, pero... —empezó Vincent.

—Pero Papy... —balbuceé yo a la vez.

—¡Fuera! —La voz de mi abuelo nos interrumpió a los dos—. Fuera de aquí. Fuera de la vida de mi nieta. ¿Cómo te atreves a exponer a Kate a tal peligro? ¿Cómo te atreves a traer a esos monstruos a mi puerta? Fuera de aquí, ¡y no vuelvas!

—¡No! —grité. Eché a correr hacia Papy, le agarré de los brazos y esperé a que su mirada se desviara de la de Vincent y se fijara en mí—. Papy, no. Vincent... —Todos los argumentos que me pasaron por la cabeza quedaron descartados cuando me di cuenta de que no servirían de nada. «Vincent estaba protegiéndome», o «es demasiado tarde, los numa ya saben quién soy». Nada que dijera podría convencer a Papy, porque tenía razón: estaba en peligro por culpa de Vincent. Me conformé con una declaración de principios, la única que mi abuelo no podría discutir—. Le amo.

Papy se soltó y me envolvió en sus brazos, abrazándome como si me hubiera perdido y me hubiera encontrado tras muchos años. Tras un segundo, se separó de mí sin llegar a soltarme.

—Kate, puede que pienses que le amas, pero ni siquiera es humano —dijo, con ternura pero con seriedad.

—Él no es el villano —insistí—. Los malos son los otros.

Papy miró por encima de mi cabeza a Vincent, que no se había movido.

—Ya lo sé, tesoro. Lo sé todo acerca de ellos. O, al menos, los he estudiado, igual que a los demás seres mitológicos que aparecen en las fuentes de información históricas. Aunque no estaba convencido de que existieran de verdad —explicó. Con la última frase, su tono de voz se endureció. Me aparté de Papy para encararme a Vincent.

Su mirada, que seguía fija en los ojos de mi abuelo, parecía vacía.

—Kate, tu abuelo tiene razón. Mi presencia en tu vida te ha puesto en peligro.

Me sentí como si alguien me hubiera agarrado por la garganta.

—¡Basta ya! —grité—. Los dos, dejad de decir tonterías. —Pisé fuerte el suelo y los dos hombres se volvieron hacia mí como si les hubiera dado una bofetada. Segura de tener su atención, seguí hablando—: Papy, Vincent me salvó la vida. Él es el que me apartó de debajo de la cornisa que cayó en la cafetería el año pasado. Si no hubiera sido por él, ni siquiera estaría aquí para que os pelearais por mí. —La expresión de Papy no se suavizó, pero aflojó los puños. Sabiendo que estaba pensando en lo que acababa de decirle, continué:

»*Grandpère* —imploré—. ¿Quieres que vuelva a ser como antes? ¿Deprimida? ¿Con el corazón roto? ¿Viviendo en el pasado sin más compañía que el fantasma de mis padres? Vincent no solo me salvó la vida, me ha ayudado a volver al mundo de los vivos.

—Toda una hazaña para alguien que no está vivo —replicó Papy, secamente.

Mi novio se limitó a quedarse de pie; no parecía saber qué decir, pero tenía las manos abiertas, como si quisiera transmitirme su apoyo a través de los metros que nos separaban. «Ni siquiera está preocupado por sí mismo —pensé—. Lo único que le importa es lo que me ocurra a mí». Me lancé hacia él, le pasé los brazos alrededor del cuello y noté que me envolvía en los suyos con cautela

—Vincent, esta es mi galería y te pido que te vayas ahora mismo —exigió Papy.

Con cuidado, Vincent me apartó de sí y, tomándome de la mano, se volvió hacia Papy.

—Me gustaría pedirle que, antes de llegue a una conclusión definitiva, hable de todo esto con Kate, a solas. Acataré cualquier decisión que toméis entre los dos.

Me puso las manos en las mejillas y me dio un beso.

—Luego te llamo —dijo en voz baja. Entonces, tras inclinar la cabeza educadamente en dirección a Papy, fue hacia la puerta, la abrió y desapareció calle abajo.

Lloraba a mares cuando sentí las manos amables de mi abuelo en los hombros.

—*Ma princesse* —dijo, apenado—. ¿En qué lío te has metido?

Capítulo 33

Papy me ordenó que me sentara y pasó los siguientes quince minutos cerrando la galería. Los dos volvimos a casa algo nerviosos, esperando que los numa dieran la vuelta y volvieran a por nosotros. Tenía ganas de decirle a mi abuelo que echar a Vincent antes de que pudiera acompañarnos hasta la seguridad de nuestra casa no había sido la idea más brillante, pero opté por guardarme los comentarios.

Entonces, a medio camino, vi a Ambrose en una cabina telefónica; fingía estar manteniendo una conversación, aunque yo sabía de sobra que nunca salía de casa sin el teléfono móvil. Me guiñó el ojo cuando pasamos por su lado y sospeché que Vincent se había ocupado de que estuviéramos bien protegidos. Cuando vi a Gaspard sentado en una cafetería leyendo un libro y alzó una ceja al verme, quedé convencida de ello.

Una vez en casa, Papy y yo fuimos directos a su despacho.

—Kate —dijo muy serio mientras yo me sentaba, nerviosa, en un butacón de cuero—. ¿Eres consciente de lo que es ese muchacho?

Asentí.

—Lo sé todo, Papy. O, por lo menos, sé mucho. Pero ¿cómo es que tú también sabes qué son? No me dirás que pasaste de estudiar criaturas mitológicas a creer que existían. Cuando te ha dicho lo que es, ni siquiera te has sorprendido.

289

Mi abuelo suspiró, se acercó a las estanterías de libros y, tras buscar durante un minuto, sacó, de entre otras joyas literarias, el bestiario medieval. Lo dejó en la mesa baja y redonda que había entre los dos, lo abrió y pasó las páginas con presteza hasta dar con la que le interesaba.

—Esto, tesoro —dijo, haciendo un gesto para señalar al libro—, es lo único que hay en mi biblioteca que documente la existencia de los *revenants*. He visto que se les mencionaba en otros textos, pero, cada vez que un libro o una obra de arte que hace referencia a los *revenants* aparece en el mercado, se vende inmediatamente a precios astronómicos. Los compradores son una red secreta de coleccionistas privados, usan nombres falsos, desde luego, y pagan en efectivo. Los vendedores de antigüedades como yo sabemos que debemos ponernos en contacto con ellos si algún ejemplar de esta naturaleza cae en nuestras manos.

»Ningún vendedor de antigüedades habla sobre los coleccionistas de artículos relacionados con los *revenants*. Ni siquiera hablamos de ellos entre nosotros. Nuestros clientes han dejado muy claro que, si mencionamos sus intereses a alguien, dejarán de hacer negocios con nosotros. Todo rastro literario de los *revenants* desaparece en sus colecciones. Así que, por supuesto, se me ocurrió que podría haber un buen motivo para tanto secretismo... algo más allá de un mercado extremadamente competitivo.

Papy me miraba con seriedad, y le devolví la mirada con determinación. Quería que supiera que no iba a asustarme.

—En este mundo ocurren cosas extrañas y místicas, cosas de las que muy poca gente está enterada. Puesto que mi profesión me obliga a investigar en los rincones más oscuros de la historia, tengo el dudoso honor de conocer algunas de ellas. La mayoría de mis colegas prefieren enterrar la cabeza en la arena y fingir que los *revenants* no existen. Pero yo no estaba de acuerdo con ellos, sospechaba que eran muy reales. Y, tras lo que he presenciado hoy, mis sospechas han sido confirmadas.

» Pero Kate, estas cosas deberían permanecer dónde empezaron: en las sombras. No en mi vida, saliendo con mi nieta. No puedo permitir que vuelvas a ver a Vincent. Tus padres hubieran esperado que te protegiera y que evitase que vieras algo... —dudó al comprobar la cara que estaba poniendo—... a alguien que te pudiera poner en peligro, es parte de la responsabilidad que he aceptado.

—Pero, Papy... —empecé a decir, pero las lágrimas me cegaron de repente.

—Tienes diecisiete años y sigues bajo mi tutela. Cuando cumplas los dieciocho podrás hacer lo que quieras, aunque espero que veas las cosas desde mi punto de vista.

Pronunció aquellas palabras con firmeza, pero vi que los ojos se le llenaban de emoción al verme llorar. Me dejé caer entre sus brazos.

—Oh, querida Kate —murmuró—. No soporto hacerte infeliz. Pero prefiero verte triste que muerta.

De vuelta en mi habitación, saqué el teléfono móvil y me quedé un minuto entero mirándolo. Por primera vez en casi un año, tenía ganas de marcar el número de uno de mis amigos de Brooklyn y oír su voz familiar al otro lado de la línea. Pero, aunque supiera que podía hacerlo, que alguno de ellos sería capaz de perdonarme y continuar con nuestra amistad donde la habíamos dejado, ¿cómo podría explicarles la situación? No iban a creerme.

«Esto, hola, Claudia. Estoy saliendo con un muchacho que se llama Vincent y Papy no quiere que nos veamos, porque si seguimos juntos puede que me maten los zombis malvados que quieren asesinarle». Mis amigos pensarían que el dolor me había vuelto loca.

Sacudí la cabeza, frustrada, y marqué el número de Vincent. Hablaba con la voz calmada, pero se le notaba que estaba tan alterado como yo.

—¿Cuál es el veredicto?

—Papy ha dicho que no podemos volver a vernos —respondí. No pude evitar que me temblara la voz.

—¿Qué más cabía esperar? Es un hombre racional —dijo Vincent. Continuó en un tono más cálido y menos cauteloso. Sonaba cariñoso—. Kate... ojalá pudiera estar ahí, contigo. ¿Estás bien?

Me sorbí los mocos y contuve las lágrimas.

—Estoy bien. Comprendo su razonamiento. Pero se equivoca.

—No se equivoca al decir que te pongo en peligro.

—Ya corro peligro, Vincent. Es demasiado tarde para preocuparse por eso. Esos numa vienen a por mí. Así que, pensándolo de manera fría, que nos mantengamos separados resulta aún más peligroso. Aparte del hecho de que no quiero alejarme de ti.

Las lágrimas ganaron la batalla y me eché a llorar. Por enésima vez en un mismo día.

—Todo irá bien, Kate —dijo con voz suave.

Agarré un pañuelo y respiré hondo, intentando recuperar la compostura.

—Papy se merece mi respeto. Pero, en este caso, no puedo obedecerle —declaré. Vincent no respondió.

Algo que había estado en lo profundo de mi mente empezó a emerger como una idea coherente. Que Vincent revelara su naturaleza a Papy y la campaña contra él de mi abuelo me habían distraído de algo importante. Pero, ahora, empezaba a darme cuenta de las repercusiones de una cosa que el numa había dicho. El corazón me dio un vuelco.

—Vincent... hoy, en la galería. El numa ha mencionado que maté a Lucien —dije. Me estremecí, a pesar de que hacía calor en mi habitación—. ¿Cómo ha podido saberlo? Ningún otro numa presenció lo ocurrido, solo tus semejantes saben la verdad.

—Me estaba preguntando si te habías dado cuenta —respondió enigmáticamente—. He estado discutiéndolo con los demás desde que he llegado a La Maison.

—¿Podría haber habido un espíritu numa volante que acompañara a Lucien y se lo contara a los demás?

—No, yo también estaba volante, ¿te acuerdas? Lo habría sabido si hubiera habido alguien más.

—Entonces, ¿cómo...?

—Solo los *revenants* saben quién mató a Lucien. Uno de los nuestros ha compartido la información.

—¿Qué? —exclamé. Me quedé anonadada, esperando algún tipo de explicación.

—Ambrose, Gaspard y yo lo hemos estado discutiendo. Es la única manera. En algún sitio de París, hay un *revenant* que habla con los numa. Puede que incluso esté trabajando para ellos. No me cabe duda. Todos estamos seguros de ello, y no solo por esto; en Berlín se decía que alguien está filtrando nuestra información.

—Pero ¿por qué?

—No tengo ni idea.

—¿Y cómo supieron los numa que había visitado a la *guérisseur*?

—Podrían haberte seguido. Quizá te estaban observando.

—Pero Jules estaba conmigo. Se habría dado cuenta si hubiera habido numa por los alrededores, ¿no? —razoné. Vincent asintió en voz baja—. ¿Quién más sabe que visité a Gwenhaël?

—Bueno, a estas alturas lo sabe la casa entera. Lo hablé con ellos cuando volvimos de Villefranche-sur-Mer. Entonces les avisé cuando me contaste que había huido tras recibir una visita de los numa, pero dudo que hayan compartido la información con alguien. Por lo que sabemos, no sacaremos nada en claro de todo eso hasta que su hijo se ponga en contacto contigo.

Mientras hablaba, se me ocurrió una idea. Dudé antes de plantearle mis sospechas, sabiendo que me tomaría por loca.

—Pero supongamos que es alguien de la casa. Arthur dejó muy claro lo que pensaba acerca de permitir que un humano se inmiscuya en los asuntos de los *revenants* cuando pidió que me echarais de la reunión. Y entonces, cuando me vio en la biblioteca de JB, el día

293

que devolví el libro, me dijo que allí había información a la que los humanos no deberían tener acceso.

—Un momento, Kate —dijo Vincent con decisión—. Si estás diciendo lo que creo... Puede que a Arthur no le guste que estés involucrada en nuestros asuntos, pero nunca se le ocurriría ponerte en peligro. De ninguna manera te vendería a los numa a propósito.

—No, tienes razón —admití. Me sentó peor que Vincent pensara que mi teoría era ridícula que haber acusado falsamente a Arthur. Entonces se me ocurrió algo—. Espera, Violette me dijo que Arthur y ella habían seguido en contacto con los numa que conocían desde hacía siglos. Dijo que esas amistades se remontaban a una época en la que los numa no eran vuestros enemigos.

—¿Qué? —preguntó Vincent, incrédulo.

Estaba lanzada. No me callé nada, arriesgándome a que Vincent pensara que no decía más que tonterías.

—De hecho, vi a Arthur hablando con un tipo de aspecto muy sospechoso un día, en La Palette. Podría haber sido un numa... ahora que lo pienso, estoy segura de ello. Tenía aquella especie de vibración en el aire a su alrededor.

—¿Qué quieres decir con eso de «vibración en el aire»?

—Ya sabes. Los numa tienen una especia de cosa que les rodea. Como si unos cuantos centímetros alrededor de su cuerpo estuvieran en blanco y negro. Como si le hubieran robado el color al aire.

—¿Eres capaz de distinguir a los numa? —me preguntó, dudando.

—Pues sí. ¿Por qué? ¿No es lo normal?

—No, los humanos no suelen ser capaces —dijo, y se quedó pensando durante un momento—. ¿Con Lucien también lo viste?

—No, creo que no —admití, intentando hacer memoria. Aparte de aquella vez en la que se había presentado con un cuchillo en la garganta de mi hermana, solo le había visto en una discoteca oscura.

—Entonces es probable que tenga algo que ver con que te poseyera. Gaspard no deja de preguntarme si has experimentado efectos secundarios.

Impaciente y sin ganas de explorar ese asunto surgido de la nada, continué con mi teoría.

—Si le contaste a Arthur que había ido a ver a la *guérisseur*, podría haberles pasado la información a los numa.

—Kate... —dijo Vincent, en tono de advertencia.

—No, no con malas intenciones. No tuvo por qué ocurrir de manera intencionada. Pero, si está en contacto con los numa, quizá se le escapó. Quizá solo se lo mencionó a alguien. A la persona equivocada.

—Kate. Suenas como una paranoica. Ya sé que estás asustada y que intentas aclarar las cosas, pero, te lo prometo, estás mirando en la dirección que no es.

—Pero Vincent, estás de acuerdo en que solo los *revenants* saben que fui yo la que acabó con Lucien.

—La comunidad de *revenants* entera lo sabe. Y somos muchos. No solo los siete que viven conmigo.

—Y de todos estos *revenants*, solo los de la casa saben que acudí a la *guérisseur* —continué, sin hacer caso de sus palabras—. Violette me dijo que Arthur sigue en contacto con los numa. ¿Quién sino podría haber sido? Hubiera querido o no ponerme en peligro...

—¿Hubiera querido o no? Kate, basta ya. Ninguno de mis semejantes nos traicionaría ni nos dejaría en manos de los numa —dijo Vincent—. Ya sé que sigues enfadada con Arthur por haberte humillado ante los demás y, si te soy sincero, yo también lo estoy. Pero, desprecie o no a los humanos, en el fondo tiene buenas intenciones, y no es tonto. No dejaría que tus actividades «se le escaparan» en una conversación con un numa, y eso en el caso de que de verdad estuviera en contacto con ellos, cosa que dudo seriamente.

Suspiré, quería creerle. Pero tenía una intuición, había algo sospechoso en Arthur. No confiaba en él, pero no podía decirle nada más a Vincent.

—Kate, no te preocupes. Nos ocuparemos de esto. Jules está volante mañana, así que vendrá conmigo y con Jean-Baptiste y empezaremos a investigar a los *revenants* de París por nuestra cuenta, a ver si descubrimos quién está filtrando información. Ambrose os acompañará a Georgia y a ti al instituto.

«Es un buen plan —pensé—, si no fuera porque estáis buscando en el lugar equivocado; vuestra "filtración" está viviendo bajo vuestro techo.»

Vincent me deseó buenas noches y nos aseguramos el uno al otro que, aunque tendríamos cuidado para no despertar la ira de mi abuelo, seguiríamos viéndonos en secreto. Pero, cuando colgué, me sentía de todo menos segura. Aunque mi comportamiento reciente no era un buen ejemplo de ello, lo cierto era que no me gustaba actuar a escondidas de la gente que me importaba. Y saber que iría directamente en contra de los deseos de Papy me recordaba que estaba traicionando su confianza. Nos había acogido a Georgia y a mí y estaba haciendo todo lo posible por proporcionarnos una buena vida. Y yo iba a desobedecerle descaradamente.

Capítulo 34

En cuanto oí que Georgia llegaba a casa por la noche, crucé el pasillo y me metí en su habitación.

—¡Kitty Cat! —me saludó con una sonrisa, pero enseguida puso cara de preocupación cuando vio mi expresión— Oh, no, ¿qué ha pasado?

—Papy lo sabe.

—¿El qué?

—Que Vincent es un *revenant* y que los numa vienen a por mí.

—¿Qué quieres decir con eso de los numa?

Le conté la historia entera; la visita a la *guérisseur*, el robo en la galería de nuestro abuelo, la desaparición de la curandera y el enfrentamiento entre mi novio y Papy.

—No vas a dejar de ver a Vincent, ¿verdad? —preguntó Georgia, alarmada.

—No —admití—. Claro que no. Pero ya no podré hablar sobre él delante de Papy y Mamie. Y seguramente tendré que mentirles cuando salga, lo cual me hace sentir como una sabandija. Pero me niego a dejar de verle.

Georgia se quedó pensando un momento.

—¿Y qué vas a hacer? O sea, no puedes pasarte el resto de tu vida engañando a Papy.

Me acomodé en el borde de su cama.

—Se me ha ocurrido un plan. No es gran cosa, pero...

—¡Suéltalo! —dijo mi hermana.

—Se me ha ocurrido que podría pedirle a Jean-Baptiste que hablase con Papy.

—¿Qué? ¿Por qué? —preguntó Georgia.

—Porque Vincent me ha dicho que JB forma parte del grupo súper secreto de coleccionistas de objetos relacionados con los *revenants*. Así que puede que Papy esté dispuesto a escucharle. Hay unos cuantos humanos que saben lo que son, como Jeanne, su ayudante doméstica. Así que Jean-Baptiste debe de tener experiencia en hablar con los humanos a los que necesita, tiene que saber cómo convencerles para poder seguir haciendo negocios y permanecer en las sombras.

—Hacer negocios con alguien y convencerle de que permitan a su nieta salir con su falso sobrino no muerto son dos cosas muy distintas —dijo Georgia, quitándose las botas y las medias y poniéndose cómoda sobre la cama.

—Ya lo sé —murmuré, desanimada—. Es un plan arriesgado. Pero ¿qué más puedo hacer? En cualquier caso, con la que está cayendo, no es exactamente mi mayor prioridad.

—Entonces, ¿cuáles son tus prioridades? ¿Y cómo planeas usarme para ocuparte de ellas? —preguntó Georgia, con los ojos brillantes por el entusiasmo. A mi hermana se le daba bien escuchar, pero todavía se le daba mejor pasar a la acción.

—Las cosas están así, Georgia: primero, tengo que averiguar quién ha estado hablándoles de mí a los numa. Si Vincent y sus semejantes pueden ocuparse de ese problema, con un poco de suerte los numa me dejarán en paz. No parecían demasiado afectados porque hubiera matado a Lucien, especialmente porque es obvio que no lo hice yo sola. Usaron los términos «antiguo líder», así que ahora deben de tener uno nuevo. Al menos, eso es lo que piensan todos. Les mandaron para averiguar lo que había descubierto acerca de

298

la *guérisseur*, así que no es algo personal, no van a seguir dándome caza para siempre.

»Además, si Arthur es el que está pasando información a los numa... —Georgia abrió los ojos de par en par y me miró como si hubiera perdido la cabeza. Levanté la mano para que se calmara y me escuchara—. Si él es el traidor, La Maison entera está en peligro. Pero cuando le he contado a Vincent mis motivos para sospechar de él, no ha querido hacerme caso.

—Bueno, puede que eso sea porque te has vuelto majareta. Aparte de que me parece que Arthur es deliciosamente guapo....

—Y tus gustos siempre han sido muy acertados en el pasado... —la interrumpí.

—*Touché* —admitió Georgia—. Pero en esta ocasión, sé que tengo razón. He tomado un café con él esta tarde —confesó. Me dedicó una sonrisa felina y fingió abanicarse al recordar el atractivo de aquel hombre.

—¿Qué? —exclamé—. ¿Te ha invitado a tomar un café?

—Bueno, no exactamente —respondió Georgia—. Simplemente me lo he encontrado por casualidad en el café Sainte-Lucie y me ha pedido que me sentara con él. Y, puesto que la muñequita diabólica no estaba allí para tocarme las narices, he accedido.

—¿Esta tarde? ¿Al salir de clase? —pregunté.

—Ajá —contestó, con una mirada cargada de sospecha.

—Mientras ocurría la batalla en la galería de Papy. Lo más probable es que Arthur estuviera esperando a que los numa volvieran y le contaran lo que habían descubierto.

Georgia se quedó boquiabierta.

—¡Menuda paranoica estás hecha! Tierra llamando a Kate: estás perdiendo la conexión con la realidad. Arthur es de lo más normal, y un muchacho no muerto la mar de amable. Yo de ti, sospecharía de Violette.

Sacudí la cabeza.

—Confío en ella. Si Arthur está tras esto, a propósito o no, Violette no debe de ser consciente de ello. Si no, me lo habría dicho. Hemos hecho buenas migas, Georgia, ya sé que no te gusta demasiado, pero a mí sí que me cae bien.

Mi hermana me dio unas palmaditas en el brazo, como quien reconforta a un inválido.

—Creo que la clave en lo que acabas de decir es «a propósito o no». Si, como dices, está en contacto con algunos numa, puede que se le haya escapado algo. Aunque no me lo imagino pasando el rato con esos tipos. De verdad, creo que Arthur no sería capaz ni de hacerle daño a una mosca. Parece reservado y ansioso, pero es tan amable que empiezo a sospechar que resulta demasiado simpático para mí. Parecía estar genuinamente apenado por haberte ofendido.

—¿Lo ves? Arthur va por el mundo hablando de mí. Seguro que solo finge sentirse mal para que no sospechen de él.

—Ya basta, Kate. Te has embarcado en un viaje sin retorno al país de los chalados.

—Demostraré que el traidor es él.

—De acuerdo. Te desafío. Yo demostraré que no lo es. Sobre todo porque, si tienes razón y resulta que es un bellaco, tendré que cancelar mi cita con él para el sábado por la noche.

—¡Georgia!

—Es broma —dijo. Entonces, en voz muy baja, añadió—: No lo es.

Un jarrón con un ramo de flores moteadas de color violeta descansaba sobre la mesa del recibidor a la mañana siguiente. Papy bajó el periódico el tiempo justo para hacer un gesto de cabeza en su dirección; me pregunté si se habría sentido tan relajado si la tarjeta que venía con las flores en lugar de haber estado firmada por Violette lo hubiera estado por Vincent.

Me he enterado de la terrible experiencia que viviste ayer. Vamos a tomar un café. ¿Café Saint-Lucie después de clase?
Besos:

Violette

Saqué *El lenguaje de las flores* de la mochila y encontré una imagen con las mismas flores, se trataba de un ramo de geranios de hoja de roble. «Amistad verdadera», leí sonriendo mientras Georgia se acercaba.

—¡Qué bonitas! —comentó, agachándose para olerlas.

—Me las ha mandado Violette —dije, a la espera de su reacción.

—Parecen cardos borriqueros —replicó, irguiéndose, y fue a sentarse junto a Papy a la mesa del desayuno.

—¿Estás bien? —fue lo único que pronunció Papy mientras desayunábamos, pero lo dijo con una mirada de preocupación en dirección a Georgia, implicando que diría más si mi hermana no estuviera presente. Si mi abuelo pensaba que no le había revelado todos aquellos secretos a Georgia, era que no nos conocía. Quizá nuestras peleas habituales le impedían darse cuenta de lo unidas que estábamos en realidad.

Media hora más tarde, salimos de la casa y vimos a Ambrose esperándonos en la esquina, de pie junto a un vehículo todoterreno.

—Señoritas —dijo con voz de Barry White. Estiró los brazos hacia delante e hizo crujir los huesos del cuello—. Por aquí, por favor —añadió. Abrió la puerta del todoterreno y me acomodé en el asiento posterior—. ¿Y la hermosa Georgia?

—Todos estos músculos deliciosos a primera hora de la mañana son casi demasiado para mí —dijo, y le dedicó un guiño teatral mientras se sentaba en el asiento del copiloto. Sacudí la cabeza. Si flirtear fuera una carrera universitaria, Ambrose y mi hermana habrían obtenido el doctorado.

—¿Dónde está todo el mundo esta mañana? —le pregunté a Ambrose mientras este arrancaba el todoterreno. Empezó a conducir en dirección al río.

—Vincent y Jean-Baptiste han salido a visitar a los *revenants* que están viviendo en casa de Geneviève. A indagar un poco, ya sabes, en busca del culpable de hablarles a los zomboloides sobre tu espectáculo mata-líderes. ¿Qué se siente al ser el enemigo número uno de los numa, Mary Kate?

—La verdad es que da bastante miedo —confesé—. Me he pasado la semana pensando que era inútil teneros turnandoos para hacerme de chófer, pero, desde ayer, me alegro de que lo hagáis.

—¿Significa eso que te alegras de verme? —preguntó Ambrose. Sus dientes blancos resplandecían junto al tono chocolate oscuro de su piel.

—Siempre me alegro de verte, Ambrose —contesté, plenamente consciente de que, si la frase hubiera sido pronunciada por Georgia, habría sonado tan seductora como Mae West.

—¿Qué me cuentas de tu tentador amigo medieval? —preguntó mi hermana.

—¿Supongo que te refieres a Arthur? —dijo Ambrose—. Él y Violette están entrenando con Gaspard esta mañana, cuando terminen irán a visitar a otros *revenants* por su cuenta. Jules está volante, así que voy a dejaros en el instituto y me iré de patrulla con él y con Gaspard, antes de volver a por vosotras por la tarde. Quedaos dentro del instituto, ¿de acuerdo? No es necesario que los numa os metan un par de tiros desde un Audi mientras me esperáis en la acera.

Ambrose nos vigiló hasta que hubimos cruzado la verja del instituto y, una vez dentro, se alejó. Georgia se volvió hacia mí.

—¿Ves? He averiguado lo que Arthur hará hoy. ¿Qué piensas hacer con esa información?

—Esta es nuestra oportunidad —dije—. Sabemos dónde se encuentra ahora mismo. Podemos acechar la casa y ver adónde va cuando salga.

—Ya has oído a Ambrose, Arthur va a ir a no sé dónde con Su Majestad Doña Cansina.

—Bueno, ¿qué hay de malo en espiarles un par de horas? Aparte de que tendríamos que saltarnos las clases, claro. Esta es nuestra única oportunidad de actuar sin que nos sigan los *revenants*.

—O los numa, sin ir más lejos —añadió Georgia—. Todos creen que estamos en el instituto. Tenemos que irnos ya, no sabemos cuánto durará el entrenamiento demoledor de Gaspard —dijo. Miró alrededor del pasillo y sus ojos se detuvieron en un tipo musculoso que acarreaba una pila de libros—. ¡Oye, Paul! —exclamó—. ¿Te acuerdas de aquella vez en que te ofreciste a prestarme tu motocicleta?

Capítulo 35

Mi hermana y yo nos quedamos al final de la rue de Grenelle. Nos escondimos tras la esquina y cada pocos minutos echábamos un vistazo calle abajo, hacia la mansión de Jean-Baptiste. Teníamos un aspecto tremendamente sospechoso.

—¿Qué hora es? —pregunté. Me castañeteaban los dientes por el frío de febrero.

—La misma que cuando me has preguntado antes, más cinco minutos —gruñó Georgia—. Son las once y cinco y llevamos aquí esperando un total de una hora y treinta y cinco minutos. ¿Cuánto suelen durar tus sesiones de entrenamiento con Gaspard?

—Una hora —contesté—. Pero estoy segura de que Arthur y Violette aguantan más rato que yo, y no tenemos ni idea de cuándo han comenzado.

Empezaba a desanimarme; nuestra misión parecía mucho más estúpida ahora que cuando la habíamos planeado en el pasillo de nuestro instituto, cálido y seguro.

—¡Espera! —susurró Georgia con demasiado dramatismo—. Se está abriendo la puerta. Y aquí viene... ¡es Arthur! Lleva un casco de moto, pero sé que es él. Se ha puesto la misma cazadora de cuero que llevaba ayer en la cafetería.

Intenté asomarme, pero mi hermana me apartó de un empujón.

—¡Shh! —insistió, aunque estábamos definitivamente más allá del alcance de su oído—. Está conduciendo la moto lentamente hasta la esquina. Ha desmontado. Está tirando de la motocicleta para subirla a la acera... ¡madre mía, parce que está escondiéndose!

Los comentarios de Georgia empezaban a tomar un cariz histérico.

—¿Qué quieres decir con eso de «escondiéndose»? —La aparté para ver qué ocurría—. No veo a nadie.

—Mira, al fondo de la calle. Justo detrás del último edificio. Está allí escondido.

—¿Nos ha visto?

—¡No! Ni siquiera ha mirado hacia aquí cuando ha salido a la calle.

—Entonces, ¿por qué...?

—¡Calla! —me interrumpió Georgia.

Asomé la cabeza por encima de la suya por la esquina del edificio. Un taxi acababa de tomar nuestra esquina, había bajado por la calle y acababa de aparcar delante del *hôtel particulier*. La verja volvió a abrirse y Violette la cruzó. Inspeccionó ambos lados de la calle antes de subir a él. Georgia y yo nos apartamos de la esquina, esperamos unos segundos y volvimos a asomarnos.

El taxi fue hasta el final de la calle y giró a la izquierda en la avenida. En un segundo, Georgia y yo nos pusimos los cascos y nos montamos en la motocicleta prestada; vimos que Arthur se ponía en marcha y seguía al taxi a una distancia prudencial, así que nosotras también nos lanzamos rue de Grenelle abajo. Giramos a la izquierda en la siguiente calle, varios metros por detrás de Arthur.

Los siguientes veinte minutos los pasamos haciendo maniobras entre automóviles y camiones e intentando pasar inadvertidas, aunque Arthur no se volvió hacia atrás ni una sola vez. Estaba plenamente concentrado en el taxi de Violette y era obvio que estaba echando mano de las mismas técnicas que nosotras para evitar ser descubierto. Nos dirigimos al norte, cruzando el río, dejamos atrás el Louvre, seguimos subiendo hasta que llegamos a la empinada colina de Montmatre y empezamos a avanzar por sus callejuelas estrechas.

—¡Van hacía el Sagrado Corazón! —grité, levantando la vista hacia la cúpula blanca de la basílica que se erigía en lo alto de la colina. Un camión refrigerado que transportaba yogures y nos había servido de camuflaje durante varias calles se detuvo en medio de la calzada; el conductor bajó de un salto para hacer una entrega. Divisamos a Arthur a unos metros de distancia; estaba aparcando la motocicleta a los pies de las escaleras de la rue Foyatier, el emblemático lugar de París que todo el mundo reconoce gracias a las antiguas postales en blanco y negro. Los múltiples tramos de escaleras están flanqueados por antiguas farolas de metal negro, y destaca tanto en el París clásico que uno casi espera que los peatones se lancen de repente y de manera espontánea a bailar un can-can con coreografía y todo.

—¡Rápido! —grité. Georgia aparcó detrás de la motocicleta de Arthur y encadenó la nuestra a una farola.

Había bastante gente por la calle, de manera que, incluso si se hubiera dado la vuelta, no se habría fijado en nosotras, que subíamos las escaleras entre jadeos varios tramos por detrás de él. Una vez en lo más alto, Arthur giró a la derecha y empezó a correr hacia un lado de la iglesia. El sol del mediodía brillaba sobre nuestras cabezas y se reflejaba con tanta fuerza en la piedra blanca de la iglesia que nos cegaba, lo que nos complicaba la misión de seguirle entre los grupos de turistas y peregrinos que hacían cola para entrar en la basílica.

Mezclado entre la multitud de visitantes, desapareció al doblar la esquina de la iglesia. Me abrí camino entre la muchedumbre en su dirección, alargué el brazo para alcanzar a Georgia y, en lugar de ella, lo que agarré fue un brazo extremadamente peludo. Un hombre alto con una gorra en la que ponía «*Heck Yeah Cowboys*» me miró con una sonrisa divertida.

—*Well, hello there!* —me dijo con un pronunciado acento de Texas.

—Perdón —balbuceé, mirando a mi alrededor en busca de Georgia. La vislumbré a unos diez metros por delante de mí; un grupo de turistas liderados por un guía que sostenía una bandera italiana la había arrastrado. Acababa de darse cuenta de que me había dejado atrás y, justo cuando se volvió para buscarme, el grupo echó a andar de nuevo y la perdí de vista.

Me zafé del grupo de estadounidenses a base de empujones y seguí el mismo camino que Arthur. Doblé la esquina donde le había visto por última vez.

Me adentré en la oscuridad; acababa de llegar, bordeando la basílica, a un patio de piedra desierto junto al edificio. Viniendo de la deslumbrante luz del día, mis ojos tardaron unos segundos en ajustarse a la sombra de este rincón apartado de los turistas y silencioso como las catacumbas.

El patio era grande, del mismo tamaño y forma que una pista de hielo. El margen exterior bordeaba un precipicio, y una enorme valla de hierro evitaba que los visitantes pudieran caer al vacío. Varias estatuas de ángeles y santos se imponían alrededor del patio, proyectando sombras extrañas bajo la luz débil y creando una atmósfera de lo más siniestro. No se veía a Georgia por ninguna parte.

Parpadeé varias veces buscando a Arthur y le divisé no muy lejos de donde me encontraba, oculto tras una estatua. Estaba observando a un grupo de gente medio escondido entre las sombras oscuras del edificio. Justo enfrente de mí se alzaba la figura imponente de un arcángel vengador que se agachaba con una espada desenvainada, peleando contra un enemigo invisible. Seguí el ejemplo de Arthur; me deslicé tras el arcángel y me dediqué a contemplar las siluetas que había a otro lado del patio, entornando los ojos desde detrás del brazo de piedra.

Una muchacha vestida con *jeans* hablaba con autoridad a dos hombres altos y de aspecto amenazador. Un escalofrío me recorrió la espalda cuando me percaté de que eran los mismos numa que habían acudido a la galería de Papy.

La muchacha gesticuló y volvió la cabeza ligeramente. Sin siquiera darme cuenta, me llevé la mano a la boca y ahogué un grito.

—¡No! —susurré.

¿Qué estaba haciendo allí Violette? No parecía que los numa estuvieran amenazándola. Si acaso, lo que se veía era que escuchaban sus palabras atentamente.

Eché un vistazo hacia Arthur. Estaba contemplando la misma escena que yo y, aun así, seguía escondido. No lo entendía.

Y entonces, de repente, lo comprendí.

Cuando por fin junté las piezas del rompecabezas, me sentí inmediata y violentamente enferma. Me agarré el estómago y recé para no ponerme a vomitar allí mismo.

Entonces, un tercer hombre surgió de las sombras que había detrás de la iglesia. Se trataba del tipo con el que había visto a Arthur charlar en La Palette. Cuando vi lo que llevaba puesto (un largo abrigo de piel que parecía haber sido diseñado para un noble del Renacimiento de una serie de la televisión), supe dónde le había visto antes. Era el hombre que había aparecido entre las tumbas en el cementerio Père Lachaise, el día del funeral de Philippe. Me dio miedo entonces y no me equivocaba. Porque ahora sabía que el extraño efecto en blanco y negro que veía a su alrededor solo podía significar una cosa, sin duda alguna. Él también era un numa.

Delante de la menuda *revenant*, apoyó una rodilla en el suelo, inclinó la cabeza y se llevó la mano de Violette a los labios. La muchacha le tocó levemente la cabeza, indicándole que se levantara y, justo entonces, alguien irrumpió corriendo en medio del patio.

—¿Kate? —preguntó, cegada por el contraste de la luz.

Quise alargar el brazo y arrastrarla hasta un lugar seguro. Debía advertirle de alguna manera que huyera sin delatar su presencia. Pero era demasiado tarde. Violette se volvió y vio a mi hermana.

Capítulo 36

Violette se lanzó contra Georgia, impulsada en apariencia y únicamente por la furia.

De momento, me quedé paralizada. Mi cerebro se negaba a aceptar lo que mis ojos confirmaban. Me repetía a mi misma que mi amiga no era la que tenía que encontrarse con los numa, Arthur tenía que ser el traidor.

Las piezas empezaron a encajar en mi mente. La fascinación de Violette por *Amor inmortal* y su frustración cuando no pudo hacerse con un ejemplar. Poco después, una oleada de robos había asolado las casas de los *revenants* de París; los atacantes no buscaban documentos, sino un libro.

Otra pieza encajó en su lugar: el día después de devolver el libro de Gaspard a su biblioteca, el ejemplar de Papy —imprescindible para encontrar al *guérisseur*— había sido robado. Alguien había descifrado el mensaje y había mandado a los numa tras Gwenhaël. Y, cuando no habían podido encontrarla, habían venido a por mí, haciendo preguntas acerca del Paladín. Ahora estaba claro que Violette era la que se encontraba tras todo aquello.

¿Por qué estaba tan interesada en el Paladín? Había actuado como si la historia no fuera más que un viejo cuento de hadas. ¿Por qué le importaba tanto?

A no ser que creyera en la historia. Era ella la que se había ofrecido a venir a París y ayudar a Jean-Baptiste. A vivir en la misma casa que Vincent. Pensé en su insaciable curiosidad por la manera en la que podíamos comunicarnos, por los talentos superiores de Vincent, por su fuerza menguante. De repente, todo tenía sentido. Por algún motivo, Violette había estado buscando al Paladín desde el principio.

Con el corazón en un puño emergí de detrás de la estatua y eché a correr en su dirección. Por el rabillo del ojo, vi que Arthur abandonaba su escondite y se lanzaba hacia mí. Aceleré, todavía no estaba segura de a qué bando pertenecía.

Pero, antes de que pudiera alcanzar a mi hermana, Violette la empujó con violencia y la sostuvo contra la valla.

—¿Qué estás haciendo aquí? —vociferó. Georgia echó un vistazo, asustada, hacia el precipicio y, rápidamente, se irguió.

—La pregunta es, ¿qué haces tú aquí, Mata Hari en miniatura? —espetó mi hermana. La vehemencia de Georgia hacía que pareciera confiada, pero yo sabía que estaba asustada. Violette se lanzó contra ella, pero mi hermana se agarró a los barrotes de hierro con ambas manos y se dio impulso para dar una buena patada, que aterrizó en la cadera de la *revenant*.

Violette retrocedió unos pasos por la fuerza del golpe y aproveché para llegar hasta Georgia. Adopté una posición defensiva, con los dos puños en alto.

—Supongo que esto significa que cancelamos el café de esta tarde —dije. La traición que me hervía en el estómago convirtió mi voz en hielo. Violette se limitó a encogerse de hombros, demostrando con un gesto que no significaba nada para ella. Me moría de ganas de saltarle encima, darle unos buenos puñetazos y exigir una explicación. Pero ya la había visto pelear antes y sabía que, incluso sin un arma, era mortífera.

Hubo cierto movimiento a sus espaldas y dos de los numa surgieron de las sombras, acercándose a nosotras. En el mismo instante, vi que Arthur, que se había mantenido apartado, se lanzaba contra ellos.

—¡Las humanas son mías! —gritó la pequeña *revenant* sin siquiera mirar hacia atrás. Los tres hombres se detuvieron a pocos metros por detrás de ella.

—¡Violette, suelta a las chicas! —gritó Arthur, manteniendo una distancia prudente de los numa.

Ella respondió sin apartar la vista de mi hermana y de mí.

—Te gustaría que lo hiciera, ¿verdad, Arthur? ¿Qué le ocurrió a mi viejo amigo, el que pensaba que los humanos no valían ni la sangre que derramábamos por ellos?

—Esa era tu opinión, Vi. Nunca fue la mía.

—Te conozco, Arthur. Te he conocido desde hace medio milenio. Somos prácticamente la misma persona. ¿Por qué no te uniste a mí cuando te lo pedí? Ahora, un nuevo camino se abre ante los dos.

—Nunca pensé que sería este camino, Vi. Ya me has usado para desahogarte durante suficiente tiempo. Hice lo que me pediste y exigí que Kate quedara fuera de las reuniones de *revenants*. Miré hacia el otro lado cuando sabía que estabas en contacto con nuestros enemigos. Mierda, si hasta le llevé tu mensaje a ese... ese Nicolas —dijo, señalando con asco al tipo del abrigo de piel, que seguía entre las sombras—. Siempre los has usado para sacarles información, pero nunca pensé que te degradarías hasta el punto de colaborar con ellos. O de rendirte ante ese nuevo señor de los numa que viene de Estados Unidos, por el amor de Dios.

—No hay ningún estadounidense, Arthur —dijo Violette, con una risita. Ahogué un grito—. Me lo inventé y aseguré ser su emisaria. Fingí ser una bardia en el bolsillo de los numa, por si se resistían a obedecerme. Pero llevan más de un año obedeciendo mis órdenes. Si Lucien no hubiera metido la pata y hubiera cumplido la orden de traerme la cabeza de Vincent, tú y yo no tendríamos que haber soportado este numerito con Jean-Baptiste. Los numa obedecen mis órdenes ahora y los *revenants* pronto serán derrotados.

—¿Cómo que obedecen tus órdenes? —preguntó Arthur, incrédulo—. Cuatro numa nos atacaron en un callejón. Tú misma acabaste con uno de ellos. Y has contemplado como Vincent destruía a más de uno.

—Digamos simplemente que tenía unos cuantos alborotadores que no querían aceptar mi autoridad, y estuve más que contenta de deshacerme de ellos. Fue una manera muy efectiva de medir la fuerza de Vincent. Me gusta mucho trazar estrategias, querido Arthur, como tú bien sabes.

»Pero ahora que todo está en orden, puedes ocupar tu lugar a mi lado, como mi consorte. Júrame tu lealtad y olvidaré que te has mostrado reticente a unirte a mí.

—Jamás.

La proclamación de Arthur le hizo sonar como el caballero medieval que fue una vez. O como su tocayo, el caballero de los caballeros.

Violette soltó un grito de furia y, dándose la vuelta a tal velocidad que apenas la vi moverse, dio una patada de karateca a mi hermana en la cabeza para desfogarse.

Me lancé sobre ella, deseando para mis adentros que contara con algo más que mi cuerpo para plantarle cara. Una espada. Una lanza, Cualquier arma con la que hubiera entrenado, ya que nunca había practicado el combate cuerpo a cuerpo.

Hice todo lo que pude por recordar las clases de Gaspard mientras me apartaba y agachaba para esquivar los golpes de Violette. Aunque no podría ni pegarle un puñetazo, mis acciones la distraerían de mi hermana, que estaba maldiciendo en voz alta, a cuatro patas.

—¡Corre, Georgia! —vociferé—. ¡Aléjate de aquí!

—¿Y dejarte luchar a ti sola? —respondió, indignada. Por el rabillo del ojo, vi que mi hermana se agachaba y saltaba sobre nosotras.

Oí que los numa peleaban con Arthur y supe que estaría demasiado ocupado como para ayudarnos. Esta era nuestra pelea y, aunque Georgia y yo no teníamos ninguna experiencia, albergaba la esperanza de que al ser dos contra una eso nos diera ventaja.

Mi esperanza desapareció a toda velocidad cuando el puño de Violette impactó contra mi hombro. Oí un crujido, sentí una punzada de dolor y retrocedí tambaleándome. Violette aprovechó el momento para descargarle una patada en las costillas a Georgia. Mi hermana se apoyó en la verja, con las manos en el costado y la cara deformada en una mueca de dolor.

—He visto la manera que tienes de mirar a Arthur. ¿Pensabas que podrías robarme a mi compañero? —le preguntó Violette a Georgia con un tono de voz frío y monótono.

—Que yo sepa, no puedo robarte lo que no es tuyo —respondió Georgia, esbozando una sonrisa amarga.

—¿Y tú qué sabes, mortal estúpida? —exclamó Violette, y se volvió para mirar a Arthur, lo cual me proporcionó la oportunidad que había estado esperando.

Con el brazo sano, le di un puñetazo en la cara. Mis nudillos crujieron contra su mandíbula. Violette chilló, enfurecida, y dio un paso hacia atrás, pero no pareció demasiado afectada. Era más fuerte y dura de lo que jamás habría podido imaginar.

Detrás de ella, Arthur se enfrentaba a los dos numa y Nicolas se mantenía al margen pacientemente, contemplando la batalla desde el otro lado del patio. Jean-Baptiste había dicho que Nicolas había sido el segundo de Lucien. Aunque había ofrecido su lealtad a Violette, el numa de aspecto aristocrático no parecía estar desviviéndose por ensuciarse las manos defendiéndola.

Por una vez, ninguno de los bandos había traído armas; los numa habían previsto una charla pacífica con Violette y Arthur había confiado demasiado en ella.

—¡Alain! —gritó Violette—. Ayúdame y ocúpate de la muchacha.

Antes de que pudiera reaccionar, el numa más pequeño abandonó la lucha con Arthur, se plantó a mis espaldas y me sujetó los brazos con decisión, causándome una explosión de dolor en el hombro lesionado. Pataleé y me resistí, pero mi captor era tan fuerte que no sirvió de nada.

Era imposible que mi hermana pudiera con Violette ella sola. Nadie vendría a ayudarnos, porque nadie sabía dónde estábamos. La *revenant* lanzó otra patada contra la cabeza de Georgia, y vi que mi hermana caía al suelo. Me sumí en la desesperación. No volvería a ver a Vincent de nuevo. Me retorcí una vez más para intentar zafarme del numa que me sujetaba.

—Suéltala —dijo una voz al otro lado del patio. Me volví y vi a Vincent, que acababa de doblar la esquina de la iglesia con la cara contorsionada por la furia. Al pasar junto a la figura del arcángel, y sin aflojar el paso, agarró la espada de mármol con ambas manos y la separó de la estatua. La blandió contra el numa que luchaba contra Arthur; el violento golpe hizo que la espada de mármol se rompiera en mil pedazos y dejó al numa en el suelo.

Sorprendido, mi captor me soltó. Aterricé como un gato, sobre las manos y los pies, y me levanté de un salto.

—¡Kate! —exclamó Vincent. Se sacó una espada de debajo del abrigo y me la lanzó con la empuñadura por delante. Vi a cámara lenta cómo el arma plateada volaba por el aire y sentí el tacto de la empuñadura contra mi mano cuando la agarré con fuerza. Entonces, el tiempo se aceleró de nuevo cuando blandí la espada hacia arriba con todas mis fuerzas y esta impactó por debajo de la barbilla del numa. La hoja cortó limpiamente de un lado a otro de su cuello, y el cuerpo decapitado de mi enemigo cayó al suelo.

Me quedé allí contemplando la cabeza rodar por los adoquines, dejando un rastro de sangre tras de sí. Me mareé durante un segundo, pero me obligué a recuperar el control. «Ahora, no.»

Giré sobre mí misma con la espada en alto, lista para atacar. El hombro me dolía tanto al sostener la postura que me rechinaban los dientes. Ante mí, al otro lado del patio, vi que Nicolas echaba a correr de nuevo hacia las sombras tras la iglesia y que Arthur saltaba tras él y le seguía por unas oscuras escaleras.

A mi izquierda, Vincent estaba acercándose a Violette, que se había agachado junto a mi inconsciente hermana. Aunque Georgia le sacaba una cabeza entera a la *revenant*, Violette levantó el cuerpo de mi hermana con la misma facilidad con la que una madre levantaría a un bebé y empezó a subirla por encima de la valla.

—¡No! —grité, dejando caer la espada. Eché a correr hacia ellas y, entonces, me detuve bruscamente. Ante cualquier amenaza, Violette podría arrojar a mi hermana por encima de la valla y esta se precipitaría hacia una muerte segura. «De hecho, ¿por qué no la ha dejado caer todavía?», pensé mientras la veía titubear.

—Violette, ¿Qué estás haciendo? —exclamó Vincent. Sonaba confundido de verdad. Me di cuenta de que todavía no había entendido lo que estaba ocurriendo. No había sospechado de ella en absoluto, todos habíamos asumido que era inocente. Excepto Georgia, claro, que ahora estaba suspendida en el aire al borde de un precipicio. Violette permanecía inmóvil como una estatua, contemplando el desnivel que se abría a sus pies.

Tras nosotros, el numa que Vincent había dejado fuera de combate empezó a recobrar el sentido. Con una herida a un lado de la cabeza que sangraba profusamente, se puso de pie y abalanzó contra nosotros.

—¡Violette! ¡Detén a ese numa! —grité.

Inexplicablemente, la *revenant* me obedeció.

—Paul, quieto —ordenó. El hombre, un individuo enorme, se quedó en su sitio. Decidí dar un paso cauteloso hacia ella.

—Nunca has matado a un humano, ¿verdad? —pregunté. Quizá por eso dudaba tanto.

—No —respondió Violette, todavía contemplando el precipicio. Apoyó el cuerpo de mi hermana sobre la valla de hierro, dejando que la estructura soportara la mayor parte de su peso. Lo único que tenía que hacer era soltarla, y Georgia se despeñaría. «No la dejes caer», recé. El cuerpo de mi hermana parecía ya un cadáver. Parpadeé para evitar las lágrimas que empezaban a llenarme los ojos.

—¿Por qué ahora? —pregunté.

—Conoces la formula, ¿verdad, Vincent? Si un *revenant* mata a un humano...

—Se convierte en numa —terminó él, en voz baja.

La cabeza me daba vueltas por el pánico, pero me obligué a concentrarme. Violette odiaba a Georgia, y parecía obvio que también a los humanos. Pero ¿qué le importaba de verdad? La respuesta resultaba evidente: ella misma.

—No quieres ser uno de ellos, Violette. No importa lo poco que los humanos merezcan ser salvados, no vale la pena convertirse en un monstruo solo para vengarte de una humana.

Violette tragó saliva.

—La venganza no tiene nada que ver con esto —replicó, con una voz tan nítida y fría como el hielo invernal—. Nunca quise ser lo que soy. Decidí mi futuro inmortal a una edad en la que ni siquiera sabía lo que era la vida. Estoy harta de depender de los humanos para mantenerme viva. No quiero salvarlos. Mi único deseo es poseer el poder de controlar mi propio destino. Y una vez mis numa y yo hayamos conquistado a los *revenants*, París será mía y tendré todo el poder que desee. Mi propio reino, para hacer con él lo que me venga en gana.

—Si te conviertes en numa, seguirás dependiendo de los humanos para sobrevivir, Violette —dijo Vincent—. No importa lo que hagas, estás atrapada en un círculo sin fin. Lo único que haces es pasar de salvarles a traicionarles.

—Llegados a este punto, la segunda opción parece mucho más fácil de soportar —respondió ella.

—¿Y cuál es tu plan para acabar con nosotros? ¿Cómo pretendes llevar a cabo tal hazaña? —preguntó Vincent, incrédulo.

—Con el poder del Paladín —dijo ella, entornando los ojos y mirándole fijamente—. Por supuesto, si hubieras accedido a quedarte a mi lado, no tendría que haber recurrido a hacerme con el control de esta manera. Podría haber compartido contigo el poder sobre todos los *revenants*, una vez hubieras ocupado el lugar de líder que mereces. Pero, cuando dejaste claro que no acudirías a mí por tu propia voluntad, decidí que conquistar a los *revenants* con la ayuda de los numa no era una alternativa tan despreciable.

—¿Por eso me cortejabas desde hace treinta y cinco años? —preguntó Vincent, mirando a la muchacha sin poder creerla.

—Bueno, te aseguro que no fue por tus bonitos ojos azules —respondió ella con crueldad.

—No sabes si es el Paladín, Violette —le recordé, con los ojos fijos en mi hermana. «No. La. Sueltes»—. La *guérisseur* que buscas ni siquiera es la Descubridora del Vencedor.

—No, pero tenía toda la información que necesitaba —repuso Violette, tajante.

—¿Qué? —exclamé—. Pero... ¡la mujer escapó! ¡Me lo dijo su hijo!

—Ah, pero volvió a casa —contestó Violette—. O eso me estaban contando mis hombres antes de la interrupción.

—Gwenhaël —musité, con los ojos abiertos de par en par—. ¿Qué le has hecho?

—Yo, personalmente, nada. Pero mis numa... bueno, parece que han tenido que llegar un poco lejos para obligarla a hablar, y después de su charla ha sufrido un pequeño accidente.

—¡La has matado! —grité. Sentí que me quedaba sin aire, como si mis pulmones fueran un globo pinchado.

—Como ya he dicho, yo no he sido. Mis hombres se dejaron llevar, eso es todo. Y, aunque no pretendía que ocurriera así, después de escuchar lo que la anciana tenía que decir me alegro aún más de verte aquí, Vincent.

—¿Qué te ha dicho? —preguntó él, entornando los ojos.

—¿Qué me iba a decir? Que eres el Paladín.

—No puede saberlo. Ni siquiera llegó a verme.

Violette se encogió de hombros, como si aquello no tuviera importancia.

—La información que nos ha proporcionado prácticamente lo confirma —dijo. Movió a Georgia para que la valla sujetara más peso que ella. «No. La. Sueltes». Con cada pequeño gesto de Violette, mi cuerpo se tensaba.

—Tras la visita de Kate, la anciana *guérisseur* se puso a investigar. Tal y como sospechaba, el momento es el correcto. El lugar es el correcto —dijo. Me dedicó una sonrisa desagradable—. Ya lo sé, Kate, a ti te dije lo contrario. Pero eres tan fácil de engañar, no pude resistir la tentación.

—Y... —la animó Vincent.

—Y cuando esta mañana le ha dicho a mis hombres que el Paladín es el *revenant* que destruyó al último líder de los numa... eso hace referencia a cuando mataste a Lucien, querido Vincent... bueno, digamos que no me ha hecho falta saber más. Felicidades. Eres el elegido.

Vincent se llevó una mano al corazón.

—No tiene sentido —dijo. Las manchas oscuras bajo sus ojos resaltaban contra su tez, extremadamente pálida, y se tambaleó un poco al dar un paso hacia atrás. Le quedaba un par de días antes de sumirse en el estado inerte y tenía un aspecto horrible, causado por su agotador experimento.

—Mírate —dijo Violette, arrugando la nariz—. Aunque el impresionante numerito con la espada de mármol parece haberte cansado, lo cierto es que ya deberías estar muerto. Solo alguien con la fuerza del Paladín podría seguir el Camino oscuro durante más de unas semanas. Absorber toda esa energía numa ya debería de haber acabado contigo. Has tenido dos fuerzas peleando en tu interior: el bien y el mal, luchando dentro de tu cuerpo reanimado.

»Gaspard fue un estúpido al creerme cuando le dije que te haría más fuerte. Ahora estás tan débil que podría matarte con mis propias manos. Ya sabes lo que dice la profecía; si destruyo al Paladín, su poder será mío.

—Estás loca —susurré.

Vincent me apretó el brazo ligeramente y me apartó poco a poco hasta quedar delante de mí.

—Si hay alguien que conozca la profecía a la perfección, Violette, esa eres tú. Pero incluso yo sé que si el Paladín se ofrece libremente a sus captores, todos sus poderes serán transferidos. Me ofrezco a cambio de la muchacha, Violette.

La *revenant* dudó, cada vez sostenía a Georgia con menos ganas.

Permitió que Vincent diera otro paso hacia ella, lo que le situó al alcance de su mano.

—Está escrito que si el Paladín se ofrece a sacrificarse por voluntad propia, su poder no se verá diluido por el asesinato —dijo. La codicia le brillaba en los ojos—. ¿Estarías dispuesto a enfrentarte a la muerte por estas humanas?

—Sí —respondió él sin dudarlo.

—¡No, Vincent! —grité—. ¿Qué estás diciendo?

Vincent no se atrevió a mirarme.

—Tienes razón, Violette. Estoy tan débil que tus hombres podrían apresarme fácilmente. Iré contigo. Lo único que tienes que hacer es dejar a la chica en el suelo, y haremos un trato.

Violette le contempló mientras sopesaba su oferta.

Antes de que supiera lo que estaba ocurriendo, una figura apareció corriendo por la izquierda de Violette. Arthur aprovechó que estaba concentrada en Vincent para arrebatarle el cuerpo de mi hermana y ponerla a salvo.

—Lo siento, Vi, no hay trato —dijo Vincent en voz baja, como quién consuela a un niño pequeño.

Ella gritó de rabia y se lanzó sobre Vincent, usando las uñas para dejarle unos buenos arañazos a ambos lados de la cara.

Y fue porque estaba mirando la sangre escarlata que corría por la cara de Vincent por lo que no vi venir a los numa.

El más corpulento se lanzó contra mí; Vincent se apartó de Violette y saltó hacia él, agarrándole con violencia. Ambos se estrellaron contra la valla de hierro. La fuerza del impacto dobló los

321

barrotes y me puse a gritar cuando vi que los dos hombres, todavía agarrados el uno al otro, se venían abajo por encima de la valla rota y desaparecían.

El alma se me cayó a los pies con ellos. Me sentí como si me hubieran despedazado el pecho y me hubieran arrancado los pulmones. Corrí a la valla y miré hacia abajo sin ser capaz de respirar, desesperada, deseando que hubiera ocurrido un milagro. Deseosa de que sucediera algo digno de una película; una rama a la que Vincent se hubiera podido agarrar, un saliente a pocos metros del borde del precipicio, lo que fuera.

Pero esto no era una película, era el mundo real. Y, para cuando llegué al precipicio, sus cuerpos ya habían dado contra el suelo y ninguno de los dos se movía.

—¡No! —grité al borde de la histeria. El tipo del abrigo de piel apareció junto a los dos cuerpos, con un par de numa más siguiéndole. Me volví y me percaté de que Violette se había desvanecido.

—¡Arthur, quédate con Georgia! —grité.

Llegué al final de las escaleras justo a tiempo para ver que un numa saltaba al interior de una furgoneta y cerraba las puertas de golpe. El vehículo se alejó a toda velocidad. Entrando en pánico, eché a correr hacia el lugar donde había caído Vincent, pero me detuve a medio camino. Allí no había nada. Se habían llevado los cuerpos.

Capítulo 37

Vincent estaba muerto y los numa tenían su cuerpo. Cuando comprendí lo que aquello significaba, el terror me paralizó. En situación normal, Vincent se reanimaría en tres días. Pero los numa no dejarían que eso ocurriera.

Si destruían su cuerpo inmediatamente, sería el fin para él. Para siempre. Sin embargo, Violette podía hacer algo peor. Podría esperar un día y destruirle cuando estuviera volante. Se enfrentaría a la eternidad en forma de espíritu errante, incapaz de volver a adoptar una forma física; aquello me parecía un destino mucho más terrible. Tenía que hacer algo antes de que los numa y su nuevo líder pudieran escapar.

Llamé a Ambrose.

—¿Mary Kate? ¿Sigues en Montmatre? ¿Ha llegado ya Vin? —preguntó antes de que pudiera decir nada.

—¿Cómo has...? —empecé.

—Jules estaba volante en la casa cuando decidisteis seguir a Arthur, así que ha ido tras los tres. Cuando ha visto a donde ibais, ha avisado a Vincent y ha venido a buscarme. ¿Estáis bien? Pásale el teléfono a Vin, por favor.

—Ambrose, se lo han llevado. Violette y los numa le han matado y se han llevado su cuerpo. ¡Tienen a Vincent, Ambrose! —excla-

323

mé. Empezaba a ponerme histérica y se me notaba en la voz. Apenas conseguí pronunciar las palabras.

—¿Qué? ¿Violette? —exclamó—. ¿Adónde han ido?

—Acaban de marcharse, estaban a los pies de las escaleras del Sagrado Corazón, en una camioneta blanca. Como una furgoneta de reparto.

—¿Hace cuánto?

—Como mucho dos minutos.

—¿Arthur sigue allí?

—Sí. Está con Georgia. Está herida.

Ambrose tardó unos tres segundos en formular un plan.

—De acuerdo. Arthur sabrá si Georgia necesita atención médica o no. Si no la necesita, quiero que los tres volváis a La Maison. Voy a llamar a Jean-Baptiste ahora mismo. Dará la alerta para que los *revenants* de París se pongan a buscar a Vincent. Sé fuerte, Mary Kate.

—Gracias Ambrose —respondí, con la voz temblorosa. Colgué el teléfono, pero no podía permitirme echarme a llorar. Si lo hacía, no sería capaz de parar, y debía ser fuerte.

Miré escaleras arriba y vi que Arthur estaba bajando acompañado de Georgia, que había recobrado el conocimiento y se apoyaba en él. Mi hermana se sujetaba un pañuelo manchado de sangre contra la boca. Eché a correr hacia ellos.

—He mirado hacia abajo y no he visto su cuerpo —dijo Arthur cuando les alcancé.

—Violette se lo ha llevado. He llamado a Ambrose, Jean-Baptiste está organizando una partida de búsqueda —contesté, intentando controlar mis emociones, así que mis palabras sonaron monótonas. Me dije a mí misma que en unos pocos minutos podría desfogarme y pasé el brazo que no me había lesionado por los hombros de Georgia.

—¿A quién se ha llevado, Kitty Cat? —preguntó mi hermana, arrastrando las palabras, mientras apoyaba algo de su peso en mí.

Violette la había noqueado antes de que Vincent llegara, Georgia no había visto nada. No tenía fuerzas para contarle lo que había ocurrido, todavía no.

—¿Está en condiciones de moverse? —le pregunté a Arthur.

—Está herida, pero creo que no tiene fracturas graves. Un montón de turistas la han visto, así que creo que es mejor que nos alejemos de aquí antes de que alguien llame a la policía.

Descendimos por las escaleras hasta la calle y nos montamos en un taxi que acababa de dejar a un grupo de monjas con hábitos negros. Miré hacia la basílica. Dos policías nos miraban desde lo alto de las escaleras, algunos turistas señalaban en nuestra dirección. Cerré los ojos con alivio cuando el taxi arrancó y se alejó de allí. Lo último que nos hacía falta era que nos detuvieran para interrogarnos.

«Van a destruir a Vincent.»

El pensamiento me daba vueltas por la cabeza y me paralizaba.

«No. No pienses en eso. Mantén la compostura. No podrás ayudar si pierdes los nervios.»

Mi hermana apoyó la cabeza en mi hombro y le apreté la mano.

—¿Cómo te encuentras? —pregunté.

—Me duele todo —contestó— Me sangra la boca por donde esa zorra infernal me ha pataleado. Creo que tengo un diente suelto.

Miré a Arthur.

—Ambrose ha dicho que, si no necesita atención médica, tenemos que ir a casa de Jean-Baptiste.

—Estamos en camino —confirmó Arthur.

—Esto... ¡Lo dudo! Me prohibieron pisar el interior de la casa —exclamó Georgia.

—No tienes elección —replicó Arthur—. Llamaremos a un médico para que te examine en La Maison. Más vale conseguirte atención médica del sector privado que llevarte a un hospital público. Así podemos ponerte hielo en la cara inmediatamente en vez de quedarnos sentados en una sala de espera abarrotada.

Alargó el brazo y acarició el de mi hermana con la mano. Georgia se relajó de inmediato y apoyó la cabeza en el asiento.

—No creas que no sé lo que estás haciendo, señor Poderes Tranquilizantes.

Arthur esbozó una sonrisa. Era la primera vez que le veía sonreír desde que Georgia le había dicho que en la cafetería que era un vejestorio.

—¿Quieres que me detenga?

—Ni se te ocurra —respondió—. Es fantástico. Pero no quería que pensaras que me estabas engañando.

Los ojos de Arthur pasaron de la cara de Georgia a los míos. Su sonrisa desapareció.

—Pensaba que eras tú —admití.

—No me extraña —respondió.

Nos sostuvimos la mirada un rato, sin decir nada, hasta que me recosté en el asiento, comprobando lo destrozado que tenía el hombro, y cerré los ojos al asimilar los horrores que acababan de ocurrir.

—¿Qué ocurre? —preguntó Georgia. Respiré hondo.

—Oh, Gigi —dije, recurriendo al apodo que le había puesto a mi hermana cuando éramos pequeñas—. Mientras estabas inconsciente, Vincent ha llegado. Arthur y él te han salvado, pero los numa... le han matado. Y han salido huyendo con su cuerpo en una furgoneta.

Fui capaz de mantener el control durante exactamente un segundo antes de echarme a llorar.

—Oh, Kitty Cat —dijo. Se apartó de Arthur y me envolvió en sus brazos—. Mi pobre Katie —murmuró. Su voz flaqueó y sus propias lágrimas empezaron a caer.

Mientras el taxi cruzaba las silenciosas calles de París, mi hermana y yo nos refugiamos en nuestro abrazo y lloramos.

El médico estaba esperándonos cuando llegamos a casa de Jean-Batiste. Arthur ayudó a Georgia a acomodarse en la salita y salió, cerrando la puerta tras él. El hombre le preguntó a mi hermana un montón de cosas acerca de lo ocurrido, quiso saber cuánto tiempo había estado inconsciente, le examinó los ojos con una linterna y, al fin, la declaró sana. Sugirió que fuera al dentista para que se ocupara del diente suelto y le dio varias compresas frías para que se las pusiera en la cara y le recetó unos analgésicos, que le entregó.

Mi hombro dolorido resultó ser una fisura en la clavícula. El médico me vendó el pecho y el hombro con venda elástica y me recomendó que usara compresas frías para reducir la hinchazón.

—Ambas necesitáis descansar —nos dijo.

«En eso estaba yo pensando.» En cuanto dejara a Georgia en casa saldría en busca de Vincent.

Cuando estaba acompañando al médico a la puerta, Arthur reapareció con un sobre. Se lo entregó al hombre, le estrechó la mano y le señaló hacia la verja.

Se volvió hacia mí; parecía estar dudando y su cara perdió la frialdad aristocrática que solía tener. Esa pequeña transformación hizo que de repente lo viera como a una persona de verdad, no como a una estatua de cera.

—Kate —dijo—. Siento mucho lo ocurrido. Tendría que haberme esforzado más por evitarlo. Pero Violette... no es la primera vez que pasa por una fase así, pensaba que sería capaz de hacerla recapacitar. No tenía ni idea de lo que había planeado.

—Si sabías que estaba en contacto con los numa, ¿por qué no dijiste nada? Tu silencio nos ha puesto a todos en peligro —contesté. La rabia me hervía en el estómago. Si hubiera actuado antes, nada de esto habría sucedido.

—Todos sabían que Violette tenía conexiones entre los numa. Y todos dependíamos de dichas conexiones para conseguir información necesaria. Pero nadie, ni siquiera yo, sabía exactamente lo que tramaba.

»Cuando empezó a comunicarse con Nicolas pensé que le estaba usando para acercarse a la comunidad numa de París. Para burlarse de ellos, flirtear con ellos, en cierta manera, antes de destruirles. Violette siempre ha disfrutado jugueteando con sus enemigos antes de acabar con ellos. Cuando Vincent me dijo que los numa sabían cómo había muerto Lucien, empecé a sospechar que les había pasado la información sin darse cuenta. Nunca se me hubiera ocurrido que se había aliado con ellos.

Le miré fijamente. Violette y él habían pasado siglos juntos. ¿Cómo podía ser que Arthur no hubiera sabido lo que su compañera se traía entre manos? Pero su comportamiento en Montmatre, igual que la mirada torturada con la que me observaba, me convencieron de que decía la verdad.

Miré hacia arriba y vi que Jean-Baptiste descendía por la escalinata. No había ni rastro de su habitual postura militar rígida mientras cruzaba el vestíbulo y venía hacia mí. Sabía que Vincent era su favorito, su mano derecha. Que le quería tanto como a un hijo. Se detuvo delante de mí y entonces, en un gesto tan poco característico de él que hice todo lo posible para no hacer una mueca de dolor cuando su hombro tocó el mío, me envolvió en sus brazos solemnemente.

—Lo siento —fue lo único que dijo.

Aquellas dos palabras me infundieron un profundo terror. Se trataba de Jean-Baptiste. No estaba dedicándome un largo discurso acerca del rescate de Vincent. No pretendía animarme con las opciones que podíamos considerar. Nada más que aquellas dos palabras. Ya podría haber dicho «ninguna esperanza», porque era aquello lo que su frase significaba.

Capítulo 38

Ayudé a Georgia a llegar a casa, dándole gracias al cielo porque Papy estuviera trabajando y Mamie no se hallara en el apartamento. La acosté en la cama; los analgésicos que había tomado media hora antes empezaron a hacerle efecto. Para cuando alcancé la puerta, Georgia ya casi se había dormido.

—Le recuperarás, Kitty Cat. No me cabe ninguna duda —murmuró con la voz pastosa mientras yo cerraba la puerta.

Cuando llegué a La Maison, las tropas ya estaban en marcha. Jean-Baptiste me informó de que Ambrose iba a la cabeza de una partida de búsqueda que revisaría las cuevas artificiales que corrían por debajo de Montmatre. No solo Violette había decidido reunirse con los numa en el Sagrado Corazón, sino que varios *revenants* habían informado acerca de actividad numa en aquella zona. Parecía una elección lógica.

Jules, volante, había acompañado a la partida liderada por Gaspard, que investigaba lo que había de cierto en un rumor que hablaba del sur de París.

Los dos *revenants* que quedaban estaban en la biblioteca, intentando trazar algún plan. Arthur puso a nuestra disposición todo lo que sabía acerca de Violette y sus costumbres. Ya había informado a JB de lo más importante: que planeaba capturar al Paladín y derrocar a los *revenants* de París. Pero, puesto que Arthur solo había oído el final de la conversación entre Vincent y Violette, yo relaté el resto de la historia. Tras eso, recapitulé y les di toda la información de la que disponía. Les conté en detalle los encuentros que había tenido con Gwenhaël y Bran. Repetí todas las preguntas que Violette me había hecho acerca de Vincent y la información que me había dado, aunque hubiera sido sin querer, acerca del Paladín y sus historias sobre los numa.

Jean-Baptiste tomó apuntes y, cuando terminé, me dio las gracias con un tono que implicaba que ya podía irme. Me levanté, pero me quedé contemplando a Jean-Baptiste y a Arthur hasta que el primero miró hacia mí con curiosidad.

—¿Qué más puedo hacer para ayudar? —pregunté. Durante la última hora, mi desesperación se había convertido en una determinación ardiente. Si salía de la sala, no sabría adónde ir.

—No hay nada más que podamos hacer ahora —dijo Jean-Baptiste solemne—, más allá de esperar que las partidas de búsqueda den con algo.

—Pero quiero ayudar. Necesito hacer algo.

—Has cumplido con tu deber, querida Kate. Has alertado a Ambrose inmediatamente. Te has ocupado de tu hermana. Me has proporcionado información muy importante. Ahora, lo único que puedes hacer es esperar —dijo. Su voz era amable, pero práctica, y JB volvió a concentrarse en sus apuntes.

«Violette le engañó a él tanto como a los demás», comprendí, y dejé a los dos *revenants* en la biblioteca, para que sufrieran sus propias penitencias por haber estado tan ciegos.

Recibimos la noticia un par de horas más tarde. Un numa atrapado por el grupo de Gaspard había confesado que Violette y algunos de sus hombres se habían llevado el cuerpo de Vincent fuera de la ciudad y que se dirigían hacia el sur. Tras ser informado, el grupo de Ambrose volvió, acompañado de un gigantesco botín de armas que había sacado de un escondite de los numa recién abandonado.

Estaba esperándoles en el patio, sentada al borde de la fuente del ángel.

—¿Qué crees que hará? —le susurré a Ambrose cuando este se sentó a mi lado, vestido de arriba abajo con prendas de Kevlar y cuero negro.

—Mary Kate, en lo que a Violette respecta, ya no sé qué pensar.

—Si quema su cuerpo hoy mismo...

—Será su fin. Si espera hasta que esté volante, mañana o pasado, y le destruye cuando no esté en su cuerpo, su espíritu permanecerá en la tierra. O, si se pone en contacto con nosotros antes de cometer alguna barbaridad y podemos ofrecerle algo que desee, quizá tengamos todavía la oportunidad de negociar con ella. Nos concentraremos en eso, princesa. No pienses siquiera en las otras opciones —contestó Ambrose. Entonces, se inclinó y me dio un beso en la mejilla—. Este es de parte de Jules. Dice «sé valiente, Kate. Encontraremos a tu hombre».

Me sequé una lágrima y les di las gracias a ambos; Ambrose se alejó para darle el parte a Jean-Baptiste. Me quedé sentada en la fuente, contemplando la luna ascender en un cielo poblado de abundantes estrellas. En París, las estrellas suelen ser invisibles, ya que no pueden competir con las luces de la ciudad. Pero esa noche eran más luminosas de lo normal, y nos ofrecían a los mortales un espectáculo impresionante. La situación me devolvió a los meses tras la muerte de mis padres, cuando constantemente sentía que la naturaleza se burlaba de mi tristeza con su belleza. ¿Cómo podía seguir la vida adelante? ¿Cómo podía darse aquella exhibición celestial cuando Vincent estaba en manos de sus enemigos, indefenso? Nada tenía sentido.

Necesitaba volver a la realidad, así que saqué el teléfono móvil de la mochila y le mandé un mensaje a Georgia.

Yo: *¿Cómo te encuentras?*

Georgia: *Analgésicos = felicidad. Les he dicho a Mamie & Papy que me han atracado.*

Yo: *¡OMG!*

Georgia: *He dicho que has ido a casa de una amiga después de clase y que por eso no estabas conmigo.*

Yo: *¿Qué han contestado?*

Georgia: *Pánico. Quieren que vuelvas a casa.*

Yo: *No puedo. Todavía no le hemos encontrado.*

Había visto dos llamadas perdidas de Mamie y sabía que tendría que darle explicaciones sobre por qué no la había llamado, pero no me sentía capaz de concentrarme en aquello. Una vida en la que tenía la posibilidad de volver al amor y la seguridad de la casa de mis abuelos parecía formar parte de otra historia. Encontrar a Vincent era lo único que importaba.

Me estremecí por el frío, pero resistí las ganas de volver al interior de La Maison y preguntar si había novedades. Sin duda, si descubrían algo vendrían a decírmelo... ¿verdad? Por enésima vez, sentí la sensación abrumadora de no encajar. No pertenecía a ningún sitio. Había estado entrenando con los *revenants*; conocía sus secretos y portaba su símbolo alrededor del cuello. Ahora formaba parte de su mundo, y ellos representaban una parte importantísima del mío. Pero no era una de ellos.

Tampoco me sentía cómoda en la piel de la adolescente humana que había sido un año atrás. Me había alejado demasiado del mundo en el que solo creía en lo que veía y lo místico me parecía prosaico.

Vincent había sido mi conexión con los *revenants*. Pero, si quería ser sincera, sin él me quedaría a la deriva entre los dos mundos, sin un áncora que me detuviera ni remos para navegar. Me quité aquella idea de la cabeza. «Le recuperaré», me prometí.

Capítulo 39

El ambiente que se respiraba en La Maison era fúnebre. Gaspard había presionado al numa que tenía cautivo para extraerle más información, pero, al parecer, Violette no confiaba los detalles de sus planes a sus subalternos. Un par de numa más habían sido capturados entre una cosa y otra, pero ninguno sabía adónde llevaban a Vincent; solo sabían que su líder había abandonado París con su trofeo.

Encontré a Ambrose en el sótano, afilando una hacha de combate con una rueda de afilar anticuada. Parecía tener tantas ganas de saltar a la acción como yo.

—¿Qué significa todo esto? ¿Cuál es el siguiente paso? —le pregunté. Me negaba a aceptar que estábamos todos... rindiéndonos.

—No tenemos más información, ninguna pista que nos indique adónde podrían haber llevado a Vincent. JB, Gaspard, Arthur y algunos *revenants* más están trazando un plan a largo plazo —dijo, mirándome a los ojos. Su frustración se materializó en forma de las chispas que saltaban de la hoja del hacha—. Porque a corto plazo, Mary Kate, no podemos hacer más que esperar a que Violette se ponga en contacto con nosotros.

Me quedé con él un rato antes de volver al piso de arriba. Docenas de *revenants* iban de una habitación a otra, como fantasmas, hablando en voz baja a la espera de una llamada telefónica que nunca llegaría. Las horas habían pasado y no habíamos recibido ninguna noticia. Pero nadie quería irse. Los *revenants* estaban en silencio, pero alerta. Preparados.

Jeanne había insistido en quedarse. Daba vueltas por la casa dejando bandejas de comida para picar por todas partes y recogiendo los platos sucios.

—¿Quieres que te prepare algo especial, repollito mío? —me preguntó, abrazándome por enésima vez desde que habíamos vuelto a la casa. Con el primer abrazo me había echado a llorar, pero ya me había quedado sin lágrimas. Ahora solo sentía entumecimiento.

—No puedo comer, Jeanne.

—Ya lo sé —respondió ella, dándome unas palmaditas en el hombro—. Pero quería preguntártelo. Es lo único que sé hacer para consolarte.

Finalmente, alrededor de la medianoche, le dije a Ambrose que me iba. No podía soportar las caras serias y las conversaciones en voz baja ni un minuto más.

—Volveré. Solo voy a dar una vuelta.

—Entonces voy contigo.

Sacudí la cabeza.

—Ambrose, con las redadas de numa que Gaspard y tú habéis llevado a cabo hoy, ¿de verdad crees que todavía queda alguno en el centro de París?

—No, pero algunos de los humanos que hay por aquí son igual de peligrosos.

Intenté sonreír.

—No me pasará nada. Si oís algo... —empecé.

—Te llamaré —me interrumpió—. Te lo juro.

—Gracias, Ambrose.

Crucé la verja y me dirigí hacia el río. Cuando alcancé la orilla, me sentí como si algo hubiera poseído mis brazos y mis piernas y eché a correr. El hombro me dolía con cada paso que daba, pero no le hice caso; corría para alejarme del dolor de mi corazón y del miedo de mi mente. E incluso cuando esas emociones se hubieron agotado y los fantasmas que me perseguían fueron derrotados por una segunda oleada de determinación y rechazo, seguí corriendo.

Finalmente me detuve, apoyándome en las rodillas y jadeando para recuperar el aliento. A mi lado, el puente de las Artes cruzaba el oscuro Sena. Sin pensarlo, me dirigí hacia el puente, subí los escalones y pisé las tablas de madera. Cuando llegué al centro del puente me detuve, me apoyé en la barandilla y contemplé el agua oscura y agitada. Una ráfaga de viento invernal me despeinó; me aparté el pelo de la cara e inhalé e olor salado del río. Me permití recordar.

Aquel había sido el sitio donde nos besamos por primera vez, no hacía más de cinco meses. Me parecía que había transcurrido una vida entera desde entonces. Aquel día le había dicho que no estaba segura de querer verle de nuevo, que me comprometería a otra cita, pero nada más. Vincent me había traído a aquel lugar y me había besado de todos modos. Ahora que le conocía mejor, no me cabía duda de que lo había planeado. Imaginó que, si me robaba el corazón, quizá no haría caso del sentido común. No pude evitar que una sonrisa nostálgica apareciera en mis labios.

Me pregunté si volvería a verle y reprimí las lágrimas que me llenaban los ojos, desafiante. No podía pensar de aquella manera. Si lo hacía, significaría que Violette le había destruido y que Vincent habría desaparecido para siempre. Le hablé al agua que se arremolinaba por debajo de mis pies.

—Me niego a creerlo.

—¿Qué es lo que te niegas a creer? —preguntó una voz a mis espaldas.

Me volví de golpe y vi a un hombre vestido con un abrigo de piel a un par de metros de mí. Aunque supe instantáneamente quién y qué era, no sentí miedo. En vez de eso, un odio incendiario estalló en mi interior.

—¡Tú! —espeté. Me lancé contra él, con los puños en alto, dispuesta a todo. Al tipo se le cayó algo que llevaba en las manos y, moviéndose con rapidez, me agarró de las muñecas antes de que pudiera golpearle.

—Caramba, ¿te parece bien tratar así a un mensajero? —dijo Nicolas, echando un vistazo a lo que había caído a sus pies.

Mi mirada siguió la suya y, cuando vi lo que había en el suelo, algo en mi interior se rompió.

—No —susurré. Me soltó los brazos y me agaché para recoger los lirios blancos del suelo.

—Violette me ha dicho que, si no tenías su libro a mano, debería decirte lo que significan.

—Los lirios blancos son para los funerales. No me hace falta un diccionario para eso. —Quería estrangularle, pero, en vez de eso, agarré las flores con ambas manos, las destrocé, arrancando los pétalos de los tallos, y las arrojé al río—. ¿Qué habéis hecho con él? —pregunté.

—Nuestra intrépida líder ha llevado el cuerpo de tu amante a su castillo en el valle de Loira, donde se deshará de él cuando y como lo considere conveniente. Este es el mensaje que me ha ordenado que transmita.

—¿Y qué más te ha ordenado?

Doblé las rodillas ligeramente y apreté los puños, adoptando la postura defensiva que Gaspard me había enseñado.

Nicolas sonrió, enseñando los dientes.

—Qué graciosa. Como si pudieras enfrentarte a mí. Lo cierto es que tengo órdenes estrictas de no tocarte. Violette opina que será más divertido dejarte sufrir.

Finalmente pronuncié la pregunta que me había estado haciendo desde la pelea en el Sagrado Corazón.

—¿Qué le he hecho yo?

Nicolas se rió por lo bajo.

—No creo que sea algo personal. Sencillamente, quería al Paladín, y tú la ayudaste a verificar que se trataba de tu Vincent. Ahora que lo tiene en su poder, ya no te necesita.

—Entonces, ¿para qué hacerme sufrir?

—Ah, eso. Quizá porque eres humana. No les tiene demasiado cariño a los mortales, ¿sabes? Quinientos años de salvar a tanta criatura despreciable parecen haberla dejado algo amargada.

Sacudí la cabeza, incrédula. Aunque los siglos de verse obligada a sacrificarse por los mortales habían cambiado la percepción que Violette tenía del valor de la vida humana, no parecía haber ocurrido lo mismo con Arthur. ¿Qué podría convertir a una muchacha joven y esperanzada en una inmortal anticuada y amargada? No lo entendía.

Se me ocurrió otra cosa.

—¿Por qué se ha tomado la molestia de llevarse el cuerpo de Vincent a horas de distancia de París, si lo único que quiere es destruirle?

—Verás —replicó Nicolas, pedante—, no me lo ha dicho, y yo no le he preguntado. Pero en sus negociaciones con Lucien, aseguró haber descubierto una especie de ritual místico secreto que serviría para transferir todo el poder del Paladín a quien le destruya. No sé si eso significa que va a destruirle hoy para asegurarnos de que desaparece para siempre, o si terminará con él mañana para quedarse con su fantasma inmortal de mascota. Ella es la experta en todo lo relacionado con el Paladín. Por eso, precisamente, le dimos tan cálida bienvenida.

»Y ahora que mi misión ha terminado, te dejo. No me cabe duda de que querrás volver e informar a los demás. ¡Ah! Y hazme el favor de decirles a tus amigos que cualquier intento de rescate sería inútil. Si Vincent todavía no está muerto, lo estará antes de que llegue la caballería.

Nicolas se envolvió en su abrigo y se alejó.

Reprimiendo las ganas de echar a correr tras él y atacarle por la espalda —tenía razón, no podría con él—, me senté y apoyé la espada en la barandilla. Coloqué la cabeza entre las rodillas y cerré los ojos. La campana de una iglesia dio las doce. En mi cabeza, había una batalla entre la esperanza de que Violette estuviera mintiendo... y la desesperación de que hubiera dicho la verdad. Estaba dividida entre la pena por no poder ver nunca más a Vincent y la determinación por hacer lo que hiciera falta para evitar perderle. Sabía que debería llamar a Ambrose inmediatamente y contarle lo del mensaje de Nicolas, pero sacarme el teléfono del bolsillo me parecía un esfuerzo monumental.

Sentí el frío del *signum* al rozarme la piel; levanté la cabeza y acaricié el colgante por encima de la ropa. Algo blanco flotando en el río me llamó la atención. Los lirios destrozados navegaban bajo el puente y se dirigían hacia la Torre Eiffel.

Y, de repente, lo supe. Lo había hecho. Violette había destruido a Vincent. Tras más de ochenta años andando en este mundo, su espíritu lo había abandonado. Si antes ya habíamos vivido en mundos distintos, ahora nos separaba un universo entero. La finalidad de todo aquello me impactó como un puñetazo.

La sonrisa que iluminaba su cara cada vez que me veía. Su mano agarrando la mía mientras paseábamos por las callejuelas de París. Las miradas que me dedicaba antes de besarme. A partir de ahora, aquellas experiencias formarían parte de mi pasado. Y el futuro que había imaginado con él flotaba hacia el olvido, como los lirios blancos.

Le había perdido.

Y, mientras el peso de aquella idea hacía añicos los últimos respots de esperanza que me quedaban en el corazón, le oí.

Dos palabras, pronunciadas claramente en mi cabeza.

Mon ange.

Agradecimientos.

Este libro no estaría aquí, entre tus manos o apareciendo en la pantalla de tú lector de libros electrónicos si no fuera por las siguientes personas. Les debo a todos mi más profundo agradecimiento.

Mi súper agente Stacey Glick, de Dystel & Goderich, cuyos consejos y constante apoyo moral me han proporcionado siempre un punto de equilibrio. Gracias, Stacey.

Mi editora, Tara Weikum, y su asistente, Melissa Miller, que me ayudaron a domesticar mis ideas salvajes y convertirlas en algo factible. La paciencia que habéis mostrado y los conocimientos que me habéis transmitido han dado forma a este libro y lo han convertido en algo muchísimo mejor de lo que habría sido sin vuestra ayuda. Os estaré siempre agradecida.

Mis revisoras de textos, Valerie Sea y Melinda Weigel, que se ocuparon tanto de este libro como de *Mi vida por la tuya* y pulieron las partes delicadas, me señalaron mis errores y corrigieron con mucha paciencia los desastres que causé con mi mala puntuación. En particular, se ocuparon de las temidas comas y los guiones largos. *¡Merci!*

El comité de expertos que leyó la versión beta del libro y me proporcionaron una ayuda impagable; incluyendo a Claudia la infatigable, a mi querida Kimberly Kay, a Olivia, la experta en libros, y a

Katia y Kylie Mac, aficionadas a repetir citas de la serie *Buffy: caza-vampiros*. También incluyendo a mi amiga Josie Angelini, que me echó una mano tanto como lectora y como animadora incansable. *¡Mes remerciements sincères à vous tous!*

Mark Ecob y Johanna Basford convirtieron las portadas de *Mi vida por la tuya* y *Más que mi vida* en las obras de arte espectaculares que son. Mi publicista Caroline Sun ha promocionado los libros con mucha energía, así como el equipo de marketing de Christina Colangelo y Megan Sugrue. También me asombra el entusiasmo y apoyo demostrados por mi familia lectora de UK Little & Brown/Atom, incluyendo a la editora Sam Smith, su ayudante Kate Agar, y la publicista Rose Tremlett.

Varios amigos me dieron cobijo a mí y a mis manuscritos cuando me hacía falta escapar. Muchas gracias a Lisa en Nueva York, Laila y Terry en París, Nicolas y Paul en Saintes y Jean-Pierre y Christiane a la vuelta de la esquina.

No podría escribir sin contar con el apoyo de mi familia y mis seres queridos, especialmente: Laurent (mi áncora, sin el cual estaría flotando entre las nubes, sabe Dios dónde); mis hijos, Max y Lucia; mi hermana Gretchen; mi querida abuelita; mi espabilada prima Melissa; mi excéntrico y devotamente cariñoso clan H.; y mi familia francesa: Jeannine, Jean-Pierre y Christine, Alex y Romain.

Y, en último lugar pero no por ello menos importantes, les doy las gracias a mis lectores. El entusiasmo con el que me recibisteis a mí y a mi primer libro me dejó anonadada; sois los fans más maravillosos que cualquier escritora podría desear. Gracias a todos, desde el fondo de mi corazón. Este libro es para vosotros.

MI VIDA POR LA TUYA

Cuando los padres de Kate Mercier mueren en un trágico accidente de automóvil, ella deja atrás su vida —y sus recuerdos— para irse a vivir con sus abuelos en París. La única manera que encuentra Kate para sobrevivir al dolor es sumergirse en el mundo de los libros y del arte parisino. Y así es hasta que conoce a Vincent Delacroix.

Misterioso, encantador y devastadoramente guapo, Vincent amenaza con derretir el hielo que protege su corazón mediante una sonrisa. A medida que se va enamorando de él, la joven descubre que es un revenant, un no muerto marcado por un destino: debe sacrificarse a sí mismo una y otra vez para salvar las vidas de los demás.

Vincent y otros como él se encuentran metidos desde hace siglos en una guerra contra un grupo de *revenants* malvados, los numa, que solo se mantienen en este mundo para asesinar y traicionar. Si sigue a su corazón, Kate sabe que quizá nunca más pueda mantenerse a salvo.

AMY PLUM

MI VIDA POR LA TUYA

¿Arriesgarías tu vida por amor?

Ya en tu librería

SEDA JUVENIL

Libros de *seda*

Revenants

SI DIERA MI VIDA

Kate no quiere que la historia se repita, no quiere perder a más gente a la que ama, y ella ama a Vincent. Él, que ha esperado siglos para encontrarla, ha visto como el futuro de ambos se ensombrecía por culpa de alguien a quien los dos consideraban su amigo. Y ahora que esa persona les ha traicionado, Kate ha vuelto a perderle. Su enemigo está decidido a reinar sobre los inmortales de Francia y, para lograrlo, hará estallar la guerra si hace falta.

Kate tendrá que enfrentarse entonces a una realidad: Vincent no está a su lado, pero se encuentra en alguna parte y ella debe hacer todo lo que esté en su mano para recuperarlo. Ahora, sin embargo, ¿cómo podrá Kate recuperarlo sin poner en peligro todo lo que él representa?

SI DIERA MI VIDA

¿Hasta dónde llegarías por amor?

Muy pronto en tu librería

AMY PLUM

LIBROS de seda

Revenants

Encuentra todos los libros de
Amy Plum en nuestro catálogo:

librosdeseda.com

facebook.com/librosdeseda

twitter.com/librosdeseda